대만의 독자 분들께

안녕하세요, 리러하라고 합니다. 처음 뵙겠습니다. 여행 버킷리스트로 담아 두었던 곳에 제 몸보다 제 소설이 먼저 도달하게 될 줄은 몰랐습니다. 이런 소중한 기회를 주신 출판사에 감사드립니다. 그리고 무엇보다도 지금 이 글에 손길과 시선을 보내주시는 분들께 감사 인사를 전하고 싶어요.

로맨스와 스릴러가 뒤섞인 이 소설에서도 중심축은 어디에나 있을, 애증으로 구축된 가족입니다. 제가 보고 자라온 골목길과 낡은 주택을 배경으로 한 이야기가 대만 독자분들께 어떤 모습으로 그려질지는 모르겠으나, 부디 내어주신 귀한 시간에 조금이나마 즐거움을 드릴 수 있다면 좋겠습니다.

반 여름날, 행복하시기를 바라는 소망을 담아.

한국에서

리러하 올림

大家好，我是李樂夏，

初次與大家見面。

台灣一直在我的旅行願望清單上，沒想到我的小說竟比我本人更早去到台灣，我要感謝提供這個寶貴機會的出版社。

此外，我也想對現在正在閱讀這段文字的你說聲謝謝。

在這本融合了愛情與驚悚的小說裡，最重要的主軸仍是生活中隨處可見、愛恨交織的家庭關係。

我以我自己成長的巷弄與老舊住宅為背景寫了這個故事，雖不知道會如何呈現在台灣讀者面前，但既然各位撥出寶貴的時間閱讀，我還是希望能夠以樂趣來回報。

某個夏日，在韓國期望各位都能獲得幸福的

李樂夏　敬上

악마의 계약서는 만기 되지 않는다

惡魔的租約沒有期限

李樂夏 리러하——著

郭宸瑋——譯　Loui——審訂

目次

01 地獄能以法人名義簽署租賃合約嗎？ 007
02 多穀茶的沖泡方法，每一家都不同 014
03 身後獨享的「地獄赦免券」VS分享轉贈的「地獄招待券」 027
04 比喻中的地獄與現實的地獄 044
05 想自掏腰包吃記憶中的美味免錢飯菜，卻忘記是哪一家店 066
06 最貴的生日宴會 094
07 最複雜的是善後，未完待續 124

CONTENTS

08 怪不得聚餐結束得這麼快 159
09 無主之夜，求水之人 177
10 在井裡積聚的不僅僅是水 201
11 忘記煩心事的方法：面對困難 232
12 地獄中聽見癱坐在地的聲音 256
13 紅色的一口 272
14 然後是……人類的方式 300

不動產租賃契約書

出租人與承租人茲爲住宅租賃事宜，訂立本契約，同意條款如下：

（中略）

出租人	姜福珠	承租人	地獄　丁部門
保證金	無		
月租金	每月二十一日應繳○○○，○○○元整。 受領人：姜福珠（印）		

第二條（租賃關係存續期間）出租人應以合於所約定使用收益之租賃物，交付承租人，並保持其合於約定使用、收益之狀態。租賃期間自點交日二○二一年九月十日起至二○二二年九月十日爲止。

第三條（用途變更及轉租等）承租人未經出租人同意，不得變更上述不動產之用途或結構，亦不可轉租、轉讓租賃權或提供擔保，並且不得用於承租之外的其他用途。

第四條（契約解除）承租人滯納之租金累積達兩期金額，或是違反第三條規定時，出租人得立刻解除本契約。

第五條（契約終止）租賃契約終止時，承租人需將上述不動產恢復原狀後歸還出租人，

特殊事項：

甲、出租人允許承租人將租賃範圍作爲地獄使用。承租人與出租人協議後，得使用出租人不動產中的所有空房。

乙、因承租人私人事由，得提前退租。退租三個月前告知出租人，無須支付違約金。（下略）

本契約經出租人與承租人簽署後生效，並各執乙份爲憑。

01

地獄能以
法人名義簽署租賃合約嗎？

從一大早開始，我就看到令人倒胃口的畫面。在廚房裡的餐桌上奶奶正對面的位置，一個我沒見過的男人正抱著銅碗吃飯，還發出嘖嘖嘖嘖的咀嚼聲。雖然我是第一次見到這個人，但他很有可能是奶奶的新房客，所以這不是什麼太大的問題。眞正的問題是那個銅碗裡的東西。起初，我還以爲是拌飯。拌飯，是一種十分寬容的料理，只要有米飯、蔬菜與辣椒醬就能算是一道料理。即便再加入其他食材，看起來也不過是像樣一點罷了。但是男人銅碗中的東西，只有顏色混濁的義大利麵、瘦肉全脫落的排骨、黃花魚頭，還有旁邊的……要是我沒看錯，那應該是漂浮著冰塊的咖啡牛奶。

我不想過問他人的口味喜好，誰想吃

什麼都無所謂。但是那個男人掛著一張死人臉，不停地把他的早餐塞進嘴裡，還伴隨著無數次的乾嘔。看到他那副模樣，我不禁捂住自己的嘴巴。男人抬起頭來，但是我們倆的視線並沒有交會，他拿起銅碗離開廚房，嘴裡依然發出令人反胃的聲音，嘖嘖嘖嘖。

等嘖嘖嘖嘖的聲音遠離以後，我立刻追問奶奶——也就是已經八十多歲了還用大碗公吃飯，並且有權利決定把人留下或趕出這棟房子的這一位。

「奶奶，妳看到了嗎？」

「什麼？」

「剛剛走出去的那個人啊。他吃的東西是……他正在吃廚餘欸。」

把那碗東西說成是廚餘應該沒關係吧？奶奶也沒有否定我的說法。

「嗯，房間從昨天就租出去了。」

「那個人好像有點奇怪耶。他以後會跟我們一起共用廚房？除了房間還有廚房吧。你們簽的租約裡還有哪些空間是要共用的？」

「他不會用到廚房。」

不會使用廚房嗎？那麼那些跟廚餘一樣的食物又是從哪裡來的？……越想越噁心。爲了洗刷掉腦海中恐怖的想像，我把冷凍白飯放進微波爐裡加熱。咚。冷凍白飯與微波爐底盤互相碰撞的聲音蓋掉了奶奶的前半句話。

「……告訴妳嗎？」

「啊，什麼？奶奶，我剛剛沒聽到。」

「妳這小東西才幾歲就耳背？咱從以前開始不就一直告訴妳嗎？這輩子沒吃完的飯，都會留到地獄裡繼續吃。」

「爲什麼現在突然講這個啊？」

「那大概是那個傢伙生前……留下的食物吧。」

說曹操，曹操到。「那個傢伙」也就是剛剛那個男人，手中拿著吃得一乾二淨的銅碗從廚房門前經過，看上去十分焦急的目光掃過奶奶豐盛的餐桌。我不禁心想，這男人該不會要在我們的廚房裡洗他的銅碗吧？一想到這裡，我趕忙起身站在餐桌前面與他僵持著，好在男人最後沒有進來廚房。男人的臉像塗抹了蠟一樣死氣沉沉，從外表很難猜測他的歲數。他的西裝皺巴巴的，還沾滿了血跡與泥土。此外，他還沒穿鞋子。因爲現在是在家裡，穿著襪子走動也挺正常的，但襪子上滿是泥土就一點也不正常了。他的模樣就像是剛刨挖完某座小山回來一樣。

男人踏著像殭屍一樣蹣跚的步伐前進，在走廊的盡頭握住了門的把手。

「不好意思，那裡是鍋爐房*哦。」我忍不住出聲打斷對方的行動。

「無所謂。」那男人用瀕死般的聲音答道。

正當我不知道該如何回應時，男人打開了門。在敞開的門框之間，我應該會看見那不到一坪的水泥空間與熱水器，然而出乎意料的是，塡滿那個空間的竟是橘黃色的火花。極度高溫的熱氣霎時間衝向走廊，籠罩我的臉龐。難道是熱水器爆炸了？難怪從不久之前開始，明明連暖氣都還沒開，熱水器就一直發出轟隆轟隆的運轉噪音。所以嘛，奶奶，我就跟妳說應該要去找人來做售後服務啊！每次都跟我說什麼明天再說、明天再說……明天還沒到我們家就要消失了啦！

……想到了這裡，實際上卻什麼也沒發生。依舊聽得見廚房裡傳出飯碗與餐具撞擊的聲響。我愣在原地，連眼皮都忘了眨。橘黃色火焰在門的對面張牙舞爪，僅有些許熱氣飄逸到門這邊。

男人抱著銅碗走進鍋爐房，不，是越過鍋爐房，進入那個熊熊燃燒的空間。被火花點燃的襪子留下了燃燒過的痕跡。傳遍整個走廊的不只熱氣，還有悲鳴。那不是一、兩個人的聲音，而是至少三種以上的聲音，接連不斷喊「救救我吧」「還不如直接殺了我」「我才沒有做錯什麼事」等台詞。偶爾當尖叫聲停止時，來自更遙遠處的呻吟會塡補空白的間隙，肉體、金屬與皮革擦撞的聲音也一同響起。我是不是應該要摀住耳朵？還是要閉上眼睛？然而，我只能張大嘴巴佇立在原地，什麼都做不了。

「怎麼慢吞吞的啊，連門都不會關嗎？」

奶奶不知何時走了過來，關上鍋爐房的門。關上門的那個瞬間，聲音與熱氣一起消失殆盡。一大早的，這是什麼扯到爆的夢境？我，現在是清醒的吧？我再次伸出手，轉開鍋爐房門的把手。幾絲熱氣傳了出來，接著從門縫中又聽見一陣慘叫。奶奶見狀，不耐煩地把門踹上，然而烈焰沸騰的景象卻好像還在我的視網膜上搖曳晃動。

「奶奶、奶奶……剛剛、那個是什麼啊？啊？」

「咱不是已經說了嗎？我已經簽約了。」

「哦，好吧，妳是說妳已經找到新房客，對吧？但是，剛剛那個到底是什麼？現在連毒蟲都可以變成妳的房客哦？我的早餐該不會也被下藥了吧？」

現在的租客確實越來越難找了。這個社區已經沒什麼地方能開發，附近也沒有什麼像樣的公司或學校。況且在現今這個世道，有誰會願意去租一個連浴室都要共用的老舊公寓？話雖如此，這裡也不到需要重新裝修的程度。奶奶爲此愁眉不展，但總不能因爲這樣，就讓毒蟲住進來吧？沒想到，奶奶的回答卻超出了我的想像：

「那人不是毒蟲。是咱跟地獄簽約了。」

＊擺放熱水器的儲物空間。

地獄？是一間公司的名字嗎？是要把這裡的空房當作那家公司的員工宿舍？

奶奶接著說明：

「地獄最近正在整修，那些罪人沒地方可以放置，咱才決定借他們空房跟剩下的空間。就像剛才那樣，以後也會有罪人進進出出。妳要是隨便開門，可是會遇到危險的。」

「遇到……危險？」

「妳的腦子弄丟啦！就是叫妳沒事別去看什麼地獄，所以才會用尖叫警告妳，這裡沒什麼好看的，知道嗎？」

「啊……哦。」

「快吃妳的飯。」

沒錯，要吃飯才行，吃飯。早晨時光不要說五分鐘了，就連三分鐘都要好好珍惜。我得趕緊吃飯，趕緊洗碗，趕緊刷牙，趕緊狂奔出門，這樣才趕得上補習班。我用茫然的心情將米飯塞進嘴裡咀嚼。現在還在上課時間的誤差範圍之內。我沒咬幾口就吞了下去，如果把碗放到晚上再洗，這樣還趕得上公車。這是熟悉的時間、熟悉的空間。現在，我還可以控制得住。不過，一個不熟悉的聲音將我從思緒中拉回。樓上，那個好一段時間都沒有租客的空房裡，傳出房門開啓的嘎吱聲，還有不知名的某人咚一聲跪在地上的聲音，甚至還聽見雙手用力貼合在一起哀切祈禱的聲音。

「我錯了、我錯了、我……咿咿咿咿！」

駭人的爆破聲打斷了說話的聲音。

奶奶緊皺起眉頭。

「這傢伙生前是有多窮兇惡極，才會受到這樣的懲罰呀。妳可別像他們那樣。」

「我才沒有這種美國時間呢。奶奶，抱歉了，碗筷等我回來再洗！」

「先把碗泡進水裡再走！」

我將水注滿飯碗，把腳隨便塞進鞋裡，順著下坡路一路奔跑，外頭糟糕的空氣讓我清醒過來。我早上到底看到了什麼啊？是我還沒睡醒的關係嗎？還是奶奶終究太老了有認知問題？認知症會不會傳染啊？我抬頭仰望著矗立在斜坡上的家。三十年前，它可說是非常豪華。我還沒時間思考新房客是個人身分還是公司行號，就看見閣樓的窗戶上貼著某種東西，它們像魷魚腳上的吸盤一樣圓滾滾的，瞬間一個又一個……變成眼球的形狀，我立刻把視線移開。那是我第一次見到「地獄」的日子，甚至還是以承租人的身分。

02

多穀茶的沖泡法，每一家都不同

奶奶的主要收入來源，是出租獨棟大別墅中的空房間。這間別墅只有結構像電視劇中的財閥豪宅，此外不知從什麼時候開始，裡頭的住戶竟然不再是完整的大家庭，而是些居無定所的傢伙。一文不值的我來到這裡之前，這間房子就是這副模樣了。上一次修繕好像已經是二十世紀末了吧？如今宛如一棟「另有隱情的兇宅」。木頭門板有一點彎折，想要好好開關這扇門，還必須靠肩膀出點力氣。客廳牆上滿是八〇年代流行的浮雕木作裝潢，讓寬敞的空間看起來有如小木屋一般狹窄。冬天打開暖氣時，熱氣四處飛散飄走，壁紙上也滿是黴菌斑點，更別提夏季有多難受了。潮濕、陰森、悶熱，屋子承受著四季更迭，逐漸老去。附近的房屋仲介哄奶奶，說什麼最近流行獨立套房，只要重新粉刷一下牆，再放台小冰箱，每個月就可以收到四、五十萬韓元的租金。奶奶卻完全不當一回事，回敬給仲介的也只有她的碎碎念而已。不知何時開始，那些長期住客，一個接一個存夠錢搬走了。後來即使降低租金，也幾乎沒有新租客入住。這其實也不能全怪不肯花錢裝潢的奶奶。老實說，這房子肯定從蓋好那時就中邪了吧。住進這裡的人，沒有一個能夠生活如意。

我突然想起關於某個房客的事，脫口問道：

「奶奶，那小子也下地獄了嗎？」

「怎麼大清早就罵人！妳在說哪個混帳東西？」

「吼？就是那個原本租下三樓房間，結果因爲施暴坐牢，導致租約作廢的人啊！那傢伙出獄後，在回家路上的小巷子裡跟人大打出手，結果死掉了不是嗎？」

「讓我想想，那是哪一年的事？」

「誰記得啊？」

「天底下這樣的事情還少嗎？妳自己都不清楚的事，還問個啥呢？」

「我只是在想，如果那種人也會下地獄的話，應該會出現在這裡的某個角落吧。」

沒錯，「這裡的某個角落」。我指的「這裡」，就是現在連稱爲家都覺得難爲情的這棟房子。

我撇開了頭。和奶奶共進早餐的時光本來就談不上愉快，這段對話形同是撒上更多不必要的調味料。門扉無法承受地獄的熱氣默默打開，來自地獄居民的慘叫聲散溢而出。不光是恐怖電影中經常出現的呻吟聲，同時還有過去從未聽過、也不會想聽到的爆破聲。

打掃走廊的時候，我偶爾會瞥見空房間中，有人在滾燙鐵板上赤腳跳舞。在這個世界裡，飛舞在空中的不是雪花，而是血肉。人們為了少受一點痛苦，把自己的骨頭當作武器，抵抗著灑在身上的帶鋸齒大網……雖然我的脾胃還算強壯，但也沒有一直觀賞這種情景的膽量。我敢親眼去看，且忍耐得住的，只有餐桌另一頭吃著廚餘拌飯的傢伙。

就在我跟他目光相對的瞬間，我的好奇在一念之間脫口而出：

「地獄，真的很恐怖吧？你一定過得很辛苦。」

男人以一副不置可否的模樣答道：

「剛才講的那個也很恐怖好嗎？有房客械鬥死掉？真的假的？」

「他還沒住進來之前就死了，應該不能算房客吧？出租房子，本來就什麼鬼房客都遇得到。以前還有房客把偷來的小狗關在衣櫃裡，結果被我們抓到。」

「鬼……所以後來怎麼樣了？」

「當然是趕走啦。但是那個人被趕出去的那天，就在廁所馬桶的水箱裡，把那些在這段時間收集的狗大便……」

「住口！住口！」

男人高聲大喊，接著望向自己還剩下許多殘羹剩飯的碗。看他喃喃自語的嘴型，似乎是想指控我害他沒了胃口——但是，打從一開始，問題就不在我身上好嗎。

我繼續追問男人，但爲了不讓奶奶聽見，我特意把聲量降到最低。

「你吃的東西眞的是前世剩下來的嗎？」

「那倒不是。那個，我……在生前，稍微做了那麼一點點壞事。」

「您做了什麼啊？」

「我在批發食材的時候，把要給工地員工餐廳的……我、我已經在贖罪了，所以妳不要再問了。」

我忽然看見男人碗裡的東西。長著白色黴菌的辛奇*，以及下方長出綠芽的馬鈴薯塊映入眼簾。男人以羡慕的眼神，直盯著餐桌上我與奶奶的樸素餐點，然後又繼續埋頭吃銅碗裡的東西。他果然不是因爲生前浪費食物而受到懲罰的？不過，這也不表示我想

* 韓國官方因為中國的關係，將韓國泡菜翻譯正式改為辛奇。

把自己的飯菜剩下來。銅碗男人只有第一天比較倒胃口，然而，房門裡的光景卻令人好一陣子都沒胃口，也對任何事提不起勁。

仔細想想，留下抓痕的走廊倒不像一年四季都爬滿霉斑的牆壁那麼讓人反胃。我甚至在不久之前才注意到，如果放任家裡留下的地獄痕跡不管，它就會自己消失。噢耶！我不用打掃也沒關係！還有，最重要的是……

「媽的，咱講到嘴巴都要破了，管用嗎？不聽就是不聽啊！都說過多少次，前世吃剩的東西都要在陰曹地府中吃乾淨，妳怎麼還硬要問個不停呀！」

最擅長讓我倒胃口的，就是我們家這位奶奶。她總是刻意把話說得很小聲，但其實大家都聽得見。奶奶用混濁且飽經風霜的眼睛瞪著我，大喊道：

「妳呀，吐掉炒小魚乾時，咱就開始說妳了！現在嚼不動就扔掉，等妳老了之後就得用嘴巴含到化開才吃得了！妳以爲這是在騙妳嗎？啊？」

「妳什麼時候說過……不對，奶奶，妳說的都對，我怎麼可能懷疑妳？」

「剛剛還在那兒追根究底、問個不停，現在還想當狐狸裝乖？妳要是當不成狐狸，當隻小熊也行。瞧妳像隻小老鼠一樣小口小口吃東西的樣子。」

「對不起，我會盡全力吃飯，一點都不剩。妳看，我連碗底殘留的辣椒籽都刮得一乾二淨。」

「還頂嘴，嗯？妳，以後去地獄走一遭看看。閻王會抓住妳的舌頭，把舌頭拉長，然後審問妳是不是用這東西對長輩說些大逆不道的話。」

奶奶用筷子指著我的嘴巴。在這段時間裡，我堅忍不拔地清空了飯碗。銅碗男人大概覺得起因是自己，所以兩邊才吵得不可開交，於是一邊探查我的表情，一邊悄悄低下頭。我心想，沒事的，你有生之年（這話好像不該對死人說）總有一天會習慣的。

「妳的舌頭會被放上滾燙的石頭哪！不要說頂撞長輩了，和男人交往時，妳若膽敢出言迷惑他們，到陰間就會被拔出舌頭，受耕舌之苦＊。」

奶奶試圖以各種地獄的形象來管教我。

「耙啊耙，耙啊耙……種子得撒上去呀。這樣才走得遠。」

奶奶有時候會說出一些沒頭沒尾的話，也會在某個瞬間突然望向遠方，閉口不言。奶奶的視線失去了焦點。碰到這種狀況，我都會屏息聆聽奶奶的呼吸聲，心裡忐忑不安。令人感到萬幸的是，奶奶似乎沒有要倒下的樣子。倒是那個銅碗男子一直如坐針氈，我向他揮手示意讓他放心，然後清理餐桌上的空盤。只要我一邊洗碗，一邊順手燒

＊出自佛教典故之耕舌地獄。

開水、泡杯咖啡給奶奶，到時她就會打起精神，恢復正常。

但是，今天有一點不同。當我正準備要收拾餐桌上的碗盤時，奶奶張開乾燥的嘴唇。

「孝燮來啦？」

即使我想忽視這句話，奶奶的雙眼依舊堅定地看著我。緊接著，她說出還算邏輯分明的一句話：

「那裡，就在那邊，我聽見殺豬的聲音了。」

我沒有回答。鄭孝燮——奶奶前途黯淡無光的小兒子。幾年前，他擅動奶奶放存摺的抽屜，因此被奶奶趕出家門，還叫他「永遠不要再回來了」。奶奶也很清楚這件事，只是偶爾會忘記。奶奶的脖子僵硬地晃動。

「當時那個臭小子大言不慚地質問我，爲什麼要把假貨放在首飾盒裡耍人，我就應該斬草除根才對。這次不就是打算把房子賣掉，爲了拿文件才回來的嗎？」

哈哈哈，奶奶原來也是這麼想嗎？那傢伙如果再次偷溜進來的話，我們就先打斷他的腿，再把他丟進中浪川裡吧！……我使勁將這個回答吞下肚。那傢伙是垃圾的事，天知我知奶奶知，但絕對不能從我的嘴裡說出來。畢竟只有自家人才能罵自家人。

「媽的，與其留這棟房子給那小子，還不如放把火燒掉它，反正又不能帶進墳墓裡。」

是啊，能夠繼承房子的人，也只有家人而已。即使這十幾年來，都是我在打掃這間屋子，甚至在奶奶生病時，也是我隨侍照料，可是，我一文不值的事實仍舊沒有改變。沒關係，這棟房子別說是要賣掉了，搞不好拆除費用更高昂呢，接收它又有何用？奶奶，我沒有想要得到這棟房子的企圖……所以，請別毀掉這房子啦。

我深怕聽見奶奶在我背後倒下的聲音，所以盡可能地悄無聲響、小心翼翼地洗碗。因為這樣，我沒有發現電熱水壺停止加熱的聲音。我將橡膠手套晾起來後，用稍微涼一些的開水沖泡咖啡。轉身一看，奶奶的雙眼恢復了生氣。奶奶充滿活力地說道：

「都涼掉了。」

「不是還有熱氣嗎？每次都吃那麼燙的東西，然後再來找冰塊。」

「妳捨不得奶奶把冰塊放進嘴裡嗎？」

「啊，妳先喝看看再說！我放了奶精，所以不怎麼燙了。」

奶奶似乎不相信我的話，躊躇不決地把咖啡杯遞到嘴邊。我在奶奶用成串髒話咒罵之前，連忙從廚房裡脫身。接著聽見銅碗碰撞的聲音，看來奶奶這次罵人的內容也十分有創意呢。啊，銅碗男子，試著撐下去吧，你馬上就會習慣的。至於我，也很快就會熟悉地獄的景象。

日子依舊如常，沒有什麼變化。就算有誰死在家門前的小巷子，就算有哪個鄰居連夜跑路，就算鍋爐房的下方岩漿滾滾，這個家仍然十年如一日。走廊上積滿塵埃，每逢下雨的時候，窗框就會溢出一片灰。該死的人類亦如此。

走廊的另一端，某人一跟我視線相對，就倉皇地將菸頭往牆上捻熄。她是二樓最後一間房的房客，金社長。她面露尷尬的笑容。

「哎呀，親愛的，廚房裡的動靜很大，妳不去瞧瞧嗎？」

「打翻的人應該會去收拾吧。比起這個，金社長，香菸……」

「我知道！我是去外面抽菸，呃，只是有東西沒拿，所以才又進來一下而已。」

「好的、好的，您還特地在髒髒的地方熄菸，所以連一點痕跡都看不見呢。沒有關係的，我也沒有要對您說什麼。」

一般來說，懂得禮義廉恥的人都會在話說到這個份上時低頭認輸。然而，金社長並沒有羞恥心這種東西。

「……總會有一兩個弄髒的地方嘛。而且從不久前開始，家裡就飄著一股惡臭，根本就不會留下菸味。都是新房客的問題啦，不然就是化糞池又爆開了吧？」

我承認家裡某些角落還想談收租，實在是厚顏無恥。可是奶奶，妳竟然沒跟其他房客解釋把房間租給地獄的事嗎？

「那個……好像是新房客叫的外賣食物壞了，確認之後，我會處理的。」

「幫幫忙吧，雞蛋臭掉的味道簡直漫天撲鼻。」

金社長露出面目可憎的笑臉，同時掐了掐我的臉頰。

「哎喲喂，眞乖巧，奶奶能在晚年遇到妳眞是萬幸。」

我試圖閃避揉捏我臉頰的手，但是那假裝順從垂下的手卻又立刻抬起，粗暴地搓揉我的頭。

「好好加油，奶奶身邊還有其他人嗎？況且每個月準時付房租的人只有我，對吧？要乖乖聽我的話喔。」

「我要回房間了。」

「沒有人不讓妳走啊？」

金社長舉起雙手，模樣令人厭惡。她站在那裡，不知不覺中又掏出一根香菸。我將她拋在腦後，踏上階梯。不知道是不是因爲金社長的話，我後知後覺地聞到一股硫磺味。不過，我對於此事的擔憂被樓梯嘎吱嘎吱作響的聲音沖淡，這可比地獄恐怖多了。

我是不是說過「日子依舊如常，沒有什麼變化」？我要特此更正，即便我想大肆改變日常，該做的事情仍然穩如磐石，等著我去處理。吃過午餐，我在房間裡準備了一個多小時的多益考試後，走到樓下。奶奶正在洗她喝完的咖啡杯。我從餐桌角落的零食箱中，拿出一包最中餅*，便出門去搭公車。一走進打工的餐廳，我就開始投入工作，在晚餐時段卯足全力不停工作，拚命做到下班時刻，再次搭上公車回家。即使地獄降臨，以上這些每天要做的工作也沒有變化。我應該慶幸嗎？如果我是一個壞人，生活會有所改變嗎？那些墮落到地獄的壞人，竟然要接受這麼殘酷的刑罰，不禁讓人在心裡發誓：「我要改過向善，將餘生貢獻給生活艱困的人們！」如果我是個更聰明的人，起碼會規畫個地獄觀光行程。有些人或許喜歡但丁神曲兩小時套裝行程，有些人則偏好經典神作中出現的刀山地獄三十分鐘巡禮等等。

腦中充斥這些胡思亂想，（無法確定是否會派上用場的）多益學習時間一下子就過去了，我扭著身體把自己塞進打工時穿的黑色工作褲裡，然後走下樓梯。

「奶奶，我去工作了！」

奶奶並沒有回答，是出門散步了嗎？當我走進廚房想要收拾咖啡杯時，迎接我的並非咖啡杯，而是一個漂亮的玻璃杯。這是奶奶之前放在展示櫃中的東西，怎麼會在這？起初，我以爲是奶奶拿出來泡冰咖啡。但仔細觀察後，我發現空氣中飄散著一股香甜的味道。那是杯漂著冰塊的多穀茶。冰塊的邊緣稜角分明，顯然剛泡好沒多久。

「奶奶？奶奶，這是什麼啊？妳想喝才泡的嗎？我可以倒掉嗎？」

還以爲奶奶一聽到「我可以倒掉嗎」這句話，就會衝出來捶我的背，卻沒有任何回應。取而代之的是，貼在玻璃杯底部的紙張啪噠一聲掉了下來。是一張便條紙。

上班前，先隨充糖分再出門♡

哇，這是什麼鬼？不是奶奶的字跡。但是，奶奶也不是會麻煩房客寫這種東西的人。難道是把雜七雜八的東西全拌在一起吃的那個銅碗男人嗎？不過，倘若地獄裡的罪人動得了我家的廚房，也不會淪落到吃那些剩菜維生了吧！嘔……只是稍微想像一下就胃口全無了。

雖然想直接丟掉，但我實在難以說服自己倒掉能吃的東西。我每天都要等到下班才吃晚餐，所以總會提前吃些零食。況且這茶聞起來還不賴。本來只是爲了試試看味道如何，因此將杯子微微傾斜了一些，沒想到舌頭碰到的瞬間就停不下來了。好喝耶。眞的非常不錯，底層還鋪著花生粉。滿滿一杯的多穀茶瞬間流進我的肚子裡。

＊源自日本的零食，上下兩層餅皮，中間包裹紅豆沙餡，後可代指所有類似型態的零食。

整理空玻璃杯時，我發現廚房裡到處都是沖泡多穀茶的痕跡。砂糖罐都空了一半。本來還在想花生粉是從哪來的，原來奶奶放了一包堅果茶沖泡包。沒想到奶奶還挺有一套……就在這麼想的瞬間，我在垃圾桶前僵住了。沖泡包的包裝丟在垃圾桶裡，而不是塑膠回收分類箱中。奶奶絕對不會這樣處理垃圾。這麼說的話，被我喝完的多穀茶極有可能不是奶奶泡的啊！我全身起了雞皮疙瘩。清甜可口的多穀茶彷彿在我的五臟六腑中翩翩起舞。

可是！我現在！要立刻下山！去上班啊！

連吐出來的時間都沒有，哪還有閒情逸致去找犯人啊！萬一我在外頭暈倒，應該會有人發現吧？這麼一想，倒不如乾脆昏倒在工作場所，那裡會有許多目擊證人，監視錄影器也是４Ｋ高畫質。

我試圖安慰自己，但揪著背包肩帶的手卻在不知不覺間緊張發冷。我一向無所畏懼，不管是有人在走廊上大吼大叫、想要掐住奶奶的脖子，抑或是陌生人大字型躺在家門外，甚至是地獄降臨到家中，我也不曾感到害怕。或許是奪門而出的不安感使然，我嘆了一口氣，一股香甜的氣味立刻掠過我的鼻尖。摻雜著甜蜜的擔憂，這還是我第一次體會到。

03

身後獨享的「地獄赦免券」VS
分享轉贈的「地獄招待券」

從多穀茶的成分來看，並沒有什麼特別的問題。但是，就在我走下公車的時候，腹中翻湧的液體宣告了一場小小災難的起頭。我確實喝太多了，況且一邊工作一邊來回跑廁所也得看別人臉色，我是不是該在換衣服之前先上個廁所？

然而，當我才剛轉進美食街，一道漆黑的影子擋住了我的去路。

「啊，徐珠姊！妳現在是要去上班嗎？」

是跟我一起在辣炒雞店打工的勝彬，我第一次對他興高采烈的聲音感到不悅。

「嗨，你怎麼還不進去？在等人嗎？」

「我也剛到而已，是時候進去了。」

「好哦。」

「嗯，需要我幫妳拿包包嗎？」

「幹麼？我看起來很累嗎？」

「沒、沒有！妳吃過午餐了嗎？」

勝彬在我身邊一副不知所措的樣子，再加上他一直與我保持固定距離，以至於我痛失提前去廁所的時機。不祥的預感永遠都準到不行，或者該說莫非定律威力無窮。來回廁所只有短短五分鐘，卻已經足以讓一百萬個顧客大喊：「服務生！」在我離開崗位的期間，其他同事的工作一點一點堆積成山，店經理看了直搖頭。

「徐珠小姐，妳今天好像常常離開崗位。」

經理只說完這句話就走了，一起打工的茉卡姊姊輕拍了一下我的腰。

「不要放在心上，他一直都自以爲對員工瞭如指掌。」

「謝謝妳，茉卡姊。」

「但是，妳今天的狀態看起來確實不太好，發生什麼事了嗎？」

「發生了不得了的事，地獄入住到我家了！」我總不能這麼回她吧。我大可坦率地告訴她，我的不安是因爲喝下不知道是誰泡的多穀茶，但我們並沒有親近到連這種前因後果錯縱複雜的事情都能分享。我搖了搖頭。

「總覺得中午吃的小菜有點怪怪的，可能是因爲這樣才有點擔心吧。」

「不要硬撐，搞到自己昏倒喔。受不了的時候直接跟我說。」

「要是我今天昏倒的話，那絕對不是在裝病，請幫我打一一九。」

「哈哈哈，那是當然！勝彬，如果徐珠暈倒的話，你就背著她走到那前面。」

神不知鬼不覺一直在旁邊聽著的勝彬立即點頭同意。我不知道該怎麼回嘴，只能面露尷尬地笑了笑，然後轉頭招呼其他客人，逃避這個話題。

晚餐尖峰時段過去，我們依然閒不下來。因爲越接近結束營業的時間，越多爛醉如泥、癱在地上亂爬的人。好不容易讓一名醉漢乖乖坐下之後，稍微沒那麼醉的醉漢同事說要去叫計程車便往店外走，可是過了二十分鐘都沒有回來。我握著拖把等了好一陣子，最後只好繞過醉漢，只清掃了他的四周。被同事拋棄的醉漢直到我們要打烊才睜開眼睛，但似乎還不怎麼清醒……無可奈何的我們先餵醉漢喝了一點摻水的汽水，然後由勝彬攙扶他去計程車招呼站。我拿起勝彬的東西，靠在門口等他回來。

從美食街到大馬路的街景一如既往。精神奕奕笑著道別的人跟喝得醉醺醺的人，展開計程車爭奪戰。第一攤笑著對飲的人們，到了第二攤開始抓著彼此領口大聲爭執。這群人的身後有一間不只提供唱歌服務的ＫＴＶ，店家四周還升起了充氣的廣告氣球。

沒過多久，勝彬宛如苦戰得勝的勇士歸來。他滿臉頹喪，汙漬斑駁的襯衫脫下來掛在脖子上。我跑回店裡拿出一件制服襯衫遞給他。

「哇！徐珠姊，妳這是特地在等我嗎？」

「又不能把你的東西放著就鎖門走人。不過你也眞善良，要是我的話，就乾脆讓他坐在店門口，然後直接下班。」

「怎麼會，徐珠姊很善良啊。現在不就是在等我回來，還很照顧我嗎？」

「噢……」

我啞口無言。與我的冷嘲熱諷不同，勝彬似乎眞的在稱讚我。我應該怎麼回答呢？問他我哪裡善良嗎？在短暫的沉默演化成「對話中斷」之前，勝彬再度開口。

「所以，那個……我很感謝妳，我可以買點什麼吃的給妳……」

「哦，徐珠還沒走啊？太好了！」

此時，從某處傳來的爽朗聲音蓋過勝彬扭捏的細語，是茉卡姊姊。她理所當然地挽起我的手臂。

「那邊的小巷子裡有人在打架，超級恐怖。我們一起走……啊！勝彬，你不是去搭計程車了嗎？」

「那個……」

「噢……」

勝彬跟茉卡姊姊交換了一個彆扭的眼神。這有什麼好尷尬的？我將背包重新背好。

「勝彬，辛苦你了，回家路上小心。茉卡姊跟我一起走，妳剛說哪裡打起來了？」

「啊，等等！徐珠，我們三人一起喝一杯，如何？妳剛剛不是才被經理罵，心情很不好吧？」

勝彬在旁邊奮力點頭。

「是啊！這麼一想，除了公司舉辦的聚餐，我們都還沒有一起喝過酒吧？」

「就是啊，徐珠，我來請客。喝啤酒對消化也有幫助。」

雖然「啤酒有助消化」沒有科學根據，但只要心裡相信就足夠這麼主張。可惜的是，我沒辦法答應這個聽起來很愉快的邀請。

「太晚回去的話，我會被奶奶罵的。」

「我們又不會喝到末班公車都跑掉？」

「我奶奶就是那種從朝鮮時代走出來的人，平常只要工作時程稍微有一點點改變，她就會質問我是不是交了男朋友。」

「太誇張了吧？最近高中生的父母也沒這樣啊。」

茉卡姊姊撇了撇嘴，但也沒有再繼續纏著我。勝彬低著頭跟在我們身後，看樣子是打算一路送我們到底。茉卡姊姊嘴裡喊著「哎呦喂，好乖呀！眞是乖！」活像是在逗小狗般嘻嘻笑道：

「勝彬不愧是我們的吉祥物。你一來，那傢伙就夾著尾巴逃跑了。徐珠妳有沒有看到那個穿藍色夾克的傢伙？頭髮很雜亂的那個人。」

「啊，是那個肩膀很寬的男人嗎？」

「嗯。那個人好像想偷醉漢的錢包，結果被發現了。不過只吃了一拳就被打趴，後來就乾脆專挑路過的女人下手。」

勝彬咂舌。

「眞是不爭氣啊。」

那個男人離開巷子的時候，依舊很不爭氣。每當路過的人視線掃向他，他就會回頭看著對方大吼大叫。即使距離遙遠，也能聞到他語氣中散發出的濃烈酒精味和自卑。

「前面出了什麼事？妳們在看什麼？」

勝彬望著另一邊，似乎正在考慮要不要插手。這小子簡直善良得不像話。我拉住勝彬的衣袖。

「身上還穿著店裡的制服耶，你知道這是什麼意思吧？」

如果爲了勸架而惹上是非，明天店裡眞的會出現我們無法招架的客人。幸好鄰近店家的員工走出來，盯著藍夾克男不放。那傢伙嚇得瑟瑟發抖，只好轉身朝著美食街深處走去。那裡與汽車旅館及賓館街相接，招攬客人的氣球在中間搖盪飄動。我們三人見狀都鬆了一口氣。

「什麼跟什麼啊！你們兩個，回家路上小心一點啊！」

「好的，茉卡姊回家也小心。勝彬，明天來上班的時候，記得把制服帶來。」
「好的，徐珠姊。回家的路上如果發生什麼事，要馬上聯絡我！」
「光是有你這番話，我就很感謝了。」
「我才不是隨口說說！是認眞的！」
勝彬踏著輕快的步伐走下地鐵站樓梯。我轉頭看了眼剛才那條小巷子，藍夾克男早已從視野中消失許久，但我腦海裡卻深深烙印著剛才看到的背影，存留在舊日記憶的旁邊。奶奶的第二個兒子——鄭孝燮先生的背影，不就是那個樣子嗎？奶奶硬將兒子的肩膀套進她精心整燙好的夾克裡，那緊繃的背影至今仍留在我的腦海。難不成這兩個背影是同一個背影？天啊，希望這只是我的錯覺。我拒絕再看到七〇年代電視劇才會出現的母子戰爭，以及那個差點撐爆衣服的場面。
我逕自搭上公車，刻意忽略有人在站牌角落嘔吐的聲響。公車宛如一個快要塞爆的菸灰缸，人頭密密麻麻塡滿內部空間，四面八方都瀰漫著疲勞睏倦的氣息。我掩住嘴巴，反覆回想明天要讀書的範圍。既然都要復學了，那麼拚死也要拿下獎學金才行。無論如何，考慮金錢與課業的事情，都比觀賞宛如地獄縮影的街頭夜景來得實際。然而，就在我回到家之後，這個想法改變了。對不起，是我太小看地獄了。對於敝人竟不知好歹地將街頭夜景戲稱爲地獄，著實感到萬分抱歉！

回到家，進入走道看到的第一幅畫面，就是吐著長長舌頭、匍匐潛逃的人。他所經之處都留有會反光的大片口水，就像蝸牛爬過一樣。一隻扛著犁耙的牛緩慢跟在其身後。我記得某個教育漫畫裡出現過這個場面，內容似乎是在撒謊者的舌頭上種田？追上來的牛舔了一下罪人的腳掌，隨後一道前所未聞的慘叫劈開整條走廊。那名逃亡的罪人被牛拖著，試圖抗拒的努力只在地板摳出長長的指甲刮痕。來自地獄的房客所留下的痕跡頂多存在一夜就會消失殆盡。但是那道痕跡卻停在我心頭，久久難以忘懷。

雞皮疙瘩無端湧現，我搓揉自己雙臂，小心翼翼跨過地上的指甲刻痕。牛可不懂得怎麼關門，走廊因此直播起地獄裡的聲音。有個握著鋤頭的罪人想要逃跑，被其他罪人拉了回去，眾人指著他的鼻子大罵：

「光想自己逃跑，那我們該怎麼辦呀！好不容易才種完，現在全給你掀翻了。舌頭要伸好呀！」

「呃、呃、呃……」

逃亡者咿咿呀呀地想反駁什麼，但其餘的罪人根本不肯聽他辯解。正當進行農耕的罪人要把鋤頭扎進舌頭的剎那，我關上了門。不曉得地獄是不是本來就是這樣，抑或是獲得大小適宜的空間之後，才發揮出如此驚人的創造力。不過，地獄的形態還眞是千奇百怪。奶奶之前為了教導我而引用的古今中外地獄傳說，根本相形見絀。

比如有個房間聚集了喃喃自語的白衣罪人。這些人就像是故障的錄音機，不斷說著一句很簡單的話：「今日早晨天氣很晴朗。各位都吃過午飯了嗎？那麼直到下次再見為止，大家一定要保持身體健康！」但一直重複這些話語的過程中，時不時有人講錯內容。這時，其他犯人的表情會同時變得扭曲猙獰。由於耳裡塞著耳機，他們紛紛對自己的耳朵又挖又摳，一心想拔出耳機，接著一個個癱倒在地。至於他們從地獄的耳機中聽見了什麼，我始終無從得知。

還有玩大風吹遊戲的房間。一名看來十分溫順的人把椅子讓給別人，結果卻被狠狠毆打一頓。看起來像是她女兒的罪人抓著媽媽的領口咆哮：「媽媽，妳幹麼老是擅自把我的東西讓出去，還一副自以為慷慨的樣子？」

我還看過吃雪塊的人。更準確地說，那人應該是在雪地中尋找什麼，但除了把眼前的東西吃掉以外別無他法。他堆起雪球，使勁塞進食道裡。食道凍傷的疼痛讓罪人淚流滿面，然而流出的眼淚又降溫凝結成更多的雪，使房間再次被白雪淹沒。關上房門時，我聽見了嘔吐聲。隨即在一陣轟隆作響的震動之後，傳出有人被雪崩掩埋的聲音。

可以肯定的是，無論是哪種形態的地獄，都有害身心健康。也許有的人會認為，看到壞蛋遭受天譴不是應該很爽嗎？可是我又不清楚那些人在生前做了哪些壞事。況且這就跟悶烤地瓜一樣，在享受復仇爽感之前，必須先來一段令人發悶的故事才對。然而就算眞要有天譴，我也不想因爲這些通往地獄的暴力犯罪故事而失去對人類的愛。

我在走廊上來回逐一檢查房門是否關緊時，發現了一扇微微開啓的房門，正當我打算要關上門的剎那，裡頭傳出熟悉的聲音：

「對不起、對不起。是我做錯了，我不會再犯了。這次請饒過我吧……」

我還是第一次聽到地獄裡的罪人用如此充滿活人氣息的聲音說話。這對我來說相當新鮮，因此我打開了房門。房間之中，有個人正順從地俯臥著。前方有名男子正舉起十字鎬，而他的背上插著一把鐮刀，他身後抓著鐮刀握柄的那人背上則插著鋸子，而這人的後面……就這樣，這串人龍一直連到地獄深處。十字鎬男還沒找到下手的位置，先拉開嗓門說：

「看來妳確實罪孽深重啊！妳爲了保全自己的性命，傷害了誰？」

「就……就算這樣，我跟其他人相比，已經算是對我孩子很不錯了！」

「不許強詞奪理！」

「可……可以把人帶來作證啊！哎唷喂，閻羅王大人啊，早知道會這麼年輕就受到審判，我就早點去做義工了……」

伏趴在地的人開始哇哇大哭，男人把十字鎬舉得更高，威嚇力十足……但是，總覺得有點不太對勁。

我走進房間，來到倒臥在地的那人身邊，拍了拍她的背。

「不好意思。」

「咿咿咿？」

大概是以爲十字鎬落在背上，那女人的雙手在空中揮舞，渾身都在發抖。我握住她的手，說道：

「是我，我是徐珠。」

「咦、咦？」

「您是金社長吧？」

原來地上趴的正是二樓最後一間房的房客。她的臉上涕淚交織，聞言後點了點頭。

「這個問題有點好笑，但是，請問您已經死了嗎？」

「不，不不不！不是的，我本來以爲我死了。親愛的，妳捏一下我的臉……呃啊！」

「是活著的呢！出來吧。」

「那……那個是什麼啊？不對啊，我一走進房間，眼前就突然出現一道閃光，我還以爲這房子要倒了呢！」

「現在還沒有倒哦。」

拿著十字鎬的罪人、在他身後拿著鐮刀的罪人、接著是拿著鋸子的罪人……這群罪人忽然像展開的折扇一樣，挺起腰桿來盯著我們倆。我朝握著十字鎬的罪人搖了搖頭。

「這位不是地獄裡的罪人，她是個活人。」

「什麼？可惡，那爲什麼一被問罪，她就立刻跪下磕頭？虧心事肯定做得不少，乾脆直接死一死。來，把人交給我！我……我必須盡快把這個插進去！」

罪人顫抖著手高舉十字鎬。不管怎樣，只有找到下一個罪人的背脊，才是分擔那個兇器重量的唯一解答。金社長嚇得不輕，緊抓我不放。

「親愛的，我……我，別殺我，嗯？妳不會丟下我不管吧？」

我發現她竟然手裡還拿著菸蒂，實在很想當場丟下她走人！金社長，我還在納悶妳怎麼不待在二樓房間，特地要跑到這裡？原來是爲了要抽一根！金社長遲鈍地察覺到我的目光，趕忙把香菸扔到地上。不是呀，怎麼會那樣處理？我漸漸皺起眉頭，金社長一臉惶恐，竟然把香菸撿回來塞進自己口袋。我可不是爲了看這種場面才走進來的。

拿著十字鎬的男人再次出聲喊道：

「快點！」

「您辛苦了。」

我拉著金社長離開房間，她幾乎是連滾帶爬地逃出來。門一關上，走廊裡的陰涼空氣伴隨著沉默充斥在我們之間。金社長似乎這下才回到現實，並用發顫的雙腿站了起來。

「這裡……是哪裡？是三樓，對吧？啊、啊啊，我差點以爲自己眞的死掉，下地獄了！」

「看來您眞的是做過什麼虧心事呢。爲什麼要進去那裡呢？」

「我以爲是空房……」

空房間也不是吸菸區啊。面對一個思考方式處在平行世界的人，我實在懶得跟對方大小聲，於是抬手指向庭院。

「請您去戶外抽吧。」

「這個是重點嗎？那個……剛才那個是什麼？」

「奶奶不是說過，找到了新房客嗎？現在已經沒有空房了，請您注意一下。」

「竟然叫我注意？有誰不小心進錯房間，還要注意會不會被刀砍傷？這種房子太不正常啦！」

這話說的沒錯。但是，想跑到空房抽菸的人也很不正常啊。金社長漸漸從驚嚇中回神，聲音也跟著尖銳起來。

「難怪最近常常聽到尖叫聲，我還以爲這附近有殺人事件呢！這些新房客到底都是什麼來頭？是不是邪教組織之類的？」

「這個我也不知道，合約是奶奶簽的。」

「妳這是在說別人家的事情嗎？這裡可是妳家啊，無論是討人厭還是心地善良，那個人都是養妳的奶奶。不能因爲沒有血緣關係，就只在有好處的時候才把對方當家人。」

「好的，好的。反正您只要使用自己的房間，就不會有任何問題。這事就到此爲止……」

「妳當我在無理取鬧嗎？我不是付了房租嗎？房租耶！現在付錢的人就只有我一個，這點我可是一清二楚！」

她終於失去理智了啊，不僅講話前後矛盾，甚至還信口開河、胡言亂語。

「新房客已經多到爆了。」

「好喔……」

我不知道地獄是否準時付房租，但是現在只要能讓金社長閉嘴，其他什麼我都不管了。

金社長好不容易變得冷靜一些，我轉身背對她。

「快去睡覺吧。」

「我可以叫警察嗎？」

她剛剛說要叫什麼？我感覺到自己的血液逐漸冷卻，回頭一看，金社長正揚起一邊嘴角。

「我可以喊警察來，說我差點被那個瘋子用刀砍傷哦？」

「金社長，我知道就算叫警察來，對您也沒有好處。」

「妳懂什麼啊？」

虛張聲勢個什麼勁。金社長租下這裡的房間，就是因爲不敢回自己家，擔心被以前的仇人找上門。我早知道這人根本無家可歸。雖然知道這一點，我的手仍然抖個不停。不行不行不行，要是警察來的話，這個家……

就在這個瞬間，金社長背後爆出一道熟悉的聲音，是奶奶。

「大半夜的是在扮薩滿跳大神＊啊？還不快去睡覺！」

「唉唷！是您老人家啊。不是啦，我是有話要跟這孩子談談。」

「跟個毛頭小屁孩是要談什麼？徐珠，回房間去。咱說過多少次，如果晚上沒有準時睡覺，房裡就會出現妖魔鬼怪！」

＊薩滿教的傳統儀式，透過跳舞與靈界交流。

我從來不信奶奶說的這些迷信故事，但此時此刻，我決定姑且相信一下。我禮貌地低下頭。

「晚安，金社長。晚安，奶奶。」

「喂，妳要去哪裡！」

「如果妳想把房子喊塌，就先付錢再來嚷嚷！」

「不是啦，老人家，那個……」

接下來也沒什麼好聽的。我走下樓梯，繼續檢查房門，以免有漏網之魚。門都關好了，問題在於廚房。有個鉸鏈壞掉了，以致流理台下方抽屜老是歪倒傾斜。在那裡……我看到了。有一個人雙眼泛著盈盈淚光，口中喃喃自語：

「救救我……」

他看起來像是一個善良的人。當然，這個念頭毫無意義。

「您犯了什麼罪呢？」

「……不管怎樣，也就那樣了吧。」

這個罪人一臉委屈。接著，他堵住自己血流如注的嘴，轉身回到地獄，沙沙作響的聲音伴隨著他的腳步。赤腳行走在壞掉的鉸鏈上，這個地獄又是爲了什麼樣的罪人而準備的呢？

進房之前，我抬起頭往上瞧了好一會兒。一看到地獄的場景，便深信自己是個罪人而雙膝跪地的房客，此刻正極盡全力想要吵贏奶奶。

我從沒想過自己是否會下地獄。倘若有一天我眞的被帶到地獄，實在也沒把握能說服惡魔「我是無辜的」。懶惰的人、謾罵的人、讓父母痛心宛如針刺入心尖的人、說謊的人……如果死後有爲所有人量身訂做的專屬地獄，那麼世間的人類究竟要怎樣才能避免墮入地獄呢？

我偶爾會想，無論古今中外，人類之所以會想像地獄的存在，是不是因爲有想要送進地獄裡去的對象呢？

宇宙竟然可以替我報仇，挺不賴的呀。在世上的某個角落，會有誰爲了我而去想像地獄的存在嗎？雖然不知道會是在哪裡的誰，但就算有也無濟於事。因爲，我的地獄就在這裡。

我想要隔絕房客與奶奶的聲音，所以關上了門。隔音很差的房門外，兩人的爭吵聲就跟地獄傳來的呻吟一樣破碎不堪。

04

比喻中的地獄與現實的地獄

早飯過後的上午時光，整個屋子還算平和。但是買完菜回到家，展現在眼前的是一片地獄般的景象。滿地都是泥土腳印，吸沒幾口的菸頭散落四方，公用廁所的洗臉台上，無處不是捻熄香菸的痕跡。我心裡有股不好的預感，戰戰兢兢扭開水龍頭，發現洗臉台到浴缸的排水口完全被堵住了。這應該是地獄的痕跡吧？是那些衛生習慣有點差勁的罪人弄髒的吧？一定是那樣。只要過幾個小時，它就會自己消失。有誰可以來告訴我，這些東西不需要由我來動手清理？不過話說回來，哪個罪人會把這裡弄成這樣……

奶奶找到站在洗臉台前不想面對現實的我，給出了答案。

「金社長離開了。」

「什麼？」

「早上收拾行李就跑了。該死，最後甚至連

馬桶都沒沖就拍拍屁股走人。」

「不只是沒沖馬桶的問題吧？」

「妳去收拾。」

「是。」

我立刻從倉庫裡拿出清潔工具跟高樂氏清潔劑。這期間，奶奶沖了一杯咖啡，端到走廊上坐著喝。

「她一直跟咱打聽房子租給誰。是不是也問過妳啦？」

「嗯。我當然是說我不知道。」

「爲什麼說不知道？咱可是回答她嘍。」

「妳跟她說房子租給地獄了？她相信嗎？」

「她說咱是不是老糊塗了，咱就把她拉到隔壁房間，讓她自己親眼看看。」

奶奶妳這麼做，萬一那個人報警該怎麼辦啊！

「然後呢？她看到以後就信了嗎？」

「眼見爲憑啊，還能不信嗎？她問咱怎麼隨便讓這種東西進家裡，一直問個不停啊。」

「她說的也對。」

「對什麼對！這有什麼危險的？做人要是光明磊落，到哪兒都能理直氣壯。妳看看咱，不靠法律這不也過得好好的？」

但是，有沒有罪過又不是只看有沒有違法！若是聽過古今中外的地獄傳說，想必就會知道，哪怕是十年前謊稱放學回家路上沒買垃圾食物來吃也是罪過！更何況，昨晚的事實在令人毛骨悚然。如果地獄判官責問我：「妳昨晚阻止了同僚制裁不義。妳不行善就算了，竟還阻撓他人行善？妳的同僚要是沒能前往極樂世界，妳要負最大的責任！」屆時我該怎麼辦呢？

我太對不起你了，勝彬。但你爲人善良，應該能去天堂吧？

「怎麼？耳朵堵住啦？」

「我在聽呢！」

「妳就不必擔心啦。看咱把妳養得多乖啊，嗯？世上沒幾個孩子像妳這麼聽話了。只要妳別做咱不允許妳做的事情，就可以安心了。」

「嗯……」

「不會有事的。嗯，沒人會來把妳帶走……」

說到「帶走」的時候，奶奶的視線投向半空中。這段話的開頭是對著我說，但後面有大半似乎都是在對已逝的長子說。

我把瘦到只剩皮包骨的奶奶拉過來，讓她坐在椅子上。幸好身體還很溫暖。雖然總覺得能放心的時間越來越短，但如果奶奶想起「那天」的事情，我是一點辦法也沒有。

聽說那是早在我還沒住進來很久很久以前的事，那天警察把奶奶的長子帶走了。我從已搬離的房客那裡聽說了當天的狀況。「跟愚蠢又糟糕的次子鄭孝變不同，長子鄭俊變是個糟糕但聰明的傢伙。他在奶奶沒發現的情況下，把鄭家的財產全部掏空，然後離開了家，幾年後又跑回來，要奶奶讓他藏在這裡。但是，沒想到警察破門而入，然後……」然後，就沒有然後了。當我問道「難道他被判死刑了嗎」，房客一齊哄堂大笑。他們告訴我他根本不到那種等級，應該是出獄後沒臉見奶奶，就再也沒回家，獨自在外流浪，最終橫屍街頭。而且還是因爲他故意製造假車禍，結果失敗收場才死掉的。但是這對奶奶來說，實在是笑不出來的事情。

因爲如此，奶奶變得害怕警察。金社長在這裡也住了一段挺長的時間，想必也知道這件事。想到這裡，我又開始煩躁起來。明明金社長自己做了一堆虧心事，竟然還敢來威脅我們？我眞想壓著金社長親手挖通排水口，然後連浴室的牆壁都要她清掃乾淨。等我終於打掃完畢，敞開窗戶，走出浴室，已經回神的奶奶放下空杯，對我說：

「妳聽到咱說的話沒？」

當然是一句也沒聽到啊！我剛剛可是很認眞在打掃欸！但是，奶奶想說什麼已經十分明顯。

「我有聽到啦。妳叫我要乖乖的，不要越線。」

「沒錯，妳會過得好好的。妳也算是很聽話了。最近總看著穿校服的小傢伙大半夜到處亂跑，妳都不知道咱這個心臟受到多大的驚嚇。」

「那麼是不是過了二十歲，就可以晚上在外面亂晃？我昨天也是超過十點才回家耶？」

「妳是爲了賺錢嘛！眞是又勤奮，又乖巧。」

奶奶的稱讚就像野外深山裡的人蔘一樣珍貴，不過像這樣讓人欣慰的時光卻相當短暫。

「公司的主管很疼妳吧？看妳這麼有主見又勤勞。」

「……是啊。」

「好好幹啊，認眞跟主管打交道，桌子也要擦得乾乾淨淨。」

奶奶一邊強調，一邊用眞摯的眼神看向我。

「別因爲是老人家的嘮叨就一笑置之，這個道理過了幾十年也不會變的。」

我咧開嘴角，笑著點點頭。跟奶奶一起生活的十幾個年頭裡，我想要說的話很多。但是同樣的，我沒自信讓這位老人家理解而忍在心裡的話更多。

奶奶一直以爲我是白領上班族。如果按照奶奶心中認定的「正確道路」，大學畢業之後就該去就業。只是奶奶還不知道，她拿私房錢讓我進大學，我卻至今都還沒拿到畢業證書，也從未獲得一分一毫的獎學金，甚至目前還正處於休學的狀態，並在一間辣炒雞店打工。這些事就算說了，奶奶也不會明白的。奶奶，有哪個正常公司的員工會每天下午出門上班，直到深夜才帶著滿身的醬料味回家？爲什麼奶奶會這麼天眞呢？雖然過去的我也很天眞，總相信只要能考進大學，就可以逃離這個家，過上精采繽紛的人生。不過，我現在唯一需要在意的事情，只有如何活過今天。

「嗯，我當然相信奶奶囉！如果不想下地獄，就該好好聽奶奶的話！」

「果然是這樣，當地獄近在眼前，孩子就會變得乖巧機靈。」

「但是，最近的世道也很可怕。昨天下班準備要回家的路上，我看到有人在公司門口打架，太嚇人了。」

爲了帶到奶奶小兒子的話題，我不動聲色地起了頭。如果不管三七二十一就直接問「那傢伙是不是回來過」，奶奶可能會按著自己脖子暈過去。目前看來，奶奶的第一反應還不壞。

「一幫沒事幹的傢伙。妳沒事吧？那些傢伙打輸了，就愛找別人麻煩。」

「我沒事！不過那人眞的很沒用，一看到我旁邊的男同事，就夾著尾巴逃走了。」

不過，我好像在哪裡見過那個人。該怎麼說呢，奶奶的小兒子不是穿著大兒子的夾克離開家裡的嗎？所以我才想問，最近……我正忙著沙盤推演接下來的台詞，沒想到根本沒有機會說出口。

「男同事？妳，這麼晚還在外頭跟男人閒晃？」

可惡，奶奶又在不重要的地方鑽牛角尖了！

「不是啦，奶奶。他只是同事……」

「誰不是從哥兒們做起？下班時間不趕緊回家，無所事事光追著妳跑，那小子肯定沒安好心！」

「人家還是個孩子，很乖的！」

「孩子？那不是該去服兵役嘛！」

看來今天聊不下去了。放棄，當然是越早越好囉。面對不斷增長進化的嘮叨，我熟練地使出左耳進、右耳出的功夫，同時推搡著奶奶的背，催她回房。我要幫她打開電視，讓她好好躺在床上才行。

「來，來，要我幫妳泡咖啡嗎？我，現在得去上班了耶。」

「連看男人的眼光都沒有，都長大了還這麼內向老實！」

「對了，奶奶剛才喝過水了吧？肚子都是水可不能躺著，還是先看電視吧。」

奶奶被我推著穿過走廊，嘴巴卻不曾停歇。她數落起我那些丟臉的往事，讓我的心一陣一陣刺痛。像是我曾揪住故意挑釁的房客領口；高中時想跟第一任男友遠走高飛，甚至連行李都收拾好了；詐欺犯說要高價買這房子時，我還端出咖啡來招待對方等等。是啊是啊，奶奶一個人要負責照顧突然蹦出來的小孩子，肯定是辛苦萬分。正因此奶奶才想藉由古今中外的地獄傳說，好把我教養得像是作文紙上方方正正整齊的格子一樣。

值得慶幸的是，一打開房間裡的電視，正好播的就是奶奶最喜歡的電視劇。在財閥家族相親的場合，一名戴著橡膠手套的女人闖進來，理直氣壯地坐在財閥家夫人的膝蓋上，嘴裡高聲喊著「這裡本來應該是我的位置」。我很好奇接下來會怎麼發展，可惡！沒時間磨蹭了。奶奶張著嘴看電視，然後像魔鬼一樣開口：

「妳，該上班了吧。」

「……我去上班了。」

「小心點。所有人，妳真該對所有人都小心提防一點。」

擔憂實在太過懇切，我帶著難以形容的心情關上奶奶的房門。可惡，以後我還得小心什麼啊？只要別接近地獄就可以了吧？我還能回去念大學嗎？那這份兼職呢？奶奶的身體能撐到什麼時候？如果小兒子跑回來勒索要錢，我又該怎麼辦？我真想放聲尖叫。我壓抑著這份情緒跑進廚房，就在我伸出手要打開奶奶的零食櫃之前，又看見餐桌上的玻璃杯裝著多穀茶，旁邊還附著一張不起眼的紙條。

今天也要補充糖分，加油哦♡

我環顧四周，但是半個人影都沒看到。這傢伙今天又把堅果茶的包裝丟進垃圾桶裡了。他到底是誰？我剛才一直跟奶奶待在一起，所以不可能是奶奶泡的。多穀茶依然耀眼得讓人垂涎欲滴。但是，姑且不論昨天往返廁所浪費的時間，我只要一想到金社長，就沒有膽量去碰這杯飲料了。我怎麼知道在我打掃廁所的期間，金社長會偷偷跑進來做什麼？

我把多穀茶倒進水槽的排水孔，並用左手濾掉花生粉，扔進廚餘桶裡。一股誘人的香氣撲鼻而來。本來想撈一點花生來吃，但還是作罷。算了，我不想再吃下奇怪的東西，然後心神不寧地工作。不過，丟棄食物的罪惡感狠狠刺痛我內心深處的一角。萬一對方眞是個好心人，特地泡給我喝呢？對方會不會在我背後看著這一切，覺得可惜呢？又會不會因此討厭我呢？不對，我不必去想這種事。如果對方是有常識的人，應該要當面請我喝，而不是做這種有如跟蹤狂的事情。

我一面洗碗，一面在腦海中將自己的行爲正當化，時間也在悄悄流逝而去。不知不覺間，已到了該下山去上班的時間。我趕忙脫下橡膠手套，轉身跑了起來。

「奶奶，我去上班囉！」

⸎

那個多穀茶肯定被詛咒了。我沒喝掉它，所以我的肚子沒出問題。但是我光顧著思考那杯多穀茶，卻忘了把洗碗時穿的圍裙脫掉，就這樣穿在身上直接跑了出去。我匆忙回頭爬上斜坡，把圍裙丟進院子。結果只能搭上比平時稍微晚一點的這班公車，偏偏這車速度異常緩慢，於是我面臨出生以來的第一次遲到。經理還露出他特有的嘲諷表情，朝我大力鼓掌。幸好有茉卡姊姊替我抱不平，讓我獲得一點小小的安慰。

「他覺得妳遲到太久了，但妳平常都沒有休息，一直拚命工作不是嗎？」

「大家也都沒有休息啊。」

「大家都是自己看情況偷閒吧？妳偶爾也用上廁所當藉口，去外面跟朋友聊聊天啊！就算妳說有緊急電話，他又能拿妳怎麼辦？一天抽掉半包菸的人也不是沒有啊。」

路過的勝彬突然朝我們擺手，看他的嘴型應該是在說「我才不會做這種事」。見狀，茉卡姊姊開懷大笑。

「妳今天太辛苦了，下班後想喝點什麼嗎？聽妳說家裡管得很嚴，那就別喝酒了，看要去哪裡喝個咖啡也行。」

不管是喝酒還是喝咖啡都很花時間，我絕對不能錯過末班公車。可是今天什麼事情都不順，於是我說出跟內心想法背道而馳的答案。

「酒，應該可以喝一杯。」

「嗯？眞的嗎？」

「是的，一杯啤酒還好吧……不至於會有酒味。」

就算有酒味又怎麼樣？奶奶，妳說我只要乖乖聽話，就不會下地獄了吧？那麼，乖乖聽話的我現在到底身處何方呢？不過，要是有什麼問題的話……

「公車的末班車是十一點，所以我眞的只能喝一杯，可以嗎？」

「哈哈哈！哇，難得徐珠說要喝一杯，至少也要待滿一個小時！結束後開車送妳。」

「什麼？」

「我沒有打算要酒駕，妳不用怕啦。我會拜託我爸爸來接我。」

「如果能送我回家的話，我當然很感謝。」

「OK，勝彬也會來吧？」

勝彬，你不是走了嗎？怎麼又回來了？勝彬在背後嘻嘻傻笑，茉卡姊姊也笑容滿面地拍了拍我的肩膀。

這一天的開始簡直是一團糟，卻有個完美的落幕。今天沒有討人厭的客人，又能準時收工。前往茉卡姊姊選好的酒吧途中，我雖然很擔心又遇到什麼麻煩，但沐浴在夜色之下的街道一片寧靜。酒席中，勝彬面露擔憂，還問是不是發生了什麼不好的事情，比如說有人要辭職，所以才想請客之類的。聽他這麼說，茉卡姊姊噗哧笑了出來。

「徐珠今天過得不太順啊？既然今天都要結束了，與其糾結到底，不如愉快收尾，豈不是更好嗎？倘若奶奶問起是誰引誘她的孫女，妳就請奶奶聯絡我。凌晨兩點以前，我都會在手機旁隨時待命！」

同時，茉卡姊姊還對我拋了一個媚眼。我一邊大笑，一邊拍打桌子。勝彬在旁邊嘆氣。

「茉卡姊姊好像比我更瀟灑。」

「但是你很善良，所以沒事啦。」

「『很善良』這種話，難道不是無話可說的時候才會用上的稱讚嗎？徐珠姊，妳覺得呢？」

他用楚楚可憐的眼神看著我，我帶著微醺，隨口回答：

「人太善良就會死得早。」

「徐珠姊……」

「沒關係，萬一你表現得太過善良，我會阻止你的。就像昨天那樣，善良的傢伙就應該活得久一點。」

我也不知道自己說的是稱讚還是什麼，但是勝彬聽完以後笑得十分燦爛，看起來是把我的話視為稱讚了。那就好。隨著酒精的催化，現場笑聲不斷。久違的小酌聚會還眞是愉快。與此同時，時間消逝的速度比融化一支棉花糖還要快得多。

因為勝彬頻頻看向我，我才發現自己一直在看手錶。不知不覺已經十二點了。雖然我已經發簡訊給奶奶，報告今天會晚一點回家，但光是這麼做並不能消除我的不安。

茉卡姊姊率先開口：

「現在該回去了吧？我叫我爸爸來。」

「啊，茉卡姊是不是還想繼續喝？」

「妳叫我跟勝彬倆單獨喝酒？這小子也不想吧。」

「哎，茉卡姊！」

「怎麼啦？何不把話說完啊，嗯？」

正當大家都忙著應付這場聚餐曖昧不明的結尾，茉卡姊姊的父親已經快速來到餐廳，這餐飯最後也是由他買單。面對那道寬厚的背影，勝彬連表示「我來付錢」的機會都沒有。茉卡姊姊自然地笑著勾住父親的手臂，姊姊的父親一句「噁心、肉麻」之類的玩笑話都沒說，只以開懷大笑來回應。我終於知道茉卡姊姊的開朗是從哪裡來的。

這趟免費搭乘的便車，勝彬最先下車，然後才輪到我。起初我如實地告知住址，但當車子開進斜坡時，姊姊的父親逐漸面露難色。我這才發現，自己犯了個錯誤。這條傾斜的小路狹窄又陰暗，深夜要開車上去著實困難。

我急忙下車，對方也沒有繼續挽留我。

「徐珠同學，妳一個人上去沒問題嗎？」

「沒問題，我經常走這條路！」

這句話有一半是對的，一半是錯的。我從沒在這麼晚的時間經過這條路。

時間已經過了十二點。幫著零星路燈爲我點亮回家路的住家燈火早已一片昏暗。幸虧茉卡姊姊的父親一直在我身後亮著車前大燈，我才能放心走到家門口。轉進巷子裡時，我發了一封簡訊給她。

我進門了　茉卡姊　眞的眞的謝謝妳　明天見

車燈隨即熄滅，遠處傳來車輪滾動摩擦路面的聲音。好，從現在開始，就是我獨自奮鬥的時刻。在一片黑暗中，宛如鯨魚張開血盆大口的房子輪廓清晰可見。我站在家門口深呼吸。來，奶奶對於生平第一次超過「零點」回家的我，會有怎樣的反應呢？

咬緊牙關要走進大門的剎那，我忽然想到一個很重要的問題：我們家有大門嗎？

「咦？」

不管怎麼看，後面的那棟建築就是我們家沒錯啊……有大庭院的獨棟別墅，當然會有大門。由於租客不斷來來去去，在我印象中大門總是敞開。正因如此，我完全忘記了大門的存在。不過，現在眼前這扇大門正緊緊上鎖。奶奶啊，我真沒料到您還有這一招！反抗很短暫，但後悔卻十分漫長。我按了一下門鈴，卻只有喀嗒喀嗒的聲音虛無地迴盪在空中。

我現在只剩下兩個選擇。第一，打電話叫醒奶奶，誠心求饒認錯。第二，無論如何先想辦法進去再說，挨罵是明天的事。我選擇了第二個。就算打電話也不能保證可以叫得醒奶奶，就算奶奶醒了也未必會幫我開門。我先把包包扔到庭院，踩著身邊的廢棄摩托車翻越高牆。摩托車被我踢倒，在巷子發出碰的一聲巨響。我趴在院子裡，觀察周遭狀況。還好，沒有任何一間房亮燈。

穿過院子並不困難。但是接下來還有玄關門……當然也是鎖著。沒有到處閒晃的房客，所以奶奶自然要把門鎖緊。我看過一些電影或電視劇，裡面的人會打破窗戶爬進屋裡。但是我並不想把事情鬧大，於是開始繞著建築物的外牆走。一定有不必通過一樓客廳就能進出的門。

仔細探查過外牆後，我找到通往半地下室的小鐵門。門沒有上鎖，甚至是我一拉開，紅色鐵鏽就像泡沫一樣溢出。這扇門到底多久沒開了！真的能通到一樓嗎？我雙手並用，像在撕扯一般把門打開。一股刺鼻的地下室味道搶先撲面而來，接著是一股煤炭的氣味。我打開手機內建的手電筒，就看見已經放置許久的煤炭。我們家還有什麼設備需要用到煤炭嗎？看來要好好問一下奶奶，再決定要不要扔掉。奶奶，妳看我在這種情況下還如此擔心著家裡的事。

儘管地上鋪著塑膠地板，但是煤灰飄得到處都是，我也沒辦法脫鞋。隨著前進的步伐，地板上傳來沙沙作響的聲音，感覺好像踩在黑色的雪上。四周連一隻老鼠都沒有……前面還有路嗎？雖然我特意不關上外面的門，但進到房子深處後，月光就一點幫助都沒有了，煤炭碎屑也反射不出任何光線。我用手機的手電筒往裡面照射，舉目所見就只有爬滿煤灰及黴菌的斑駁牆壁。沒有繼續通往裡面的路了嗎？這裡不過是倉庫嗎？

當我在考慮是否要回頭的時候，我的視野裡出現難以分辨是層架還是階梯的突起物。我舉起手機讓燈光往上照，順著突起物抬眼一看，便發現一道小門。是用來搬運煤炭的門嗎？這扇門沒有掛上鎖頭，門縫中透出淡淡的光芒。不必再繼續多想。開門之後，如果遇到房客，向他陪不是就好。於是，我打開了那扇門。

門後是一個小房間。燈光十分柔和，但是對於突然從黑暗中脫身的我來說，這片光仍然是頗為強烈的刺激。我反射性地閉上雙眼，耳邊傳來一些動靜，有人在拖動椅子。我閉著眼睛，一邊在空中揮舞雙手，一邊道歉。

「對不起，我是房東的孫女，因為大門口被鎖住了，所以才會從地下倉庫進來。我完全沒想到有人在這，也不清楚您在做什麼。」

「啊哈，原來如此。」

我聽見一個溫柔的男聲。

「我以為是我們太吵，所以您才來警告我們。沒關係，請直接走過去吧。」

……我們？我聽見的人聲只有一個，還有一道拉椅子的聲音。我慢慢睜開雙眼，只見小房間裡掛著一盞黃色燈泡。眼前這人身上穿的是「工作服」嗎？一名男子身穿連身工作服，笑臉盈盈地俯視著我。男子臉上洋溢著少年般的笑容，跟他的高大個子極不相稱。一頭大波浪捲的黑髮之間，深邃的藍色瞳孔熠熠發光。

「我們是第一次見呢。」

「啊，您好……」

這人是誰？看來不像罪人。應該說，他完全就是一個正常人的模樣。奶奶這段時間又收新房客了？在詢問姓名之前，我突然意識到這男人手裡拿的是什麼東西——鐵籤。它的尺寸和羊肉店裡面轉來轉去的那種鐵籤一模一樣。單獨放在那裡，看不出這物品有什麼威脅性。但是，現在這東西很快就會對某些人造成實質性的危害。這男人的身後有一個被綁在椅子上拚命掙扎的男人……我之前把焦點全放在眼前這傢伙身上，以至於沒注意到後面還有人。我的目光移向綁在椅子上的罪人，拿鐵籤的男人向旁邊挪動了一點，完全遮掩住我的視線。他閃閃發光的頭髮輕輕飄起，露出拇指大小的一對角。我不相信任何宗教，但我知道這種存在的名稱是什麼。

「惡魔……？」

「是的，現在才自我介紹有點晚了，對吧？十分抱歉，不過我已經跟奶奶打過招呼了。我是惡魔，現在這棟房子其中一部分被我用來當作地獄。雖然承租人其實是地獄，但簽訂租約的人是我。」

惡魔一臉和善，露出親切的微笑。

「我正在嘗試盡量安靜地解決這件事。這個過程會有些吵，所以本來想在地獄裡面執行，不過……」

「我們家的隔音很差吧？門甚至都關不緊，留個大門縫。」

「是的。啊，當然！這個我知道。不過，讓人發出尖叫的房客也是很奇怪吧！所以待在租賃空間時，我盡量只做一些安靜的工作。但是，如果讓您感到不舒服，請留便條給我。可以貼在廚房冰箱上，或是我們租用空間的任何一扇門，我一天會去確認兩次。」

這是我最近在這棟房子裡，聽過最正常的對話。我恍惚地點了點頭，然後又立刻清醒過來。眼前這男人是惡魔吧？他身後那名罪人淚眼汪汪地盯著我看，在罪人右腳每根腳趾之間插上鐵籤的人，不正是這個惡魔？我不知道該把視線放在哪裡。但是惡魔將自己的臉湊到我面前，瞬間拉走了我所有的注意力。

惡魔朝我莞爾一笑。

「您平常太忙了，應該是碰不到面，但還是請您多多關照。」

「啊，好的，我也、我也是。」

嘴角反射性地跟著上揚，說起話來也結結巴巴。我伸出右手表達握手的意願，以代替那些支離破碎的話語。惡魔本想舉起自己的右手，卻在中途難爲情地搖了搖頭。他的右手滿是血跡。

「十分抱歉，希望以後能以乾淨的面貌與您相見。」

「啊，沒事，我也是。在您工作的時候突然闖進來……不好意思，您辛苦了！」

辛苦？辛苦什麼？辛苦他嚴嚴拷問罪人嗎？雖然是我說出來的話，但我也不知道自己在說什麼。

光看那隻惡魔一眼，就會讓人一陣心蕩神馳，我只好努力把視線從他身上移開。房門近在眼前，我輕輕地轉動門把。打開門，眼前是熟悉的一樓走廊。正當我要回到熟悉的世界時，惡魔在我背後說道：

「多穀茶好喝嗎？」

「欸、啊，……呃，什麼？」

味道，當然是好的。那個是你泡的？我轉頭。惡魔並沒有回頭看我，只是嘴巴蠕動著。

「但是為什麼……」

我沒能聽完惡魔說的話。奶奶突然從走廊另一頭衝過來，抓住我的頭髮。

「徐珠！妳是小偷嗎？嗯？小偷在這個時間也早就回家了！」

「奶、奶奶，妳等一下！我這是有理由的！我不是發簡訊了嗎！那個，公司裡……」

「哪來什麼鬼理由！就算是公車翻車，就算妳只能在地上爬，也得在十二點前回來！」

奶奶拖著我穿過走廊。客廳的時鐘已超過凌晨一點。反正，她肯定是什麼解釋也聽不進去。我緊閉雙唇，看向走廊另一邊。惡魔所在的房間裡，柔和的燈光閃爍搖曳，然後門就被關上了。奶奶揮著手打我，看見哪裡打哪裡。其實我一點都不痛。令人不適的僅止於奶奶張牙舞爪的頭髮，還有她那難以聽懂的長吁短嘆。到底我的晚歸對奶奶的人生有什麼負面影響，我大概永遠都無法理解吧。

最後，奶奶發出「哎呦呦呦」的聲音，慢慢走回自己的房間。別以爲這樣就結束了。現在安心還爲時過早。我在走廊裡等待，心想萬一奶奶拿著抓耙子*衝出來，我該怎麼辦？然而房間裡傳來的是熄燈的聲音，還有呼嚕呼嚕的打鼾聲。也許奶奶明天就會把罵我的原因忘得一乾二淨，甚至會看著她發腫通紅的手，質問我：「徐珠妳又闖禍啦？」

我拖著疲憊不堪的身軀，在樓梯前面站定。我的房間在三樓。奶奶的小兒子穿著死去哥哥的夾克離開的那天，我阻止奶奶釘住他房間的門，然後占據了那個房間。不只是因爲那個房間比較寬敞，我還覺得如果我用了這個房間，那傢伙就再也沒辦法回來。當時的我，雙腿似乎很強健呢。

我勉強爬到三樓，低頭往下一看。今晚，家裡很安靜。惡魔是不是爲了避免房東生氣，所以才堵住了罪人們的嘴巴？疲勞感流竄到四肢百骸，睡意卻始終沒有帶走我的意識。腦海裡，那個惡魔的身影揮之不去。橘黃色燈光像鳥籠一樣，溫柔地籠罩整個房間，惡魔手持鐵籤佇立的印象宛如一幅畫，深深印在我的視網膜上，沒有一絲一毫的現實感。他那有如玻璃碎片灑向夜空的雙眸，一開口便令人感到懶洋洋的嗓音，還有那雙沾了血的手……腦海裡的紅色警告燈嗡嗡作響。就算對方說話像個正常人，仍舊是個惡魔。還是別跟他有所牽扯吧！我一邊喃喃嘀咕，一邊蜷縮起身體。但是，我雖然自言自語著，嘴裡卻開始分泌起唾液，似乎是想起那雙手調製出來的甜蜜滋味。

＊在韓國稱孝子手，在台灣又稱不求人，一種可用來抓癢的長條型木製工具。

05

想自掏腰包吃記憶中的美味免錢飯菜，卻忘記是哪一家店

好的和不好的猜測都成眞了。奶奶完全不記得昨晚的事。早餐過後，她看著通紅腫脹的右手，朝我問道：

「妳昨天做了該打的事啦？」

「怎麼了？妳不記得嗎？」

我是眞的非常擔心，所以才拋出這個問題。奶奶把自己的手翻來覆去觀察了好一下子，彷彿昨晚的事情記錄在手掌或手背的某處。然後，奶奶用無比慈祥的語氣說：

「打過就行了。」

「不行，要記得啦。奶奶，找個時間跟我去一趟醫院吧？」

「把誰當成病人哪妳？要去妳自己去！腦子裡是不是進了壞水，得好好把水倒乾淨才行。」

「奶奶，妳現在幾歲了？」

「鬼知道！」

奶奶猛地離開座位，將碗扔進洗碗槽裡，喃喃自語說「妳也變老試試，誰的年紀不會增加」，活像在辯解什麼一樣，只留下飯碗在水槽裡載浮載沉。

「待會兒打掃的時候，順便去看一下一樓的走廊，那裡髒得不像話，簡直像是遭小偷一樣。」

當我心想著「要真是小偷闖進來，那就不光是打掃問題了」，忽然記起了真相。昨天我走過煤炭倉庫，又直接穿同一雙鞋子走進來，所以地板才會髒成那樣。當時實在太過疲勞，甚至不記得要回頭檢查。奶奶現在正要走進寢室，腳上的襪子也變得黑黑的……不行啊，奶奶，妳先站住，別把煤灰抹得到處都是。幫幫忙吧！這下子打掃工作又變得更加艱辛了。

但是，清潔工作再艱難，也不會比帶奶奶去醫院更難。幾年前，奶奶開始記不住剛發生的事，我想應該是伴隨年齡增長而發生的健忘症。當時，奶奶擔心自己的記憶力下降，還會努力尋找自己忘掉的東西是什麼。然而，她最近不再擔心這些事情，甚至還會說「記不得事情是正常的」。就連毆打人家的後背，打到自己的手都腫起來也都忘得一乾二淨！上了年紀以後，這種程度的健忘是正常的嗎？該擔心奶奶有老年癡呆嗎？不管怎樣，我都希望奶奶接受治療，但這樣可能就必須帶奶奶去照斷層掃描或是核磁共振檢查。奶奶的膝蓋也很不舒服，這樣會不會突然又多得一個骨頭的疾病啊？重點是，奶奶會乖乖接受檢查嗎？

我的腦子一片混亂。混亂的腦袋在看到被煤灰染黑的走廊時，砰的一聲爆炸了。啊——眞想要放聲尖叫。要不是把走廊弄髒的元兇就是我本人，搞不好我早就放聲大叫了。一樓走廊的狀態宛如剛演完「小偷進來囉」的話劇舞台，我的腳印從房門前開始大跳華爾滋；被奶奶抓住頭髮拖著走時，悽慘地拖曳出一個細長的、有如數字「11」的痕跡。可笑的是，那時候我還一邊喊著「奶奶，奶奶，我還沒脫鞋！」同時急忙脫掉鞋子。

在我一邊推著抹布，一邊回溯短暫的記憶時，熟悉的木門將我拉回深刻的記憶面前——惡魔所在的房間。在這裡面，囚禁在地獄裡的罪犯被綁在椅子上進行拷問。穿著怪異連身工作服的惡魔用那雙靛藍色眼睛看著我，臉上露出微笑。我用昨晚沒握到就收回來的手敲了敲房門。藉口隨便想就有，反正想說的話也很多。比方說「不好意思，昨晚亂闖房客的房間，實在很抱歉」，或是「多穀茶很好喝，但是你爲什麼要泡給我喝呢？」再不然就是「謝謝你的好意，但是請做好資源回收分類。對了，還有啊，堅果茶是奶奶自己要喝的，如果隨便亂動的話……」等等。我能說的話語在腦海中糾纏打結。

又敲了幾次門，卻聽不見裡頭有任何聲響。他正在別的地方工作嗎？也是，仔細一想，我們不是從來都沒遇見過彼此嗎？換個角度來看，如果我是房客，也不會沒事就跟房東的家人碰面。雖然腦袋能夠理解，但我卻莫名生出一絲遺憾，無奈地離開門邊，重新拾起抹布。我手握漸漸開始擠出黑水的抹布，奔跑著穿越走廊的時候，廚房那邊傳來不太熟悉的聲音。

「哼～哼哼哼，哼哼哼哼嗯。」

廚房裡，惡魔一邊哼著歌，一邊做著什麼東西。他上半身穿著普通的短袖T恤，因此我剛開始根本認不出是他。每當惡魔輕盈地移動身體時，綁在腰後的工作服袖子就會像尾巴一樣搖擺。宛如跳舞般的指尖上，逐漸打造出多穀茶（雖然我不知道「打造」這個說法會不會太誇張）。多穀粉四湯匙，砂糖三湯匙，再搭配一包堅果茶沖泡包。加入少許牛奶，用湯匙使勁攪拌混和。感覺攪拌均勻時，再一點一點加入牛奶，直到製成約五百毫升的分量。

惡魔把大碗裡面充分攪拌的多穀茶分別倒進兩個玻璃杯。那舉止姿態十分隨意，卻沒有濺出一丁點液體。最後，他在每個玻璃杯中加入兩顆冰塊，冰塊與玻璃杯碰撞發出輕脆的聲響。他舉起完成品中的其中一杯喝進肚子裡，整個畫面流暢到就像一支一分三十秒的廣告，這幅景象讓我實在捨不得出聲打斷他。直到惡魔暢快地清空杯子，從口袋裡拿出便條紙與筆，我才像個好不容易從魔法中掙脫出來的人，回過神來走進廚房裡。

「不好意思！你在廚房做什麼？」

就算沒有奶奶那麼氣勢凌人，我看起來也不是好欺負吧？拜託喔！一般來說，要是有人被發現在別人家廚房亂動東西，理論上都會禮貌性地嚇一跳，可是這個惡魔竟然瞇起眼睛，只是以稍顯遺憾的語氣說道：

「哎呀，真可惜。您應該早點來的！」

「什麼？」

「這樣我們就可以一起喝了。」

「……什麼？」

「還是您願意分我一點呢？」

惡魔倒舉著空杯，臉上露出微笑。他難不成是在拜託我，分給他一些自己做的多穀茶？這是什麼令人啼笑皆非的狀況？但是，我竟不由自主拿起應該是屬於我的那一杯，倒了大半給他。

「謝謝您。請坐著喝吧！在上午碰面還是第一次呢，畢竟您這時候多半不在嘛！」

「我通常都在整理庭院，偶爾會去補習班……」

「啊哈，原來您還是學生！之前聽說您得出去工作，原來同時還要念書，應該非常辛苦吧！」

「欸，可以讓我說一句話嗎？」

惡魔旋即閉上嘴巴，雙手交握在一起。我們倆都坐在椅子上，但興許是彼此之間有一些身高差，以至於他的雙眼是從高處俯視我。然而，他閃閃發亮的雙眼就跟認眞聽講的小朋友沒兩樣。我冷靜地調整自己的聲音。記住，不要跟他有太多的牽連。我是個意志堅定的房東！

「請問，您有獲得允許吃廚房裡的東西嗎？」

「是的，出租人說以現居兩人的食量爲基礎，預估無法在有效期限內吃完的分量，我都可以使用。」

奶奶絕不可能想得出那麼複雜的合約內容。雖然只是我的猜想，但奶奶應該是從哪裡得到了多穀粉，偏偏記不清是什麼時候的事，裝多穀粉的小塑膠袋上也不可能標出有效期限，而奶奶又捨不得拿去丟掉，所以才會說如果房客「不介意」——也就是如果出什麼問題，房客自行負責的情況下，可以自己拿去吃。

我觀察杯子裡多穀茶的狀態。牛奶的味道很正常，多穀粉的香氣也很誘人。惡魔似乎察覺到我的憂慮，迅速回答道：

「沒事的！我自己已經先喝過了，確認沒問題才留給您的。之前也是這麼做的。」

「之前？啊，是那次啊。我以爲多穀茶是奶奶做的，所以才會喝下去，後來怎麼想都覺得不是奶奶做的味道。我還擔心有人在裡面下藥，你知道我有多害怕嗎？」

「我不會做出那種事。味道還可以嗎？」

「味道是不錯啦。我本來就會在打工前先吃點東西。喝完多穀茶後，感覺很滿足……不對，下次不必再幫我做這種事了。」

「啊，難道說第二次是因爲這樣才倒掉？我在工作時，聽見有人往水管裡倒東西的聲音。」

他在質問我爲什麼要倒掉嗎？是誰一開始先亂動別人的廚房啊！爲了不在氣勢上輸人一截，我用力瞪著他。然而惡魔並沒有責怪我。他只是低下了頭，失落地垂著雙眼。

「是我設想得不夠周到。沒想到會讓您感到不安，十分抱歉。」

「沒錯，所以你以後不用這麼做了。」

「除此之外，我待在這裡有沒有打擾到您呢？我會非常注意音量的。」

「地獄的人們，不，那些罪人，會爲了不受罰而到處亂跑，麻煩你也制止一下。」

「因爲我們借用人類的房子，讓幾個罪人誤以爲可以逃脫。我會好好重新教育他們。」

很懂得應對嘛！爲了不去想像那個「教育」的內容，我把注意力轉向多穀茶。只是我每喝一口多穀茶，便會透過玻璃杯看見惡魔的模樣。乾淨整潔的 T 恤，以及沾有五顏六色汙漬的連身工作服。

「我要離開地獄的時候，都會用火焰來消毒，所以衣服非常乾淨喔。這是從物理上的角度來說。」

「哦，哦，哦，沒事啦。」

「您應該很介意這件事，所以才一直盯著看吧？啊，也不能說是物理層面，該說是生物化學層面上的乾淨才對。只是我無法保證靈魂是否乾淨，畢竟每個宗教的說法都不盡相同。」

惡魔一個響指，指尖上冒出一小簇火花，火焰宛如蜥蜴的模樣，並在劃出一個「8」字後便消失了。

「我很久沒跟不是罪人的人類一起生活了，但我會盡量避免做出令人介意的事。」

「如、如果方便的話，就麻煩你了。是的，我也是。雖然經歷過很多房客，但是，那個，惡魔房客我還是第一次遇到。」

自從被他發現我在偷偷打量他之後，我試圖裝出來的「不好欺負的房東」形象就已經完全破功。事實上，在面對一隻惡魔時，有誰還能保持正常啊？除了我奶奶！

我的目光掃過他頭上的角，然後垂了下來。濃密而柔軟的髮絲之間，那對若隱若現的角就像小鹿角一樣可愛。惡魔睜圓了雙眼，抿嘴一笑，抬手撫弄著頭髮遮掩自己的角。那一雙尖尖的角宛如隱藏在草叢中的小獸耳朵，微微從髮絲中露出。我不斷分心看向它們，以致我無法好好回答惡魔的下一個問題。

「我可以稱您爲小主人嗎？」

「什麼?!」

「因爲這屋子有兩個主人，因此似乎應該區分一下。還是稱呼您學生大人？上班族大人？」

我甚至想到了「打工仔大人」這種稱呼，差點忍不住笑出來。惡魔逕自露出極度眞摯的表情，深深苦惱著這個問題。我打斷了他。

「你講的『主人』是指這個家的主人，還是房子的主人？用不著那樣稱呼，叫我『喂』就可以了。」

「這種叫法有些過分了。難道其他人也那麼稱呼您嗎？」

「是啊。呃，不是，現在已經沒人這麼叫了啦。」

惡魔瞪圓了眼睛。

「這裡沒有其他房客了。也不能說是完全沒有，但是最後一個住進來的房客不太跟我說話。」

自從金社長離開後，家裡只剩最後一位房客，而那個人根本從未出過房門。這幾年來，由於那位房客住的是唯一有附廁所的套房，所以要是有任何需要，只需從門縫遞出便條紙。吃的東西好像也都是讓外送員從窗戶交給他。對我來說，他只要把垃圾包好拿出來就行了。

「總而言之，如果在這棟房子裡聽到『喂』，我知道對方一定是在叫我。」

「哇，那好吧。」

回應我的是意料之外的感嘆詞。我的提案這麼有吸引力嗎？惡魔立刻接著說：

「看來那些常見的感嘆詞，只有在這個家裡才具有特殊的意義！」

「您的想法很積極正面呢。」

「活著的人說出口的話，不管是什麼都會發光。」

「……啊？」

「我接觸到的人類聲音，通常都帶著憎恨、悲痛以及罪惡。而且，還是經過地獄這個篩子精心挑選出來的。」

他說的彷彿都是在歌劇中才能聽到的詞彙。但是，當這些詞彙出現在惡魔的舌尖上，這個老舊廚房就好像被蓋上了黑色帷幕。惡魔的雙眼彷彿被舞台上的聚光燈照耀著，散放出閃耀的光芒。「眼睛閃閃發光」形容的樣子，竟然活生生呈現在我面前。

經我允許的稱呼，第一次從他嘴裡冒出來：

「喂。」

在路邊餐廳裡每十分鐘就聽到一次的詞語，在他口中似乎變成舞台上最重要的台詞。我一時間還沒想好怎麼應答，微微歙動的嘴唇便吐出無趣的答案：

「……嗯。怎麼了？」

惡魔燦笑說道：「您該去上班，已經三點了。」

「……啊，呃，哇啊啊——！」

管他是不是好溝通的房客，惡魔終歸是惡魔。我想得準沒錯！他肯定老是眉開眼笑，讓人爲他神魂顛倒，以致做出一堆無謂的蠢事。這一次有驚無險地躲過了遲到，因爲我絲毫沒有猶豫，直接跳上了計程車。然而經理一看到我在店門口下車，便挖苦我道：「徐珠，妳是爲了花錢才來打工的嗎？還眞是嬌生慣養啊！」什麼呀！每次臨近下班時間，就算工作還剩下一大堆，也總是叫我們先去打卡下班，害大家加班費被吃掉，這傢伙現在是在說什麼屁話！

在我以憤怒爲燃料發憤工作的期間，勝彬趁著空檔，跑過來向我搭話。

「昨天回家以後還好嗎？徐珠姊不是說家裡管得很嚴？」

「奶奶打了我一頓，也不想想我都已經幾歲了！」

「我們家也是這樣。不管我年紀多大，還是一直叫我老么。可是，徐珠姊，妳今天表情很開朗耶，有什麼好事發生嗎？」

「我的表情很開朗？」

從旁邊經過的同事也看向我的臉，點頭表示贊同。我剛才不是還在滿懷悲憤地工作，能有什麼好事嗎？噢……確實有一件好事，有個帥哥做了美味的東西給我吃。

簡而言之，這是一件觸動人心的事情，眞不愧是惡魔。本來打算回答勝彬「我吃了好吃的東西才出門」，經理卻忽然插嘴：

「坐計程車來的，心情怎麼會不好？」

「什麼啊？又不是我想坐……」

「下班的時候也坐計程車吧，特別是妳們這些女生。」

我以爲這話是故意找麻煩，但是經理一臉眞誠，還叫住了路過的茉卡姊姊。

「怎麼了嗎？」

「有個傢伙在餐廳裡徘徊，還一直看女工讀生的臉。」

茉卡姊姊露出作嘔的表情，我也有一樣的感覺。經理接著說下去：

「就像在到處找人。」

「什麼？」

「聽說那個人的肩膀很寬，一臉趾高氣揚的樣子，看上去就像是混黑道的人，難不成是來討債的？無論如何，大家小心一點。有人想到什麼嗎？」

茉卡姊姊與其他工讀生都搖了搖頭，我也搖頭否認。我把自己藏在勝彬背後，想藉他的身體遮掩自己的表情，同時間腦海中閃過不久前才看到的藍夾克背影。雖然不能保證那人就是奶奶的兒子鄭孝燮，也不確定那傢伙是不是爲了找我才來，但是萬一……勝彬仔細觀察周圍的人們，但人還在待在我身邊，繼續當我的擋板。經理以「妳們自己小心點」結束這個話題，要求工讀生回到自己的崗位。我聽見有人嘟囔「不如早點放我們走啊」，內心也是頗爲贊同。

勝彬似乎非常擔心，低頭看著我。

「徐珠姊，等等下班後我送妳回家吧？」

「沒關係啦，回家的路我可是每天都在走。況且，末班車走掉之前，路上的人也不算少。」

「可是，我剛才看到妳的表情，一副知道那個人是誰……」

我連忙踢了一腳勝彬的腳跟。這人怎麼可以反應這麼機靈，卻又這麼不會看臉色！勝彬急忙捂住自己的嘴，經理意味深長的眼神掃過我倆。

「啊，啊！我該去整理鞋櫃了。」

勝彬找了一個牽強的藉口，然後跑向店門口。接下來的事讓我自己來煩惱吧。最好的狀況就是，經理說的小混混跟我沒有一點關係，他辦完自己的事就離開這一帶。最壞的情況是，如果鄭孝燮又把錢花光，偷偷跑回來呢？世上沒有哪個當爸媽的能拗得過自己孩子，奶奶在教訓完自家小孩之後，終究還是會想要幫忙吧！能夠從中阻擋一切的人只有我……但最壞的情況就像鎖鏈一樣，一環扣著一環。乍看之下，我的擔心有如妄想，但不是有人說往往越是祈禱著「拜託不要發生」的事，結果都必然會發生？我甚至想像自己會遭受那傢伙的威脅，開始在腦中算起回家要花掉的計程車費。

結果，也就只是想想。反正別墅附近小巷迂迴，計程車根本到不了家門口。下班後，我還是選擇了公車。勝彬看起來比我還如坐針氈，但是沒關係的，相較於像小孩子一樣善良的人，我更擅長忍受各種不公不義，生存機率也相對高。好歹我可是跟一群可疑的房客一起住在即將倒塌的七〇年代獨棟別墅中，還好好存活下來了呢。

當然，這麼說並不代表我的心情很輕鬆。剛踏進斜坡，我便因爲自己的腳步聲神經緊繃。眞希望那些零星分布的住宅裡，能傳出一些電視的聲音。

斜坡才爬到一半，出乎意料的吵鬧聲便刺進我耳裡。巷子的另一頭，從我的視角來看是下坡路的方向，兩個男人正大聲爭執。我站在巷子的正中間，完全沒地方躲藏，只能僵在原地。一股醉氣沖天的聲音傳了過來。

「打折，給我打個折吧！」

「計程車哪有在打折的？您快留下手機，趕緊回家吧！我怎麼可能相信客人您，讓您直接離開！」

「要不是你在那繞路，我就直接付錢了！」

「我也不想繞路啊！是您給的地址連導航都找不到，所以才轉來轉去！這種時候您應該要指出附近的明顯地標才對啊！」

「這樣算計程車？根本是公車吧！」

幸好爭執內容聽起來更像是生活上常見的衝突，無關犯罪。總之，我暫時可以放心了。只是，他們之間的對話越來越不客氣才是眞正的問題。我的心臟瞬間撲通撲通狂跳起來。這場爭執應該可以好好落幕吧？乘客那一方的家人應該會出來看看狀況，叫他快點回家吧？我始終無法移動雙腿邁開步伐，只能在原地苦惱不已。此時，距離兩人稍遠的牆壁上，有奇妙的東西抓住了我的視線。

牆壁上閃爍著兩道金黃色的光芒。黑影圍繞著光芒，不停地晃動。那是什麼啊？光芒明顯指向醉漢與計程車司機，就像緊盯獵物的狩獵者之眼。哪怕光芒之下出現了尖牙，我也完全不意外。一瞬間，我的背脊發涼。就這樣放著不管可以嗎？真是的，警察在哪裡啊……

「啊，夠了。放手！我還要趕著去多賺一點錢呢！」

計程車司機似乎放棄了爭執。這時我看見巷子深處有身穿制服的人在走動。然而放心只是暫時的，醉漢並沒有打算放過計程車司機。他伸出粗糙的手，直接抓住司機的衣領，導致襯衫被向後拉起，高高抬起司機的下巴。

「你把我當乞丐？」

醉漢不停糾纏計程車司機。司機根本沒法開口回答問題，醉漢卻因爲他的沉默非要追究到底。司機的雙手在空中揮舞。這下我該怎麼辦？現在叫警察的話，警察會來嗎？還是應該先大聲呼救？總之，我先打開了手機，但整個人卻陷入不知所措，雙手直發抖。報警的電話要加上區域號碼嗎？還是應該撥打緊急電話？還有……警車來的時候，警笛會很吵嗎？就是那種睡著了的奶奶也聽得見的吵。夠了，現在是想這些問題的時候嗎？在電話裡面叫他們關掉警笛再過來不就行了嘛！我的掌心都是冷汗，以致手機從手中滑下去。當我抓住滾下斜坡的手機，有人從我身邊擦肩而過，跑到前面去。

「等等，這位先生！請冷靜一點！」

一名青年站在那兩個人中間。醉漢放開手，計程車司機癱軟在地，不停咳嗽。我以爲我在做夢。勝彬怎麼會出現在這裡？但這並不是夢境，勝彬就站在路燈下，打算用身體阻擋爭執再起。我不再猶豫，連忙報警後，朝他們的方向跑去。

警察比預期更快到達現場。聽說他們剛好在附近巡邏，途中看見停放在斜坡的計程車，覺得不太對勁。多虧有那輛計程車，讓警車無法開進這裡。不過，這也只是對我跟奶奶來說值得慶幸。跟警察說明整個事情的原委之後，又超過十二點了。看來今天也得翻過大門，直接去煤炭倉庫裡探險了。我不由自主地皺起眉頭，勝彬見狀，好像產生了什麼誤會。

「不要擔心，我會送妳到家門口的！」

「你才是問題……你是從哪裡突然冒出來的？你害我嚇得心臟都快停了！」

「啊，那個啊。因爲我發現妳聽到經理的警告後，臉色變得很難看……本來上班的時候，妳不是還開開心心的嗎？」

「……是沒錯啦。」

「妳擔心碰見的，是剛才喝醉的那個人嗎？」

「不是啦。」

「如果上山的途中遇到那個人怎麼辦？要不要請警察多來巡邏幾趟？」

「不用，沒關係啦。」

「那麼讓我送妳回家吧。」

我都已經拒絕了，還偷偷跟我回家，著實令人心煩。但是，把跟到這裡來的孩子直接趕回去，好像也有點不好意思。我沒有拒絕勝彬的好意，於是勝彬便神采奕奕地走在我前面。雖然我不知道聽到一點動靜就會受到驚嚇的人，對我能有多大的幫助，但是看他這副模樣也挺有趣的。

「你這麼晚才回家，沒關係嗎？不會被罵哦？」

「小時候，只要超過晚餐時間回家，我就會挨罵。後來到大學一年級時，因爲酒量沒抓好，直接喝到斷片，睜眼一看，發現自己已經在玄關。我以爲會被趕出家門，但父母卻告訴我，成年了就該自己看著辦。」

「你不難過嗎？滿二十歲了也未必就是大人啊。」

「我從那天之後就下定決心，發誓要照顧好自己。現在就算晚歸，也沒有人會罵我了，只要我問心無愧就好。」

「眞好啊。誤會或是辱罵自己的人才不算家人……」

我的話才說到一半，一股後悔之情便湧上心頭。這番話根本就是我和家人的寫照。但是，有誰會笨到跟打工的同事說家裡的壞話？勝彬似乎也無話可說，我們的對話就這麼尷尬地中斷了。可惡，這種時候隨便蹦一隻小貓出來也好啊……這麼一想，剛才那對如同眼睛的金黃色光芒跑哪去了？巷子裡完全沒有留下任何一點蹤跡。我正懷疑是不是自己看錯了某間房子傳出來的燈光，勝彬突然開口了：

「徐珠姊，我能問妳一個問題嗎？」

「嗯，嗯，你問吧！」

「那個男人是誰啊……？」

「別人聽到你這麼問，會以爲我是腳踏兩條船的女人！」

「當然不是那樣啊！就是，經理提到的那個人，妳好像知道點什麼的樣子！」

「我知道，呃，就是……」

沒什麼大不了的。「他是奶奶家庭教育失敗的產物」，我只需要講出這句話就可以了。這場失敗的家庭教育中，一個已經死翹翹，另一個是繼續擺爛，到處走跳，惹是生非，而我則是偶爾夾在中間動彈不得的小蝦米。當然，我並沒有告訴任何人這個複雜的故事。從小時候開始，只要提一句「我是被沒有血緣關係的奶奶養大」，看戲的眾人就會在我身邊擠成一團，彷彿我的故事是一部斥資千萬拍攝出來的感人電影。所以大可不必再加上什麼驚悚狗血的橋段，讓我的故事變成八點檔電視劇，徒增話題。但是……現在，當那傢伙以威脅之姿接近我，有人問起他的事情。四周一片寂靜，看來不會有人偷聽我們的對話。勝彬是個很善良的人，如果僅有一次機會能向他人坦白一切，我覺得也許就是現在。當我準備開口時，受不了沉默的勝彬比我快了一拍。

「妳跟父母提過嗎？」

「嗯？」

「雖然不是每個人都像茉卡姊姊一樣，跟家人的關係很親密。但是人能夠依靠的對象，第一順位就是家人嘛！」

還眞是一段金玉良言。如果這時我告訴他「我沒有家人」，大概會迎來永遠的沉默。總之，還是先肯定對方的話吧。

「嗯，當然囉。」

勝彬觀察我的表情，開口說道：

「我爸爸很木訥，我甚至不記得我們是否好好對話過。但是，在我高中一年級時，爸爸發現我在學校被霸凌，立刻拉著我去停車場。我以為他會責備我為什麼乖乖挨打，嚇得我完全不敢吭聲，結果他讓我坐在副駕駛座上，叫我在導航上輸入那個同學家的地址，說要帶我去推他一把，再逃之夭夭。」

本來不管他說什麼，我都只想禮貌性地附和一下，但聽到這個意想不到的軼事後，我打從心底放聲大笑出來。

「哈哈哈！你爸爸還眞是厲害。所以你們後來怎麼做？眞的輸入那個同學的地址，出發去找他了嗎？」

「沒有，我拜託爸爸不要這樣，然後在副駕駛座上抓著父親的方向盤哭了起來。後來爸爸跟我說，如果需要爸爸的幫忙就說，他絕對不會告訴媽媽跟弟弟。所以我就……」

如此溫馨的故事以勝彬獲得了最棒的戰友作結。此時，也正好抵達我家門口。

「我家到了，謝謝你。」

「謝什麼謝啊……還有很抱歉，問了不該問的問題。」

我還在想，爲什麼他要說這麼多自己的故事呢？原來是覺得自己問了多餘的問題，心中感到抱歉才轉移話題。我輕輕拍了拍勝彬的肩膀。

「沒什麼好抱歉的。你也趕快回家，父母會擔心的。」

「我看妳進去之後再走。」

「那你能幫忙推我一把嗎？我要往牆上爬。」

「什麼？」

「大門鎖上了。」

最後一刻，勝彬在助我回家這件事上立了大功，他甚至還幫我把包包扔進庭院裡。跟勝彬揮手道別後，我完全不打算去動玄關門，直接走向地下室。手機電量剩下百分之八。我能夠安全抵達自己的房間嗎？打開嘎吱作響的地下室鐵門，裡面就像一座寶石礦山，到處閃閃發光。但若要說跟昨日有什麼不同之處，柔和的橘黃色火花宛如一張地毯，照亮通往的捷徑。

我關掉手機的手電筒。在一片明燦火花鋪出來的道路前，惡魔站立在入口處。

「『喂』，歡迎光臨。」

惡魔微微一笑，朝我伸出一隻手。是要我交出我的包包嗎？我緊握包包的肩帶，擺出一個猶豫不決的姿勢。

「你早就知道我會從這裡進來嗎？」

「是的。今天房東也一邊咒罵著您，一邊將門鎖起來了。」

「我又不是故意晚回家的！……我跟你辯解要幹麼。」

「我知道，您在路上捲入爭吵了，對吧？」

「你怎麼知道？」

「因爲我是惡魔，所有不好的事情，我會比任何人都更快知曉。」

惡魔的深色眼眸裡閃爍著金黃色火花。看到這對眼睛，我腦中浮現某個畫面。難道，剛才在牆壁上旁觀打架的黑影……

「而且，這棟房子的隔音也不太好。如果外面有人在吵架，簡直就像親臨現場。」

「打擾到你了嗎？不然我把其他房間的窗簾拆下來，裝到你房間裡。」

「沒關係，挺好吃的。」

「什麼？」

我還以爲自己聽錯了。怎麼會用「好吃」來形容呢？根本牛頭不對馬嘴。惡魔見我滿臉困惑雙眼圓瞪，便重新挑選說詞。

「如果借用人類的說法，應該說是令人感動？還是應該說，就算沒有眞的吃也很滿足。」

「總而言之，意思就是你喜歡聽別人吵架，對吧？眞不愧是惡魔……」

「這算是惡魔的特性嗎？那老主人每天早上都在聽『竟敢覬覦我兒子？』『我也是有自尊的，不過像您這種剝削別人錢財的垃圾是不會懂的！』『哦？看我不修理妳！』之類的話，又是想獲得什麼呢？」

「……這個麼，看電視劇跟現實生活還是有點差距的……」

話還沒說完，我就自己閉上了嘴。畢竟眞的有很多人喜歡看別人打架！對別人家的不倫緋聞或家破人亡故事興致盎然的人又算什麼呢？至於我，也不能說是完全清白的。

在我陷入無謂的苦惱時，惡魔以流暢的手法拿走我的包包，他輕快的步伐在地面留下帶有橘黃色火花的足跡。我踩著奇妙的步伐，設法避開這些火花。偶爾踩到他留下來的足跡時，冒上來的不是熱氣，而是柑橘香氣。被煤灰弄髒的牆壁現在有如一條閃耀的銀河，酸酸甜甜的香味飄散在溫柔的火花之路。看上去跟平時沒什麼兩樣的空間，如今有著全然迥異的風景。另一頭的惡魔偶爾會笑著回頭，確認我是否跟上，那表情就像在說：「很棒，您有好好跟上呢，您做得很好。」

來到橘黃色火花道路的盡頭，惡魔打開我房間的門。我按捺著想要直接癱倒在地的慾望，轉身坐在椅子上。砰一聲，煤灰應聲四處飛揚。奶奶大概又要對我大吼大叫了。不過她懂什麼呀？光是讓自己不要馬上躺到床墊上，就已經耗盡我所有的意志力了！

惡魔熄滅了照明用的火花，說道：

「您今天也辛苦了。」

「你也是。怎麼今天的開始跟結束都看到你啊？」

「您不喜歡嗎？」

怎麼突然說這種話呀。我可不想以沒有營養的閒聊來結束這漫長的一天。我才不會對這種玩笑話做出反應。不過惡魔卻自問自答：

「即使您不喜歡，我也會好好收尾。」

惡魔拿起不知從哪兒冒出來的巨大玻璃杯，然後開始攪動跟在自己身後的火花，比雞尾酒酒保表演中出現的烈焰還要巨大的火花被吸進杯子裡。惡魔向我遞出杯子，裡面盛滿了啤酒。我同時感覺到涼氣與碳酸，不由自主地嚥了嚥口水。

「我可以喝嗎？喝下這杯之後，我應該不會噴火吧？」

「那一定很有意思，以後應該要來試試看！」

「喂！」

「這點子我會用在罪人身上。而且地獄的東西對您不會產生任何影響，所以喝了也不會醉，肚子也不會有飽足感。」

但是，最起碼能夠滿足對涼爽的渴望。杯子就像剛從冰箱裡取出來一樣冰冷，遲來的乾渴反射性地湧出。我今天最後一次喝水是什麼時候？從辣炒雞店離開那時？還是在接到最後的訂單之後？在警察局裡講了十分鐘左右的話，也沒有喝到一杯水。我不再思考，乾脆舉杯傾倒入口。涼爽的碳酸水穿過食道，在我的胃裡翻滾。啊，啊啊啊啊。有感覺好像要升天了。是啊，這就是啤酒最好喝的瞬間！拚命工作之後，在睡覺前喝一杯！口渴緩解後，我放慢速度，開始細細品嘗它的味道。以前曾經喝過一次價格略高的手工精釀啤酒，好像就是這個味道。最後留在嘴裡的是橘子香氣，五百毫升瞬間見底。

「嗚啊！哇，眞好喝。我喝完了。」

「聽見您說好喝，眞是太好了。現在冰箱裡沒有下酒菜，我本來還擔心只喝酒是否合適呢。」

「下酒菜嗎？」

「是的，本來想做簡單的起司玉米，但是這個時間使用廚房的話，會把老主人吵醒吧？」

惡魔的語氣聽起來似乎眞的非常遺憾。這傢伙是不是想把我養肥，然後用地獄之火把我烤來吃啊？

「喂，你爲什麼一直給我吃的？給我泡多穀茶，又給我喝啤酒。而且你還瞞著奶奶幫我開門。上次聽到你談論稱呼的事情，我都被你嚇了一跳，惡魔的世界是不是流傳著什麼誤會，比如房客一定要對房東很好之類的？」

「請您以身爲一個人類的立場捫心自問，把這些話再說一遍。以人類的標準來看，這眞的是誤會嗎？」

「……啊，雖然大部分房客都處在比較不利的位置，但並不是每個人都這樣。尤其是我們家。」

「那就當作是那樣吧。不過我的行動和您說的事情完全無關。看來您對惡魔一點都不了解呢。」

「當然不了解啊！」

我爲什麼必須了解惡魔？我又不信宗教。

地獄也好，惡魔也罷，只要離開這棟別墅，就跟我完全沒有關係了。到外面不管對誰訴說這些事，大概都會被人認為是幻覺幻聽。我把啤酒杯還給他，並打算請他離開。誰知道他接過啤酒杯，卻是轉手放在我的桌子上，隨後說道：

「您知道這個笑話嗎？真的很好笑，我是從罪人那邊聽來的。如果將馬鈴薯送給人類的是神，那麼教人類怎麼炸薯條的就是惡魔。又如果神送的是麵粉，惡魔就會教導人類把它揉成麵糰，再拿去油炸，最後灑上白砂糖。」

「不知道啦，你快點出去……」

「有我在的時候，您不是覺得幸福嗎？」

「你能出去……啊？」

你現在、現在是在說什麼？我聽見什麼了？我頓時失去言語能力，身體也變得僵硬無比。惡魔最終露出了笑容。

「答案不是很明顯？那麼，等您又有需要時，我們再見吧！」

門關上了。不，就像往常一樣，歷經漫長時光而老舊彎曲的木門在嘎吱嘎吱的聲響中，慢慢慢慢地與門框合為一體。別說走廊上的動靜，這扇破舊木門連其他樓層發出的噪音也擋不了。外頭又傳來聲音。是惡魔爽朗的聲音，還有被嚇破膽的罪人的聲音。

「您又跑出來了，打算去哪裡呢？」

「對不起，對不起！關、關關燈後，我以爲就結束了……啊啊啊！」

「我已經說過了，在全部燒完之前都不算結束。要是您再等一下，火苗就會從肚子裡面……」

從這裡開始，聲音轉移到我聽不見的地方。

我靠在椅子上，後知後覺地發現自己竟然沒有打開燈。不知何時開始，照亮整個房間的光源竟是一只香氛蠟燭，而那只蠟燭就是惡魔之前留下的啤酒杯。雖然我剛剛一口氣喝完五百毫升，但肚子並沒有不舒服，也沒有丁點醉意。只有完全消失的口渴能夠證明我所經歷的事。不是說地獄的事物不會影響這個世界嗎？香氛蠟燭散發出甜蜜逼人的香氣，令人很難相信它其實不是眞的。

06

最貴的生日宴會

光天化日之下，獨自一人走在繁華大街上，總會發生一些無可避免的事情。

「不好意思，請等一等。我想請問一下。」

一對男女嘻皮笑臉緊跟在我身後。當然，這種人想問的事顯而易見。

「妳有煩惱嗎？我們想要利用妳的煩惱，趁機從妳身上騙一點錢。」

距離約定的時間還有空檔，於是我點了點頭，女人的表情明顯變得開朗。

「您的面相看起來非常好，所以我們就來跟您搭話了。是不是常有人說您性格很好？」

「沒有欸。」

「哎呀！我看人絕不會看錯。您最近是不是有遇到什麼困難呢？」

「困難……當然有了。」

「您要不要跟我們說一說？」

那兩人撇了撇嘴唇，一同緊貼在我的兩側，十分自然地帶著我走向咖啡廳。要請我喝杯咖啡，是吧？在我被一杯咖啡綁架之前，得快點告訴他們眞相了。

「我家是一座地獄。」

「天啊……原來您正在爲家庭問題苦惱啊。是啊，畢竟家裡的事情也很難跟別人商量。倒不如跟陌生人說呢！」

「所以我想請問，地獄究竟是什麼？」

「地獄啊……」

這一次，男人的表情變得尷尬，但還是笑了笑。

「您還是學生，對吧？身爲學生懂得用地獄這種比喻，代表您想像過地獄的景象吧。」

「不是比喻，我家裡眞的有一座地獄。事實上，我家有非常多的房間，所以就出租給地獄，現在每天晚上都能聽到尖叫聲。我還在某個房間裡面看過有人被扎手指。因爲我白吃白喝了很多年，所以只能裝作沒看見……」

「原……原來如此，您應該很辛苦吧！」

男人向女人擠眉弄眼，好像是在說：「我們快撤退吧！」但是女人並沒有放棄，難道她把我說的話當成想要擊退他們的胡言亂語？

「您說家裡現在是地獄，那其中讓您最痛苦的是什麼呢？您應該是有什麼苦惱吧？」

「當然有啊，我家的地獄裡……」

「是，請說。」

「有一個惡魔。」

「唉唷，那是多麼可怕的惡魔呢？」

「所謂的惡魔，到底是什麼呢？」

「……您現在不是用了惡魔的比喻了嗎？代表您想像過惡魔的樣子吧。」

這，不是跟剛才那個男人的話術一模一樣嗎？

「這不是比喻。對於一個會做美食給自己吃的惡魔，您怎麼想呢？」

「什麼？嗯，一般來說，如果想要誘惑人類的時候，就會做這些事情吧？就像對習慣吃粗茶淡飯的人提供酒水大餐，讓他們變得墮落一樣。」

「拿我奶奶的多穀茶請我喝，也算是一種誘惑嗎？」

我非常認眞。我隱約明白家裡的地獄是怎麼運作的。我在某套漫畫裡看到的地獄、小時候被迫去上的聖經學校中聽到的故事、從奶奶口裡聽說的那些等同於威脅的傳說等等，都能幫助我理解地獄的樣貌。但是，我對惡魔卻是毫無概念啊！

「惡魔也會想要造福人類嗎？」

如果二位也是宗教人士的話，請回答我吧。我需要一點線索！但是這兩人似乎放棄與我對話，突然異口同聲地對我喊道：

「能把您從地獄裡救出來的，只有您自己了！」

「啊，我現在還沒有想要逃跑的念頭。畢竟，那是我家。」

「爲了解決您的這個問題，您必須先將去世的祖先從地獄中救出來。因爲在地獄中掙扎的祖先所流的眼淚會對後代子孫產生影響……」

差不多到了跟人約定的時間。

「我明白了，非常感謝兩位剛才的忠告。如果兩位信仰的教義中，沒有惡魔也沒有地獄的話，那我就先告辭了。」

「不行，請您一定要相信我們！」

「如果兩位確認完教義後，能跟我說明關於惡魔的事情，到時我就會相信你們了。那個，我還有約……奶奶，我在這裡！」

「要是錯過了時機，世界末日來臨的時候，您就沒辦法應付了！」

世界末日……我們家有位長輩，老是口沫橫飛地叮囑這種事可不能隨便亂說。

奶奶走近時，一聽見「世界末日」這句話，立刻舉起雙拳。

「這些臭傢伙滿口胡說什麼世界末日、世界末日的！」

「呀啊啊！」

「老、老人家！耳朵、耳朵，您別拽我耳朵啊！」

「你們給我聽好了。別說世界末日這種嚇唬人的話，哼！哪來的世界末日！」

奶奶一邊拉扯他們耳垂，一邊痛罵，要他們不准再說那些倒人胃口的話。他們試圖跟奶奶爭辯，但終究以失敗收場，於是撿起掉到地上的手冊落荒而逃。我環抱住氣喘吁吁的奶奶，讓她鎮定下來。

「哎呀，奶奶精神眞好，看起來還行動自如呢？一個人出門不累嗎？」

「現在要等咱老死還遠著呢。呿。」

「奶奶，妳今天的衣服眞漂亮，散發出衣櫃的味道！帽子也很好看，是吧？」

奶奶露出難爲情的笑容，甩開我的手臂。我再次緊緊握住奶奶揮向空中的手，帶她走向熱鬧大街上的餐廳。如果有人問我：「徐珠，妳跟奶奶關係好嗎？」雖然我不能給出正面的答案，但我們的感情也絕對沒有差到不願在奶奶生日當天請她去市中心吃一頓飯。儘管奶奶並不會幫我過生日。

我們前往的餐廳是一間據說豆腐很好吃的韓式定食餐館。這間餐館是勝彬介紹的，聽說是他親戚經營的店，價位也正好適合阮囊羞澀的我。我露出得意洋洋的表情，把菜單遞給了奶奶。看到價格的瞬間，奶奶臉色大變。

「爲什麼這麼貴？豆腐上面是灑了金子嗎？」

「奶奶，我都說了，我會付錢的。」

「呿，自己買豆腐來做，咱可以做得一模一樣。還不如乾脆把錢給咱。錢拿來啊！」

「別說了，坐下來吧！這裡的老闆是我朋友認識的人。好歹是人家介紹的店，奶奶乖乖吃吧！」

收銀台的店員用驚訝的表情看著我。我用手勢示意「不好意思，我也知道我們的關係看起來不很親近，但是我會乖乖付錢的」，不知道對方有沒有理解。好不容易跟鎮定下來的奶奶達成協議，點了豆腐火鍋之後，我看向指著菜單一道一道菜數落價格的奶奶，提出心底的問題：

「奶奶，地獄的租約是跟那個傢伙簽的對吧？頭上長角的傢伙。」

「那傢伙？啊，那個長得還不錯的小魔鬼。妳可別跟他離得太近，太愛笑的傢伙通常都是壞蛋。」

「明明就是奶奶把人家找來的……他是在哪裡看到我們要出租房子的？是在公車站看到我們貼的傳單嗎？」

「咱家隔壁不是在施工嗎?」

又突然說些無關緊要的話題!沒錯,隔壁房子確實正在施工。三年前堆起來的砂土還放在原地,但是卻看不到房東人影,似乎是個永遠不會結束的工程。

守在原地的生物,僅只有一顆年紀很大的棗子樹。

「咱不想看到在地上滾來滾去的棗子爛掉,所以就去撿了幾顆。但是還沒撿到幾顆,棗子就像給磁鐵吸住一樣,咕嚕咕嚕滾進院子角落的某個洞裡。」

「還眞是神奇呀。」

「咱想說這啥呀,仔細一看才知道,有一群黑不啦嘰的餓鬼正站在洞口下面,爲了吃這些棗子用力吸氣呢。」

「噢,所以那個洞通往地獄……」

「是呀,不過棗子進了那些餓鬼嘴裡還不算是結束。咱往下一看,他們呀,他們的牙全被拔光啦!可是那些餓鬼爲了吃,用牙齦也要把包在棗子籽上的零碎果肉都吸光,結果嘴巴都被刮破了,鮮血混著口水直流。」

「……吃飯的時候不要說這種事啦。」

「所以啊,做人別那麼貪吃。不要再加點肉了!」

「知道了啦!所以妳到底是怎麼把房子租出去的?」

「咱當然得可憐可憐那些皮包骨了。咱咬下一個棗子，把裡頭的籽去掉，打算給那些餓鬼吃。結果那個魔鬼氣喘吁吁地跑過來，跟咱說不能這樣。」

「氣喘吁吁？跟那個人的形象還眞不搭。」

「怎麼看都是個菜鳥嘛。總而言之，咱聽他說地獄裡正在施工，所以他到處拜託別人幫忙。咱們聊了一下，便提起咱家就在旁邊，人少又寬敞，問他要不要來，當天咱們就蓋章簽約啦。」

「這樣就結束了嗎？」

「這樣就結束啦，不然還有啥？」

太輕描淡寫了。奶奶的故事實在過於輕描淡寫。在描述餓鬼的時候，奶奶臉上出現了厭惡及恐懼，當下的狀況絕對不像奶奶說的那麼不痛不癢……也是，因爲奶奶是這樣的人，所以才會像撿流浪狗一樣，把我帶回來扶養。起碼，奶奶讓我忘記飢餓與寒冷的滋味。

「怎麼問了之後又在想別的事情？心疼妳的錢嗎？」

我家奶奶跟溫馨的氣氛一點都不搭！

「好啊，我們談談錢的問題吧！他的月租是多少錢？還有辦法再往上加嗎？」

「當然跟其他人收一樣的錢呀。我收了三間房的租金。」

「什麼呀，他們可是連走廊跟鍋爐房，還有天花板都占據了耶？」
「其他房客不也一樣嗎？天花板能用就用唄。」
「不對，雖然不是我的房子，但還是有點不妥吧。」
「地獄也是自然法則之一。總不好隨便跟它們討價還價……」
「現在為您上餐點。食物很燙，請小心品嘗。」
服務生打斷奶奶的話。卡式瓦斯爐上的火鍋很快就沸騰了起來。黑鍋子、紅通通湯頭、雪白豆腐及不時冒出的金針菇。看到這樣的組合，實在很難不聯想到地獄。總覺得耳邊似乎迴盪著來自某處的尖叫聲。
「奶奶，就這麼放任地獄來到家裡，沒問題嗎？」
光聽到「世界末日」這個詞就不自覺打冷顫了耶。奶奶沒回答我的問題，反倒拿起了湯勺。奶奶將豆腐翻面時；沉在下面的肉片往上浮起、逐漸轉成褐色時；去除湯水表面的灰色浮沫時，我的腦海中都浮現出家中那些形形色色的地獄。
「奶奶，就算我把門關得再緊，也會聽到尖叫聲，還會有某人流著血經過……妳喜歡看這種東西嗎？」
「反正咱們都已經住進地獄裡了嘛。」
「……什麼？」

出現了一個超乎我意料的回答。奶奶放下湯勺，直視我的眼睛。

「咱們現在生活的地方，也都是地獄呀。口口聲聲說是人間，想要生存下去，得拿錢當作墊腳石，永遠不能停下腳步，這樣的生活跟地獄有什麼兩樣？」

「……確實讓人憂鬱。」

「所以哪，咱們乾脆從地獄那邊收點錢。何況地獄做的事還有些道理，這裡根本就沒有……喂，這個熟啦。」

奶奶將豆腐盛在我的小碟子上，接著夾起牛肉，肉片卻撲通一聲掉了下來。我罵了一句髒話，拿起紙巾東擦西擦，嘴巴和手都忙著不可開交。

在此同時，我猶豫著是否要拋出那個問題：奶奶，妳覺得活在世上，和活在地獄一樣辛苦嗎？或者我該問：奶奶，是不是我延長了奶奶有如地獄的生活？奶奶是不是想要馬上拋棄一切遠走高飛，卻被我硬生生留在這裡做牛做馬？奶奶是因爲我，才勉強自己撐下來的嗎？打從很久以前開始，我爬進那棟房子，央求奶奶讓我留宿一晚以來，一直都在勉強自己嗎？

但是，我沒有問出口，只是接下奶奶遞過來的小碟子。

「快吃吧，不管是生是死，吃飽了才不會後悔。」

「謝謝……啊，好好吃。」

「是囉，餐廳挑得不錯。這家店是怎麼找到的？是你們老闆經營的店？」

「沒有，是同事推薦的。」

奶奶停止抱怨價格，一邊說著「要不買點豆腐回去吧」，一邊往錢包裡面瞧，這應該是叫我去買的意思吧。雖然比超市裡的豆腐昂貴許多，但是這點錢我還出得起。買個豆腐討好她，免得她又說些不好聽的話吧。

現在，最大的問題是鄭孝燮先生，也就是奶奶的兩個兒子裡還活著的那個。他就在這附近尋找某人。那傢伙回來找奶奶要錢又被趕出去，已經不只一、兩次了。他穿上自己哥哥的遺物，跟奶奶大吵一架之後，隔了好多年都杳無音訊，讓人以爲他眞打算斷絕關係。然而，人類的齷齪本質沒那麼容易改變。那人應該不是忘了自己家在哪裡吧？倘若他想要找的人是我，那就表示比起強勢的奶奶，他有話想要單獨跟比較好欺負的我說。可是對我來說，我跟你可是沒什麼話要說的，你就是個徹頭徹尾的混帳東西。只是我總覺得奶奶應該要知道這件事，於是我不動聲色地開啓話題：

「奶奶，妳最近有沒有跟誰聯絡啊？」

「什麼聯絡？」

「嗯……隨便跟誰聯絡，好比奶奶的朋友之類的？」

「早就都死光啦。最後接到的消息，也是讓咱去參加葬禮。」

「沒有人來找妳嗎？」

「沒有。買賣房子的仲介想要來，但咱說這裡已經有房客所以不行，那人就笑了，說這樣的房子還有人要住？」

在某種程度上，我同意這句話。但是只要好好改建，我們家就會搖身一變成爲非常漂亮的建築物。這裡還有庭院，有錢人買下來後，改造成三層樓的咖啡廳也行。我想這絕對足以成爲一個與母親斷絕關係的兒子，重回媽媽身邊撒嬌的誘因。

「就是啊，就是因爲那棟房子。」

「啥？」

「奶奶……最近見過妳家小兒子嗎？」

奶奶表情變得僵硬，我連忙說下去：

「其實也沒發生什麼事，只是有人說在社區裡看到很像他的人。所以叫我們小心一點……」

「那個不得好死的傢伙！」

奶奶用力將湯勺扔出去，猛然從座位上站了起來。湯水朝四面八方濺飛，引起周圍側目。

「他敢來就試試看呀。那、那個瘋子。哼，對，下地獄吧，滾到地獄去吧。」

「奶奶，先坐下，好嗎？」

「他、送走他哥哥，然後呢，哼，他還想享受多久榮華富貴……」

周遭的人移開視線，努力裝作沒看見，奶奶的聲音也越來越小。對我來說，這更像是一種即將爆炸的信號。奶奶的臉變得像蠟像一樣蒼白。我立刻起身，走到奶奶面前。店員才剛發出一聲短促的尖叫，奶奶便倒在我的懷裡。

「奶奶，看得到我嗎？嗯，看得到嗎？」

「那種人，爲、爲什麼還活著？啊……」

那雙怒氣沖沖的眼睛避開了我的視線。奶奶的聲音是正常的。我揉了揉奶奶冰涼的手。混亂之中，我只感到手忙腳亂，後來才注意到有位店員也在一旁按摩奶奶的手，另一位則把桌子往後面拉，騰出足夠讓奶奶躺下的空間。

時間過了多久呢？等我終於回神，才發現其他顧客的聲音都消失了，餐廳員工們正在角落吃著遲來的午餐。奶奶靠在餐廳牆壁上，一手擺弄著帽子。

「奶奶，妳沒事吧？」

「能有什麼事，我操……」

奶奶還能罵人，看來似乎是沒事了。我鬆了一口氣，員工走過來遞給我一杯水。

「沒事吧，妳是學生？哎喲，看妳整個人都在冒汗。」

「真的非常感謝。嚇到各位了吧？」

「兩位沒事就好了。比起奶奶的狀況，我們要打一一九時，妳突然大喊大叫反而更嚇人，妳還記得這件事嗎？」

「什麼？」

「妳一直大喊不要報警，似乎是失去理智了。」

可能是聽到要打一一九報案，讓我誤以爲他們想要報警吧。如果這時連警察都來摻一腳，奶奶的腦袋裡可能眞的會有一條血管直接爆開。

等到員工們吃完午餐，我們也從座位上站了起來。還是趕緊帶奶奶回家休息比較好，雖然她看起來還是有點遲鈍，但從握住我手的力道來看，似乎已經恢復得差不多。由於對餐廳感到抱歉，所以想跟店家多購買一些豆腐，但是老闆卻先發制人，給了我免費的豆腐。看來，得再找個時間帶其他人來捧場了。

結完帳，走出餐廳大門之際，意想不到的人出現在我面前。這人還牽起奶奶的手。

「您還好嗎？」

「勝彬啊！你……怎麼、怎麼在這裡？」

「是姑姑，不對，是老闆通知我來的。」

餐廳玻璃門對面的老闆搖手示意，我再次低下了頭。光是免費獲得的豆腐就已經承受不起了。

「你說這裡是你姑姑家？我們欠你們許多人情呢。」

「什麼呀。以後經理考慮去哪裡聚餐時，徐珠姊在一旁幫忙鼓吹他來這就行啦。」

勝彬攙扶著奶奶。雖然我想告訴他不必幫忙，但現在不是逞英雄的時候。奶奶還在自言自語，我們從兩側攙扶她，走向計程車招呼站。

勝彬似乎以為我們要去醫院。但是奶奶卻情緒高漲地喊著：「人總有一天都會死掉，難不成還想等咱叫你們準備棺材哪！」這下讓人更加擔心了。

雖然我很清楚勝彬的心情，但還是搖了搖頭。碰上奶奶這種症狀，即使去了醫院，得到的回答也只是「請讓老人家按時服用血壓藥，然後好好休息吧，另外請不要讓他壓力太大」。更何況，現在能去的地方只有急診室。萬一奶奶聽見嗚嗚大叫的救護車笛聲，情況很可能會更加惡化。

我在勝彬耳邊悄聲低語：

「因為一些私人原因，所以奶奶不能去急診室，以後我再帶她去醫院。謝謝你替我們擔心。」

「啊……是，好的！」

我以為勝彬會就此離去，沒想到他卻逕自坐上計程車，堅持自己要幫忙到底。起初我覺得很不好意思，不過幸好有他幫忙，我在回家的上坡路輕鬆不少。

奶奶掛在我們倆的肩膀上，對我問道：

「不過，這孩子是誰哪？」

「現在才問這種問題？他是我的……」

嗯，接下來該怎麼說呢？不管說是朋友還是同事，奶奶肯定會開第一槍：「才剛成年，就急著跟男人交往啊？」要是接著告訴她，我們是在打工的店裡認識，奶奶就會開下第二槍「妳把上班當成啥啦」，讓我再死一次。我慌張地進行腦力激盪。

「是我認識的弟弟！」

耿直傳統的奶奶不會把「年下男」當回事。果然，奶奶的表情比平時更加和緩。

「高中生？眞是可愛。」

「人家是大學生。妳也稍微稱讚一下人家，今天要是沒有他，就回不了家了。」

「好，待會兒給他買個冰棒吧。現在的孩子都喜歡些啥？徐珠會教你功課嗎？」

不知道是不是被當成小孩，勝彬忽然洩了氣，奶奶變得更沉重了。於是，我換了一個姿勢。勝彬的嘴裡發出急促的喘氣聲，看來問題不在勝彬身上，而是這麻煩的狹窄斜坡。

「真的很謝謝你。我一直在找時機讓你先走，但還是麻煩你到最後……呵，要是沒有你，大概會非常辛苦。」

「不用……客氣，上次好像也沒幫上什麼忙，這次我終於派上用場了！」

坡度漸漸變得平緩。在午後的陽光下，建築物的影子緩緩拉長。由於周圍沒有高聳的建築，陽光直接照射在高度相差無幾的住宅上，眼前的景觀宛若一片廢棄的遺跡，使人惶惶不安。

「我是第一次在白天過來，這裡空屋還滿多的。」

「是吧？這裡本來就是老舊的住宅區，所以大約有一半房子都陸續說要施工、改建、再開發之類的，但很多都是不了了之。」

「徐珠姊，妳們家隔壁也是空房子耶！這輛摩托車怎麼還沒報廢啊。」

勝彬用力踹了踹倒到地上的摩托車。

「喂，不行。如果沒有那輛車，我就進不了家裡了。」

「什麼？」

「開玩笑的啦。總之，這次多虧有你，下次請你吃飯！」

「我順便陪奶奶進到玄關吧，那裡面不是有階梯嗎？」

今天的大門依舊緊閉，應該是奶奶動身出門前鎖上的。勝彬很自然地按下了門鈴，但只有喀嗒喀嗒的聲音回響在虛空之中。

「喂，喂，有人在嗎？」

「沒有。」

「裡面一個人都沒有嗎？其他家人……」

勝彬的話語突然中斷。他似乎終於才明白過來。

如果家裡有人能開門，奶奶在餐廳暈倒時，我早就聯繫家人來幫忙了。勝彬支支吾吾地帶過話題，撇開了頭。接著迅速改變姿勢，轉身跪在奶奶面前。

「我背奶奶進去吧！」

「沒關係啦。奶奶、奶奶。大門鑰匙放哪裡？哪個口袋裡嗎？」

「那啥，放在咱包包裡，一個小內袋裡頭。」

「紅色包包嗎？這裡？」

就在我努力尋寶的時候，勝彬接下我手中的豆腐，空氣中流淌著尷尬的沉默。我繼續翻找奶奶的包包，並開口問道：

「勝彬啊，你如果沒事的話，要不要吃完晚飯再走？」

「什麼？晚飯嗎？」

「嗯，畢竟現在時間也不早了，我們也有很多豆腐。」

「不、不、不會太打擾到妳們吧？」

「比起做兩人份的飯，三人份準備起來更方便。」

前提是我們能夠進入家門的話。奶奶，鑰匙到底放在哪裡啦？

「勝彬啊，不好意思。我繼續找找看，如果找不到的話，我們就翻牆吧……」

「……家裡只有妳們兩個人？那，那位又是誰？」

「什麼？」

聽到勝彬的疑問，我抬頭一看，大門隨即被打開了。開啓大門的，不是人類。逐漸低垂的陽光下，眉頭緊蹙的惡魔正俯視著我們。不知道是不是工作了一段時間才出來，工作服上滿是汙漬。走過來欲攙扶奶奶的他，身上散發出陽光的味道。

「您好。」

眼睛瞇起。他面露不怎麼親切的表情，向勝彬打了招呼。勝彬感到莫名其妙，不過還是低頭致意。

「您好。」

「又給您添麻煩了呢。謝謝您陪奶奶回來，您要留下來吃飯吧？」

「啊……不，不了！」

「好的，我知道了。喂！人家拒絕留下來吃飯呢！」

惡魔看著我笑了起來。喂喂喂，你問得那麼直接，對方當然會拒絕啊！我拉了拉勝彬的衣領，但勝彬在惡魔面前全身僵硬、動彈不得。

「徐珠姊，這位是誰？」

「呃，他是我們……」

「家人。」

惡魔代替我回答，成功吸引我們所有人的目光。接著又故意補充了一句：

「吃閒飯的家人。」

「呃，這個人是房客，跟我們一起生活。」

「我先把奶奶扶進去，您跟朋友慢慢聊吧！」

惡魔獨自攙扶奶奶，穿過院子走進屋。啊啊，那個惡魔爲什麼突然冒出來？就在此時，奶奶的大門鑰匙終於從包包裡蹦出來。

「他只是房客而已，眞的。」

「我沒有說什麼。」

勝彬將豆腐遞給我，我接了下來，尷尬地繼續稍早的話題：

「你眞的不吃頓飯再走嗎？或者喝杯咖啡？」

「不用了，不用。」

「對不起……都這麼晚了，還讓你餓著肚子回家。」
「沒關係，反倒是我造成妳的困擾了。但是，那個人認識我嗎？」
「嗯？應該不認識吧。」
「他剛剛對我說『又給您添麻煩了』。」
「……嗯？他這麼說嗎？我沒跟他提過你啊！」
「畢竟住在同一個屋簷下，也有可能在吃飯的時候聊到吧。」
勝彬掛著略顯微妙的苦澀笑容，往退後了一步。互道再見之後，勝彬失魂落魄地走下斜坡。我心懷抱歉地注視著勝彬的背影，並揮手向他致意，直到他完全離開視線爲止，然而勝彬卻一次也沒有回頭。
一進入家門，從玄關處就開始出現令人心煩意亂的畫面。我們不在的期間，那些罪人又把家裡搞得一團糟。雖然很想直接上樓，回到房間倒下躺平，但奶奶沒往自己房間走，而是癱倒在客廳沙發上。惡魔正在廚房裡洗米，我也不能拋下奶奶不管。況且見他脫下工作服亂丟，只穿著短袖T恤加運動褲，還光著腳丫子，不知情的人看了，八成會以爲他是這個家裡遊手好閒的兒子！
「別忙了，你在那裡幹麼？」

「我已經得到主人的允許，可以使用廚房裡的東西。」

「不是在跟你講這個。爲什麼是你做飯？」

「有什麼不可以的嗎？嗯，中午吃了什麼呢？紅通通的東西？」

惡魔用濕答答的手指輕撫我嘴角。我心想，這是什麼離譜的撒嬌方式？然而慌張也只是暫時的。我順著他觸摸的路線，伸手撫摸自己的嘴唇，感到某種黏膩的觸感。啊啊，沾到火鍋的湯汁！我的臉瞬間漲得通紅。惡魔沒理會我的反應，只是逕自從我手中拿走裝著豆腐的袋子。

「說說您中午吃過什麼，然後到那邊坐著等吧。我馬上就幫您做好晚餐。」

「不是，我，我可不想白吃白喝……」

「您不是說有很多豆腐嗎？還說比起只做兩人份，不如做三人份一起吃。」

「等等，我們在前面的對話你都聽到了？」

「我說過，這裡隔音很差的。」

惡魔咧嘴笑了起來。他的耳朵看起來似乎比普通人還要尖，是我的錯覺嗎？趁這個機會，我順便問道：

「你剛才對勝彬說『又給他添麻煩』，是什麼意思？你，應該沒跟勝彬見過面吧？」

「那位之前不是來勸架了嗎？他的感情很澎湃，特別好吃。」

「很澎湃？勝彬是抱著什麼奇怪的心情來嗎？他人很善良啊。」

惡魔以微妙的表情看我。什麼意思啊？他馬上搖了搖頭。

「沒什麼。那位不是什麼壞人。」

「你不是只吃負面情緒嗎？畢竟是惡魔嘛！」

「這個標準也很模糊。比如說，看到敵國滅亡而產生的喜悅，是正面還是負面的呢？」

「……您還是繼續做您的晚飯吧。我們剛才吃了豆腐火鍋。」

「您這樣想就對了。」

惡魔拿出豆腐放在砧板上，修整掉因路途顛簸而破碎的邊角。豆腐散發出美味的香氣，我的嘴也不斷分泌出口水。看來惡魔也能分辨豆腐的好壞。

「既然您帶回如此高品質的豆腐，應該今天就要吃完。湯類的味道會蓋掉豆腐的香氣，拿來做糖醋豆腐也有點可惜。乾脆簡單燙熟後，再配上泡菜與白切肉一起吃，怎麼樣？」

「白切肉？家裡沒有肉啊，只剩一點煮湯的材料。」

「您去買吧。處理肉需要不少時間，快一點。」

惡魔露出惡魔一般的微笑。接著他又補充了一句：

「今天是老主人的生日，這種程度的要求不算過分吧？」

「你怎麼知道的？」

「簽約的時候，不是都會看身分證？來，請您快去快回，我會先做好最基本的準備。」

惡魔推著我的後背。無論是行動還是話語，這傢伙都毫無顧忌。我就這樣莫名其妙地拿著錢包與購物籃走出大門。

最後，白切肉全進了我們的肚子裡，那味道……

「謝謝款待。眞的很好吃。」

還不錯。我以爲惡魔做的料理會是天堂級的美味……也對啦，仔細想想，前段時間喝到的多穀茶也是稀鬆平凡的東西。相對的，豆腐完全展現出它的價值。從今以後，我怎麼吃得下超市裡一千五百韓元的豆腐啊？

我洗碗的時候，惡魔扶著奶奶進房後，走了出來。

「白天發生了什麼事嗎？兩位的臉色都不太好。」

「奶奶身體不太好，在外面暈倒了。」

「畢竟年紀也大了，所以才會那樣。以後如果要去醫院，請找我一起吧。」

他靠在餐桌旁的椅子上，帶著自信滿滿的微笑，讓人聯想到電視劇裡那種窮寄宿學生，模樣雖然看似吊兒郎當，但其實非常可靠。就是那種會拋下自己的工作，然後把寄宿家庭的媽媽背到醫院，臉蛋長得跟演員一樣帥的人。等等！這傢伙不是人類。

「不好意思，房客先生，我，還有問題想問你。」

「什麼？」

「爲什麼對我們這麼好？」

「我已經說過了，因爲我可以讓妳們幸福。」

「我的意思是，這點我無法理解。你不是惡魔嗎？你不就是要來滿足我們所有的願望，讓我們完全依賴你，等我們最後要許願的時候，再向我們索取靈魂爲代價？」

「您爲什麼要說那麼可怕的話？我爲什麼要用自己的雙手來做這種事呢？光是上面發給我的報酬就相當充足了。」

惡魔以眞摯的表情打了一個寒顫，這反應讓我啞口無言。但是，我還是無法就這樣輕易相信他。如果惡魔說出一些好聽的話，背後很可能會出現像是電信公司要你綁約三十個月的契約陷阱之類的。

惡魔鼓起臉頰，彷彿是在抗議一樣嘆了一口氣。

「這是眞的。惡魔基本上都滿喜歡人類。您喜歡小狗嗎？」

「以前在院子裡養過。」

「那就用狗來打比喻吧！想像一下，您懷裡有一隻小狗。」

惡魔完全沒給我思考的時間。他打開其中一扇關閉的門，點燃了一簇火花。原本只是如前臂大小的火花，開始在空中凝聚，最後迅速變成一隻毛茸茸的白毛小狗，輕盈地跳進我的懷中。一雙大眼映射出我的模樣。同時，雪白尾巴像螺旋槳一樣飛速晃動。

「來，這隻小狗想要什麼呢？」

「呃……飼料？磨牙餅乾？」

「請說一些您現在就能給的東西。」

大概就是這個了吧！我把手掌放在小狗的頭上。小狗尾巴搖得更加迅速，還拚命往我的懷裡鑽，結果倒在我的膝蓋上。我忍不住爆發笑聲。

「啊，又想到了一個我能給的東西。後院有一箱地瓜，用微波爐加熱的話，很快就可以煮熟。」

「小狗喜歡地瓜嗎？」

「當然喜歡囉。喜歡到會讓人一直想餵地瓜給牠們。不過聽說有些小狗因此變得太胖，還必須帶去醫院……」

「這就是答案。」

「……人類就像小狗一樣嗎？」

「人類可沒有那麼可愛。但是，對待方式應該就跟小狗沒有太大的區別。我很清楚對方想要什麼，只要我可以給出那個事物，對方就會立刻變得幸福。在這過程中，我得到的是幼稚的全能感。」

「請問一下，我現在是被你當成一條欲望寫在臉上的狗嗎？」

「嗯哼，所以我本來不想用小狗當比喻的。」

還嗯哼咧？你是小朋友嗎？惡魔一個彈指，白色小狗瞬間消失，落在我膝頭上的是上一個季節就消失殆盡的火紅落葉。落葉飄落在地，惡魔踩在葉片上，宛如踩上一片地毯。他靜靜坐了下來，以剛才那小狗般的眼光看著我。

「狗跟人類的關係反過來也無所謂，但是，我該怎麼說才好呢？總之，我會去做一切能夠讓您開心、讓您嶄露微笑的事。即使，這會讓您走向滅亡。」

「即使……我不願意？」

「我只負責做巧克力，並不能餵您吞下。在那之後，該由您自己判斷。」

一點點，只有一點點，我好像有點知道他是什麼意思。不久前，他說過一個笑話：

「如果將馬鈴薯送給人類的是神，那麼教人類怎麼炸薯條的就是惡魔。」

當惡魔無條件地提供某些東西，人類因爲過度依靠它而失去節制與努力，那不就是所謂的墮落嗎？如果惡魔鎖定了某個人，比起用計使他墮落，給予源源不絕的愛似乎更有效率。好比，想要毀掉一個孩子，儘管無限溺愛他吧。可是奶奶從小就對我很嚴格，現在溺愛我一點應該也沒關係吧。

「那讓我中樂透吧。」

「這很困難，不過我可以告訴您詐騙跟侵占的要領。」

「你還眞的是來毀滅我的啊。」

「做不做是您的自由。如果您有需要，請隨時告訴我。」

「……這話聽了可眞叫人感到安慰。」

他是眞心的。他似乎認定我是個還沒被毀掉，人生還有一點從容的人。直到我開始墮落之前他都會一直監視著我吧。突然之間，我想到我可以和這個同住一個屋簷下的人，一起分享一個好吃的東西。

「請你吃。」

我遞出一顆糖果，惡魔的雙眼瞪得圓圓的。

「哎呀，這是什麼？」

「糖果。餐廳給的飯後甜點，我把它帶回來了，您要吃嗎？……雖然不是什麼好吃的口味，抱歉啦。」

糖果是紅蔘口味。我本以爲自己拿的是草莓口味！

惡魔沒有給出任何反應。惡魔也不吃紅蔘口味嗎？難不成紅蔘有驅魔效果？手就這麼一直伸著也怪尷尬的，正當我考慮要不要自己吃掉，惡魔傻乎乎地說道：

「這個，要送給我的嗎？」

「對，沒什麼特別的，讓我有點不好意思……」

「這是我第一次受到人類的誘惑。」

「只是餐廳免費贈送的糖果！沒什麼特殊意義！」

「從給予的立場來說，確實如此。但對我來說，就是一種誘惑。」

惡魔撕開包裝，讓紅色糖果掉落在我的掌心。不過，當惡魔纖長的手指在上方畫圈時，糖果開始閃閃發光，宛如一顆貴重的寶石。

惡魔再次感嘆：

「沒想到有一天，我也會收到如此微不足道的東西……」

「你言行不一致欸！這話是在諷刺我嗎？」

「雖然微不足道，但卻十分珍貴。畢竟到目前爲止，我從人類那裡得到的東西，不外乎父母的頭腦、子女的心臟，再附上自己的靈魂。」

「等等，你不是說不用付出代價嗎？」

「我是這麼做的。但是，人類卻不這麼認爲。他們深信自己的貪得無厭會奪走相應的一切，所以總是帶些貴重的東西來交換。殊不知，自己正在積累罪過。」

不知道這些人最終會面對什麼樣的結局。我只能聽著從某個角落傳來的尖叫聲，憑空想像他們的命運。

惡魔抓起糖果，塞進嘴裡。我是第一次給他糖果，甚至應該也是第一個餵食惡魔紅蔘糖的人吧。惡魔露出微妙的表情，不知道是不是品嘗到糖果的甜味，他的嘴角微微揚起。看到這個畫面，我的嘴角也跟著上揚。或許是發現我用著同樣的表情看著他，惡魔說道：

「早知道就分著吃了。」

07

最複雜的是善後，未完待續

用美味豆腐塡飽肚子的第二天，光是看見泡菜湯裡載浮載沉的豆腐，我就胃口全失。這應該是正常反應吧！但我什麼都還沒做，奶奶就大聲嚷嚷：

「現在是在等著拜祖先啊？咱都快沒胃口了，快過來吃飯！」

「我開動了。」

我想起每天努力清空銅碗的廚餘男，反覆告訴自己「再怎麼樣都比那人好」。我知道這麼想很沒水準，而且就算想像了廚餘男銅碗裡的食物，依舊找不回我的胃口。如果能跟誰聊聊天，或許就可以把東西吃下去了。

惡魔……此時正在工作嗎？我悄悄環顧四周，手機忽然閃了一下。沒想到是茉卡姊姊送來簡訊。

早安，早餐吃了嗎？事出突然，妳十點左右有空嗎？有個地方想找妳一起去！

我倆從來沒有單獨見過面，發生什麼事了嗎？茉卡姊姊本來就會這樣邀請人出去玩嗎？難道是想跟我傳教？還是打工的餐廳出了問題？……猜想逐漸變成妄想，我開始不想跟她見面了。

我把思緒的方向盤用力拉回，往正面的方向去想。姊姊本來就很活潑開朗啊！然而，這個家又讓我分心了。

「愛一個人，犯了什麼罪啊……啊啊啊！」

「很抱歉，一大早就失禮了。請繼續用餐吧。」

惡魔一腳踹開在走廊上奔跑的罪人屁股。罪人懷抱裡的動物玩偶飛出去，摔落在地上。但是當我仔細一看，發現那並不是動物玩偶，而是穿著動物造型衣服的……就當作沒看到吧。今天這頓早飯我是吃不下去了。奶奶開始狂飆髒話：

「那傢伙是什麼鬼，需要棍子來伺候啊？」

我回答道：

「是那什麼來著？他好像經常出軌，並且善於收集私生子女吧？」

罪人喊道：

「不！我……像我、像我這麼有錢的人，多養幾個小孩，爲國家做出貢獻……啊啊！」

「滾開，拿著這個哭吧。」

我實在是聽不下去，於是踢了一腳玩偶。難道人跟玩偶的感覺連在一起？男子摀住自己的下半身倒在地上，惡魔順勢將鐵鏈鎖在罪人的頸圈上。

「那麼，我先進去了。您今天身體如何，房東奶奶？」

「眼睛要爛啦。」

「知道了。」

惡魔並沒有問我，只是稍微把舌頭伸出嘴唇外而已。他轉身回到工作崗位，而我繼續坐在餐桌前。姊姊的簡訊讓手機忽明忽暗。

徐珠啊，妳在嗎？

在呀，我在。我急忙回覆。我腦海中浮現的想法中，比較正向的一個是，茉卡姊姊對店裡的某人感興趣，爲此要來向我求助。哈，這想像也簡直太離譜。

——嗯，我有看到。但是姊姊人在哪裡？我還在家裡呢！

茉卡姊姊馬上就回覆了。

對了。

——什麼事？

妳漱洗過了吧？

——是的。

那妳等一下幫我開個門。

門？她到底想幹麼？然而，正當我想直接問她，準備要按下通話按鈕前一刻，奶奶一面說「剛才在飯桌前拜拜還不夠，現在還想立牌位啊？」一面搶走了我的手機。我懷著忐忑不安的心吃完飯，整理了餐桌。

十點一到，就聽到有人敲了敲鑲有毛玻璃的玄關門。進到客廳來的人當中，有我意想不到的面孔。

「茉卡姊姊、勝彬，到底怎麼回事？」

茉卡姊姊打扮得完全不像隨隨便便闖進別人家的人。她頭上梳成空姊頭，身上是白襯衫搭配米色長褲，像是要去面試一樣端莊大方。一旁的勝彬也是類似的正式裝扮。

姊姊對我悄聲私語：

「我聽勝彬說，奶奶昨天暈倒了？」

「啊……是的。」

「今天帶奶奶去一趟醫院吧！我把車停在前面。」

「什麼？啊，奶奶完全沒事！她偶爾情緒一激動，就會出現那種狀況，但馬上就會恢復……」

「眞的？眞的沒關係嗎？」

茉卡姊姊看著我的目光前所未有地眞摯。我本以爲姊姊會一邊撒嬌一邊想辦法說服我，例如「眞的沒事的人，就不會突然昏倒啦」「當我說要幫忙的時候，就乖乖跟我走吧」等等，但是她卻完全相信我的判斷，等待我的回應……其實我也知道，眞的沒事的人並不會忽然暈倒。而且我沒辦法自己一個人帶奶奶去醫院。雖然不想因爲家裡的事給同事添麻煩，但姊姊也是出於極大的好意才會把勝彬一起帶來。

姊姊已經看出我的結論了。

「那我進去囉？走吧。」

「……但是，姊姊，奶奶的個性眞的很倔強。」

「聽妳說有門禁，我就知道了。沒關係，我從事服務業也不是一天兩天的事。」

「還有……有件事我必須先告訴你們。奶奶並不知道我是打工的，一直以爲我是上班族！」

姊姊露出沉痛的表情。

「上班族應該要怎麼裝啊？跟我們又有什麼不同？」

「一點都不困難！我每天光明正大地等到三點去上班、十點下班回家，奶奶也都沒有發現問題。」

然而，我們沒多少時間可以思考。奶奶在廚房裡一邊乾咳，一邊大吼：

「徐珠，妳又被推銷講義了嗎？看來連咖啡都要泡給人家喝了！」

奶奶拖著步伐走到客廳，茉卡姊姊滿面笑容，上前大聲說道：

「您好，伯母，我是申茉卡主任。這段時間得到徐珠許多幫助，現在能夠認識您，眞的十分開心。」

太過官腔的說詞，反倒讓人覺得可疑。但是，長年待在家裡的奶奶，在久違的周到禮數面前顯得不知所措，她用顫抖的聲音問道：

「您是從天國……來借我們院子的嗎？」

不是奶奶想的那種天使啦。雖然，她確實是來幫我們的天使沒錯。

該說多虧了容易取得別人好感的茉卡姊姊嗎？戰戰兢兢自我介紹的勝彬變得沒人在意了。茉卡姊姊謊稱「公司目前在推動社會福利，全額支持員工父母進行健康檢查」，同時將奶奶拉到車上。在這期間，勝彬好似在找什麼一樣，不斷往屋子裡看。不知是否因爲早上發生這些騷動，惡魔把門關得密密實實，完全沒傳出任何尖叫聲。但是，我還是有點惴惴不安，於是便問道：

「你在找什麼嗎？」

「……沒看見那個寄宿的男人呢。」

「早上我有看到他，怎麼了？有什麼話想跟他說嗎？」

「不！沒有。」

勝彬秒速回答，臉上的表情不太好看，一副沒獲得想要的東西，因而不怎麼開心的樣子。不過勝彬的直覺是對的。惡魔對勝彬的評價是「感情很澎湃」，講得好像看到生鮮魚類一樣。

「我知道了，碰上了也只會覺得不愉快吧。不過那個人說過，如果奶奶要去醫院的話，他願意幫忙……現在也不需要他陪我去了。」

「對呀！我們會盡力幫忙的！」

由於我的自言自語，勝彬走向汽車的腳步變得很輕盈。

既然都出門了，我們決定去大醫院的神經科。但我內心不斷拜託，哪怕罵我是「不孝女」之類的也沒關係，千萬別說要拍核磁共振，我們可沒那種閒錢！

茉卡姊姊壓低聲音，輕輕對我說道：

「如果醫療費造成妳們的負擔，直接告訴我。」

「那點錢我們還是有的，姊姊請放心。」

萬一情況不樂觀，只要拿出下學期學費專用的存摺就行了。這個念頭才出現，心裡就踏實了一些。

到達醫院後，剛開始奶奶還能說著「多虧有孫女才能享福」，維持佛祖般慈眉善目的模樣，可是在漫長的等待之後，奶奶變得越來越像一尊怒目金剛。她在醫院裡四處張望，尋找應該接受懲罰的事物。目標很快就出現了。

「那些傢伙爲啥在那裡亂揮旗子？」

「哪裡？……啊，好像有什麼示威活動。」

醫院入口附近，一個圍著藍色圍巾的女人正在分發傳單。不過很快地，醫院的保全人員就把她拉到外面去。那女人幾乎沒有抵抗，很順從地走出去。也許是因爲太無聊，勝彬拾起附近飛來滾去的傳單。

「各位居民，請記住詐騙家族的子女即將繼承家業。這些傢伙怎麼能安然地死在病房裡……」

仔細看了傳單內容，好像是某企業的社長以傳授投資理財的名義，侵吞新進職員的工資，甚至以員工名義欠下債務。聽說，投資的公司早就快要倒閉了，而且還是那個社長的妻子經營的。當員工家屬得知此事時，那名員工已經結束自己生命，應當負起責任的老闆則以身患重病爲由，將公司傳給子女，自己則是整天待在醫院裡。徹底是一個該死的壞蛋。

奶奶看著傳單上的社長照片，咂了咂舌。

「這臉一看就心術不正。怎麼有人能受得了跟這種傢伙每天朝夕相處呀？」

我有同感。如果傳單所寫全都是事實，這類投資騙局早晚會登門拜訪。奶奶嘴裡飆起髒話，當我考慮要堵起耳朵時，大螢幕上出現了奶奶的名字。大廳裡，剛才那個女人推著輪椅走進來，大聲嚷嚷著：「我現在可是家屬！你們要把家屬也趕出去嗎？我都說了是要來接受診療的啊！」這番騷亂攪動了所有人的神經。一名青年坐在輪椅上，目光渙散。茉卡姊姊嘆了一口氣。

「真是可憐，徐珠，妳快進去吧。」

「喔，好。」

前往診療室之前，又有一個人吸引了我的視線。一名站在電梯附近的中年女子，一身筆挺俐落的全黑西裝，頭戴著黑色貝雷帽。雖然打扮入時，卻又有點不搭，而且似乎沒有任何人注意到她。不對，是就算看見也只停留一下，然後迅速轉頭，活像目睹了陰間使者一樣。我也冒起一陣雞皮疙瘩，連忙扶著奶奶的肩膀走向診療室。不知道是幸還是不幸，我們不必在第一天就去拍電腦斷層，只要做些測驗就可以了。醫生咂了咂舌，說：

「怎麼直接跑來大醫院？到社區認知症照護中心的話，這些檢測都是免費的。」

「沒關係！咱孫女的公司說要幫咱做。」

醫生觀察了一下我的表情。我顯然沒有瞞天過海的潛力。測驗過程中，奶奶尖銳洪亮的聲音就像參加搶答節目一樣停不下來。雖然偶爾會有誤判的答案，但從醫生的表情來看，似乎已經有結果了。

「詳細的結果還是要等報告出來才知道，但以現有資訊來看，兩位似乎不用太擔心。您說老人家正在吃高血壓藥嗎？」

「是的。」

「好，血壓可能會改變，所以請去找內科醫師看看……還有，以後……」

醫生輕輕遞來一張便條，上面寫著如果家裡經濟困難，家屬可以在社區福利中心尋求醫療費用的補助。我的臉頰變得滾燙。

「謝、謝謝，麻煩醫生了。」

我知道醫師是好意，但我看起來有那麼寒酸嗎？走出診療室，我打量起奶奶以及我身上的衣服。在我看來衣服沒什麼問題，雖然多少起了一點毛球，但是近來人造纖維做的衣服都是這種品質。難道是衣服沾上老舊房屋的氣味嗎？

「妳這小丫頭，走慢點！反正也是要坐等一百年才會輪到咱們交醫療費。」

「知道了，妳講話小聲一點！我的耳朵沒聾……」

似乎恰巧有一件事進行到了尾聲。剛才那個女人臥倒在一具長型擔架前面，雖然我說那是擔架，但是支架上蓋著一床純白色的布，上面還緊扣著鐵製的架子，像要固定什麼。推擔架床進來的男人身穿西裝，明顯就是來帶走什麼的樣子。

四周的患者與家屬一副碰上不祥之物的模樣，努力轉過頭不去看。保全人員把擔架前的女人趕走，後方茉卡姊姊急忙推著一輛輪椅追了上去，是那女人原本用來推青年進醫院的輪椅。勝彬看了一下我們的表情，跟上前去。手裡拿著傳單的人都不禁咋舌。

「不管怎樣，人都已經死了，還有什麼好鬧的？」

「死了就沒事啦？現在只有死去的人舒服，那種叫做半死不活。」

……這個嘛，死去的人真的比較舒服嗎？

醫院大廳的一處角落，稍早看到的那名黑西裝女子正伸手到半空抓著某個物體搖晃。喧鬧吵雜的大廳裡，也能清楚聽見尖叫聲。其他人似乎都不知道，但是對於生活在「地獄」隔壁的人來說，這是非常熟悉的聲音——死者的掙扎。

「啊啊啊！做什麼？還不放下嗎？妳幹麼呀！警察，快叫警察！」

「您已經死了。沒聽見醫生說的嗎？您已於上午十一點二十七分確認死亡。」

「我、我、我我才沒死！印鑑放在棉被下面，應該要拿給孩子……啊啊啊！妳、妳這黃毛丫頭，呃、嗚哇！」

是老人的聲音，但卻不見其蹤影。我只能看見那名黑衣女人雙手在空中，像擰衣服一樣扭著某個物體。

黑衣女人果然是陰間使者。其他人雖然看得見她，不過應該聽不見死者的聲音。別多管閒事，被她發現自己正在偷看，絕不是什麼好事。

但是就在那個瞬間，一道讓人離不開目光的人影不知從哪裡出現，走向陰間使者。滿是髒汙的工作服繫在腰間，垂下的部分像尾巴一樣在身後晃動，沿著白襯衫從背部往上看，就能看到那張臉……

陰間使者開口了：

「您是地獄Ｔ部門的負責人嗎？接下來罪人要移交給你了。」

「我確實是負責人，不過您為什麼不到地獄入口移交，而是直接把我叫過來呢？這種情況還是第一次發生。」

惡魔的聲音前所未有地尖銳。無論是在家裡看起來像個擅長料理的無業遊民，還是在地獄裡面對罪人「工作」的時候，我都沒有見過他這種反應。然而，黑衣女子的反應倒像是在安撫年輕新進職員。

「判決很早就結束了。偶爾也會出現這種例外情況。」

「什麼？就算靈魂還在這裡也能審判？」

「昨天罪人的心臟停止跳動，在現世進行過二十八分鐘的ＣＰＲ。這段期間，地下就已經完成對罪人的審判。寄來的判決書就是你看到的那樣。」

「啊……」

「在醫院，偶爾會發生這種狀況。如果因您離開崗位而發生了問題，或許我可以幫上忙？」

陰間使者的表情比剛才柔和許多。與那份親切恰恰相反的是，新進職員，不，新進惡魔臉上的困窘不減反增。

「那是……那是因爲家裡都沒人……所以我必須要守著。」

「啊，我聽說丁部門租下部分民宅空間來用？辛苦您了。畢竟只要稍有不愼，人類就會在合約中加入奇怪的條款。」

雖然我不記得有請惡魔看家，但是令人鬱悶的是，我也不知道奶奶訂下了哪些租約條款。惡魔向陰間使者低下頭，然後用鐵鏈鉤住虛空中的某個物體用力拉。啪，感覺有什麼東西撞到地上，風中還伴隨著慘叫聲。

陰間使者消失了。惡魔抓著某個物體，緩緩離開了醫院。

一旁傳來保全人員通訊設備的聲音。「嗯，屍體移到地下停車場了。聽說要在那裡等救護車，然後直接送到殯儀館。那個女人還留在大廳裡僵持著。先別管她了。」

後來，勝彬走回醫院裡，朝奶奶伸出手。

「對不起，我來晚了。奶奶，醫生幫您看過了嗎？」

「那些該死的東西，連一點藥都不給咱，光對我呼來喚去的。我可不能白白讓他們使喚，他們得掏錢出來才行。」

「哈哈，讓您受累了。」

「瞧你樂的，有啥好笑？」

「奶奶，人家可是來幫忙的，妳怎麼這樣說話！」

我邊輕輕拍打著奶奶的背，邁開腳步。在大廳外面，茉卡姊姊幫戴著藍圍巾的女人擦拭眼淚後，飛快地跑回來。姊姊的眼眶也有些泛紅，而且越來越紅。

「還好嗎？」

「是的，之後我還要回來拿檢查報告，但醫生說似乎沒什麼大礙。」

「那眞是太好了。」

離開醫院的途中，茉卡姊姊及勝彬表情苦澀地望著剛才那對母子。女人靠在兒子的輪椅上強忍著淚水，喃喃自語道：「爲什麼那傢伙連死都那麼容易呢？」鬼神從不帶走壞人，正所謂「好人不長壽，禍害遺千年」。

地獄的存在能爲那對母子帶來一點安慰嗎？我無法得知。但是我……今天要是沒看見那個罪人被陰間使者抓住，並且發出驚聲尖叫的樣子，我晚上肯定無法入眠。

回家的路上，我順道買了午餐。四人份的餐費並不少，但總比心裡背負著罪惡感要好得多。茉卡姊姊跟勝彬開開心心跟我們一起吃了飯。由於檢查時過度用腦，奶奶表示有些頭暈目眩，於是也多添了一碗白飯。奶奶，還要再活二十年唷。

太陽開始西斜的時候，我們在巷子前面互道再見。

「茉卡姊，眞的很謝謝妳。」

「嗯，明天見囉。」

「勝彬也是，回家路上小心。」

「好……對了，徐珠姊，那個寄宿的人剛才是不是也在醫院裡？」

啊，他果然看到了。

「對，他看起來很忙，所以我沒有去打招呼，可能是來工作的吧。」

「他做的是什麼工作？他那身打扮看起來跟醫院很不搭。」

「我也不知道。」

「……姊姊，妳不知道對方是做什麼的嗎？」

「嗯，老實說，我只要能收到房租就好了。」

我撒了個小謊，說那人可能是公務員。這話也不能算錯，但前提是陰間沒外包給私營企業的話。

勝彬忽然燦爛一笑。

「啊，原來徐珠姊也沒問過啊。我知道了！」

「你很好奇的話，要我去幫你問問嗎？」

「不用了，那我先回去了！」

勝彬踩著輕快的腳步漸漸遠去。

與此同時，奶奶早已穿過院子，並打開了玄關門。見狀，我也慢吞吞地跟著她走進去。回到家的奶奶有自己固定的例行公事。首先是回房間，一邊發出「唉唷喂」的聲音，一邊躺到床上。等到差不多要吃晚餐的時間，奶奶會不可思議地準時起床。今天我沒排班，不用去打工，因此難得吃到奶奶做的晚飯。不過我們才出門一小段時間，走廊就亂成一團，幸好打掃的人不是我，所以這點程度的髒亂還可以忍……

然而，隔著襪子踩到粗糙泥沙的顆粒感實在太過眞實。不像是那些罪人鬧著玩留下的痕跡，而是眞的有人用踩過泥巴的腳踏進這裡。不祥的預感從背脊爬上頭頂。

我趴在走廊地板上。雖然不像是漫畫裡那樣，某人光明正大地留下清晰腳印，但到處都沾滿了泥沙。我沿著這些痕跡往前進，心中的懷疑也越來越深。爲什麼小倉庫裡的抽屜都被打開了？冰箱裡的水瓶爲什麼會出現在廚房？又是哪個傢伙沒有關緊水龍頭？

我屏住呼吸，打開了水槽下方的櫃門。然後心臟差點從喉嚨裡跳出來。刀架上少了一把刀。我記得那裡原本放了一把紅色握柄的水果刀。或許是奶奶爲了削水果吃，就把水果刀帶進房間，結果沒拿回來放，但是現在我該做的事情十分明確。顫抖的手握住剩下的那一把刀。我現在該去哪裡？向前？向後？還是向奶奶那邊去？

還沒想好要去哪裡，只是扶著水槽下方的櫃門起身之際，迎面走來一個人——惡魔。他的「喂」慢了一拍。我雙腿一軟，差點癱坐在地，連刀也沒來得及揮動。幸好沒有鬆手，讓刀砸中自己的腳。

「差點被你嚇死了！」

「十分抱歉，我可以說更可怕的事嗎？」

說出這些話的惡魔表情並不像是在開玩笑。我不想聽，你到底想說什麼啊？

「……請告訴我。」

「首先，『此刻』家裡沒有入侵者。」

「這話的意思是……」

「在兩位外出的期間，有人進到家裡。我問過罪人們，那個人似乎是撬開了老太太房間的窗戶鎖。」

這人知道奶奶房間窗戶破舊鬆動，這下犯人的眞面目昭然若揭。惡魔的話立刻就打斷了我的思緒：

「那名男子的肩膀及背部很寬，穿著藍色夾克，看起來非常緊繃。聽說嘴裡一直大喊『大家來談呀』，還一邊尋找兩位。」

「那傢伙……」

「是認識的人嗎？」

「是的。啊，該死！」

更難聽的髒話在口腔裡像爆米花一樣蹦來蹦去。要罵這傢伙的話，人類的髒話遠遠不夠看。他現在竟然直接闖到家裡來？他知道昨天是奶奶的生日嗎？混蛋，這混蛋還眞的差點成爲史上最不得了的生日禮物。

我衝出房間，從一樓開始仔細巡視每一處。問題並不僅僅是泥腳印，仔細觀察就會發現，與隨後就會消失的地獄痕跡不同，我可以看見有人四處觸碰的痕跡。廚房裡、鞋櫃裡以及客廳裝飾櫃上都有。這傢伙可能不知道怎麼開關門，每扇門上都附著了點什麼東西。奶奶珍愛的一組玻璃杯在地上滾來滾去。

租給地獄的房門大多鎖著，所以就不用看了。我小心翼翼打開奶奶的房門，奶奶還在睡覺。她房裡沒有入侵者的痕跡。自從那人差點把存摺搶走後，奶奶就花大錢訂製一個保險箱，現在依舊十分堅強地守護著貴重物品。多謝你讓保險箱發揮作用，你這個該死的傢伙。

我小心翼翼地退出房間，以免驚醒奶奶，接著朝惡魔問道：

「罪人之中，有誰跟那傢伙說過話嗎？」

「沒有。只聽他們說那人大概是在找人，到處亂敲房門，讓大家很頭疼。」

我飛奔上樓。在二樓及三樓的地上，可以看出那傢伙至少脫了鞋。成年男子尺寸的襪子沾上炸醬麵的汙漬，骯髒腳印徘徊在每扇房門前。巡房巡得還真是仔細。你是覺得你媽在家裡藏了金條嗎？

租給地獄使用的房間全上鎖了。於是，我站在唯一一間人類使用的房間前，下意識地用力敲房門，說道：

「喂！」

……房裡傳來東西掉落的聲音。我靜靜貼在門板上，聽到裡面傳出粗獷的呼吸聲。接著，我才突然想起該怎麼對待這位房客。他說過不能進入他的房間，這要求還算合情合理，但他也說過不要隨便敲門或搭話……我急忙拿來便條紙，用書寫的方式跟這位房客交談。

抱歉，我是房東的孫女。有沒有什麼奇怪的人類在你這邊不走？

傳回來的紙條上，用力寫下的筆跡傳達出對方此刻的情緒。

——確實有過!!不論如何，拜託你們不要再這樣了!!!絕對不可以!!!!

很可怕！

一個驚嘆號裡似乎包含了十句髒話。我在下一張便條紙上加上三句對不起才切入正題。我問他那傢伙做了什麼，裡面的房客以顫抖的筆跡給出了答案。

——那個人，一直大喊「我這次真的很危險」「因為錢的問題我好像要被抓走了」，幾乎把每一間房都敲爛了。那個人是幹什麼的啊？

跟奶奶關係不好的親戚

——那人還叫了妳的名字。妳叫徐珠，對吧？

鄭孝燮你這傢伙，果然覺得我比奶奶更好欺負，是吧？我該拿這傢伙怎麼辦？我半天回答不出任何話語，另一頭已把紙遞了過來。那是一本陳舊的電影雜誌，他用簽字筆粗體強調。

——我好害怕

面對一個獨自在家裡承受那傢伙暴走的人，我該說些什麼話來道歉呢？我猶豫了許久，才寫下一些句子。

對不起，下次不會再留你一個人。如果又有人來敲門，請直接發簡訊報警

——可以叫警察嗎？不用問過房東奶奶？

啊，這個人，在這裡住這麼久了嗎？竟然知道奶奶的情況？我心懷感激地寫下回覆。

那個敗類又到家裡來，才是大問題。今天辛苦你了。我以後絕對不會再敲你的門

——好的

我得到一個簡短的回答。我心想對方會不會繼續說些什麼，但房間內傳來電子設備運轉的聲音，外國歌曲再次響起。我遠離最後一位房客的房間。惡魔好奇地在我耳邊竊

竊私語。

「那裡也有住人？我還以爲只有幽魂在房間裡呢。」

「別亂說……他只是個不喜歡出門的人。」

這位房客交了一大筆保證金，並且長期住在這裡。這段時間似乎也是因爲不想出房門，所以一直沒有搬家，但現在遇到這種情況，就算想要搬家也無可厚非。我把地獄占用的閣樓都檢查了一遍之後，本打算回自己的房間，卻無力地直接癱坐在三樓的階梯上。用膝蓋想也知道，那混蛋是爲了錢才回來的吧？他是打算賣掉房子把錢拿走？還是要拿房子去抵押？不用想也知道，他想要我去勸奶奶吧？全身都沒了力氣，腦袋卻不停運轉。我豎起耳朵繃緊神經，生怕又有人敲響大門。不過，此時我最先聽到的聲音，是玻璃杯中冰塊撞擊的聲響。

「喂，喝喝看這個吧。」

「我開動了。」

我連惡魔遞過來的玻璃杯裡裝的是什麼液體都不知道，就直接灌進喉嚨裡。是甜滋滋的蜂蜜水。喝下一口之後，我覺得連脊椎也舒展開來。

「得救了……」

「雖然不知道發生了什麼，但是您想做的事情都做完了嗎？」

「今天的部分做完了。」
以後，他說不定會帶著同夥闖進來，或者跑到我工作的地方，可是拜託你今天不要再來了。就算沒有你來摻一腳，我的一天從昨天開始就已經好漫長。

惡魔機伶地拿走玻璃杯，直奔廚房。謝謝啦，這樣我就不用洗碗了。現在我眞的要去漱洗睡覺，誰都不准阻止我。我扶著欄杆站起身，舉步維艱地朝著我的房間前進。我決定只要房門一開就立刻趴倒睡著。

但是，三樓房門前的腳印觸動了我的神經。房門的把手已經失去了該有的作用，發出哐噹哐噹的聲響。我一腳把門踢開。雖然屋內一片空蕩，但我馬上就知道那傢伙闖進來過。三樓最角落的那間房，曾經是鄭孝燮的房間。難道你以爲這裡還是你的房間，可以隨意鑽進來？算了，反正你在這裡什麼都撈不到。我可沒有把存摺放在家裡，臭小子，你白跑這一趟了，好不好玩呀？我想像著那傢伙怒氣沖沖的樣子。他肯定什麼都沒撈到就回去了。他跟身邊的人借錢後，肯定跟債主炫耀「我媽說過會留一棟房子給我」。可是怎麼辦呢？他在家裡找不到媽媽，也找不到房子的權狀。離開之後，會不會滿臉漲紅地對人狡辯呢？……就算我這樣想像，搔著脊椎骨的不快感仍舊沒有消失，甚至有想吐的感覺。好想在房間裡噴滿清潔劑，把那傢伙摸過的地方全部洗得一乾二淨。

洗了臉後，本想直接睡死，但我改變了主意。果然還是要先洗澡再去睡覺。我抱著這個想法，打開放置內衣的抽屜，卻赫然發現衣服上橫躺著一把刀。明顯是從水槽下面消失的那把刀。

啊，我的手又開始發抖。即使我用力眨眼，關上抽屜再打開，眼前的景象也沒有改變。明明是看了一輩子的刀，此時髒兮兮的刀柄卻特別刺眼，令人不住反胃。我試圖把刀撿起來扔出去，但失敗好幾次。每次好不容易握住刀柄，一想到自己摸了髒東西，就不由自主將手指鬆開。眞的好想吐。

我用毛巾蓋住刀子，把能直接用毛巾包住的東西，全都掏出來扔進垃圾桶。我的腦海裡有一個聲音問道：刀子是不是應該拿出來，先分類後再丟掉？以後再說，等我冷靜下來再去做。我回答自己。如果不把這些沒用的問答拿出來思考，我的腦子會陷入極度的混亂。我拿出另一條毛巾擦拭房門前的腳印，然後走到浴室裡一邊洗澡，一邊洗毛巾。我用腳底不停踩著毛巾，擠出泡沫。直到我發現洗衣皀夾在毛巾中，要掀開毛巾時，卻一屁股跌坐到浴室的地板上。

眞該死，我以爲那傢伙的人生早就完蛋了。在他哥哥及母親的人生都被他任意消磨耗損之後，我以爲那人的生命會在四處漂泊的時候結束。畢竟他的日子實在過得不算好。這大概就是因果報應、業障輪迴吧。我以爲自己會嘲笑對方直到永遠。但是，原來並不是如此。我這副模樣，還想嘲笑誰。我因爲那傢伙不像樣的威脅而嚇到發抖，害怕得連叫都叫不出來。要是真的喊出聲，剩下的房客恐怕會被沿著管線傳出去的尖叫嚇暈。奶奶被我吵醒的話，又會說些什麼呢？會不會一個勁兒抓著我的衣領，自己氣昏了頭，導致要送醫呢？我的腦袋一片混亂。

好不容易洗完澡之後，頭髮上的水珠還滴滴答答落下。正當我要跨出浴室門檻，卻被稍早洗完扔在角落裡的毛巾絆倒。我這時才想到，早知道就用這個藉口放聲大叫了。我以跪姿爬過走廊，打算先把毛巾放在抹布桶裡，就徹底拋開一切，投入房間的懷抱。然而，我卻在廚房遇見了惡魔。惡魔搶走毛巾，扔進抹布桶，抓起我的手拉到流理台水龍頭下面。溫暖的水自水龍頭流洩而出，把我的雙手沖得軟乎乎的，好像就要化掉一樣。惡魔移動水龍頭的接口，小心翼翼地浸濕我的指尖。我真想整個人都泡在溫水裡。但是我現在能做的事，只有提出心中的疑問：

「你在做什麼？難道有什麼惡魔教科書上寫著『泡手我就會變得幸福』嗎？」

「我後悔不該草率跟您解釋我存在的意義。」

「惡魔也會後悔嗎？」

「這點程度的智能，我們還是有的。」

惡魔關上水龍頭。從某處拿出乾淨的手帕，擦乾我手上的水，連指甲內側也沒放過。現在都結束了嗎？我可以把臉埋進棉被裡睡覺了嗎？還有，我可以睡到世間萬事全部解決的那一刻爲止嗎?惡魔轉過身。本以爲他會就這樣離去,結果他卻在一個手掌的距離處停下動作,整個人占據我的全部視線。

「我可以把背借給您。」

「……讓我做什麼用?」

「您可以用來擦鼻涕,如果想釋放壓力,就用刀子插進來。我不會轉過來看您,所以請盡情使用吧。」

像是決定要從軍救國一樣,他這番擲地有聲的發言讓我不禁笑出來。不管是擦鼻涕或插刀子,對你來說都沒差啊,還眞是厲害。

我往前走近一步,聞到他身上散發出像太陽般的味道。你可是惡魔啊,難道地獄裡面也有散發出陽光味道的衣物柔軟劑?

「你可不要後悔。」

把臉貼在他背上之前,我以爲會在他身上聞到地獄的硫磺味或野獸的氣味(不是肉慾層面的意思,而是接近動物園的那種味道)。但是在我察覺到氣味之前,柔軟的背部肌肉讓我忘記去注意別的了。淚痕在衣服上暈染開來,鼻涕也跟著流下來。可惡,我是什麼時候開始哭的?我揉了揉臉,鼻尖有一股纖維的味道。眼淚浸濕的衣服,散發出熟悉的味道。啊,是我們家裡的人共同擁有的味道。瞬間,我的眼淚再度奪眶而出。

穀茶！」

「果然一點幫助都沒有！」

「嗯？哎？我很努力幫忙啊！」

「做點好吃的東西給我吧。我要好吃的！你不是很擅長做這些嗎？啊，這次不要多

「顯而易見，像是鄉下奶奶家一樣的冰箱，做起料理可是非常受限哦？」

「爲什麼非要這樣比喻啊？」

我們互相胡言亂語。我把臉從他背上移開，朝他丟出這一句話。垂下的鼻涕滴落之前，黏上了他的背，我的雙手不知不覺間抓著他的衣服。正想靠近冰箱的他被我抓得後退了一步，嘆了口氣說道「請抓緊我」，然後把我背了起來。

我的手臂圈住他的脖子。眼前所見的不再是衣衫，而是他的頸脖。鼻尖出現一股與地獄不相襯的味道。他將一隻手臂向後圈住，支撐住我的身體，只用另一隻手打開冰箱的門。門打開又關上；寶特瓶蓋、密封容器蓋打開又關上；湯匙敲到杯子哐啷啷。他撕開塑膠包裝，粉末灑落出來。我把那些聲音當作搖籃曲，呼吸漸漸輕柔舒緩下來。當然，我並沒有睡著。他胸口呼吸起伏的感覺敲擊著我。原來你也活著啊，你也需要這個世界啊。過了許久，他換手支撐我，並且告訴我自己正在做什麼東西。

「喂，您在睡覺嗎？」

「沒有！」

「讓您久等了，這是地獄牌摩卡咖啡！」

我看著餐桌。不知道是怎麼做到的，餐桌上有兩個馬克杯，泡沫上鋪著可可粉，散發著好聞的香味。我從他的背上下來。衣服被眼淚及鼻涕印出了臉部輪廓的痕跡，有如幽靈一樣盯著我。

「……那、那個，衣服你就放在洗衣籃裡，到時候我幫你洗。」

「沒關係，用火烤一烤就行了。」

他拿出不知從哪裡找來的咖啡餅乾，仔細擺盤後賣相十分不錯。雖然在這個時間裡，眼前的食物不如酒水，但是那又怎麼樣？甜甜的，全都甜甜的，把我喉嚨深處的慘叫徹底融化，讓我發出更接近人類聲音的感嘆。惡魔與我相對而坐，默默垂眼俯視我的手，彷彿知道自己的任務尚未結束。

「……奶奶有兩個兒子，不過這兩個都是很糟糕的傢伙。」

「嗯，有兩個兒子。」

「老大雖然很聰明，但是並不把奶奶——也就是他媽媽——放在眼裡，某天大吵一架後就離家出走了。可是過了若干年他回來，不管三七二十一就要求奶奶讓他藏身。」

「是這個家裡發生過的事情，對吧？」

「是的。奶奶想要幫他開門，但是二兒子堅決反對，母子倆吵得很兇，奶奶害怕起來，於是便威脅說要叫警察。二兒子一氣之下也離家而去……警察卻突然找上門。他們說，這個家裡有被通緝的詐欺犯。」

大兒子的照片我只看過一次。小小的臉上架著眼鏡，是一名給人陰鬱印象的青年。

「奶奶擋在玄關門口，說這個家裡沒有什麼通緝犯。但是奶奶終究擋不住，大兒子最後還是被帶走，事情就這樣結束了。大兒子出獄後也沒回家，最終死於非命。」

「這就是爲什麼，就算家裡出現入侵者，您也不願叫警察的理由嗎？」

「是的。從那天以後，奶奶就再也見不得警察進入家中。之前因爲房客之間吵架叫過警察，奶奶一看到警察就暈倒，然後摔下樓梯。我當然不能眼睜睜看奶奶再發生那種事啊。」

我面露苦笑，但是惡魔似乎讀出了隱藏在笑容背後的意思。

「理由不只是那樣吧？」

「……是啊，畢竟報警說他闖進來，不利的人是我。」

我不是奶奶的親人，也不是房客，沒有任何一份文件能說明我們兩人之間的關係。男女關係之中還有所謂的事實婚姻，但我跟奶奶又是什麼關係呢？實質家人？可以確定的是，我沒有權力阻止鄭孝燮回到他媽媽的家。在沒有租賃契約的情況下，我沒有被趕出去，已經是萬幸。鄰居阿姨也許可以幫我作證，說「徐珠跟奶奶一起生活十年了」。但是，鄰居阿姨也有可能說出別的證詞。畢竟那個阿姨每年春節都會像拜年問候一樣，對奶奶說「當心啊，可別養到吃裡扒外的黃鼠狼啦」。

「那傢伙只有在想鬧事的時候才會回來。大喊大叫，說著：『媽，給我錢。』『媽，把房子賣了吧。』『媽，最近身體差了，要不要送妳去療養院？』是個非常可惡的傢伙。」

「他知道您的存在嗎？」

「當然知道啊。剛開始還會叫我多照顧奶奶，後來知道我有什麼就對奶奶直話直說，便把我當成了眼中釘。」

「所以他才會這樣威脅您嗎……這段時間，您獨自守護這個家，眞是辛苦了。」

惡魔抽了一張衛生紙，擦拭著我的眼角。我又哭了嗎？反正臉早就哭花了，現在一點也不覺得丟臉了。我任由他捧著我的臉，讓他仔細擦拭我的眼角。可能是因爲哭點說完了，眼淚沒有再持續多久。腦袋變得輕飄飄的。我抬頭看了眼窗外，發現夜已深了。多虧肚子裡的咖啡因，頭腦還十分清醒，甚至出現有些輕鬆、莫名其妙的想法。

「鄭孝燮那個人，不能直接讓他下地獄嗎？那人肯定做了很多不該做的事情，只是沒有說出來。」

「理論上可以，例如您也可以把刀刺進那男人的肚子裡。」

「難道不是只要打開門，把人丟進去就好了嗎？」

「還記得我用火花做的啤酒吧？雖然好喝，但是不會醉。情況就像是那樣。地獄不能影響現實。當然，正如同『理論上可以』這話一樣，如果想做，也是可以做得到。」

惡魔磨蹭了許久，又開口說道：

「不過如果這樣的話，就要從寫報告書開始。」

「……你們也有這種職場規則？」

「很意外嗎？」

他的語氣有點委屈，讓我忍不住移開視線。也對，稍早他在面對其他部門的老手時，似乎也爲了不被別人小看而吃了苦頭。即便如此，對罪人進行拷問也不能說是正常的工作……難道是惡魔，所以無所謂了？惡魔撇了撇嘴。

「我本來是盡可能不想使用比喻，但是完全不用的話，我還眞不知道該怎麼解釋。嗯，我的工作就像國營事業員工一樣，雖然不會被炒魷魚，但沒有良好的交接體制，還時常到處轉調。」

「看來你對國營事業很了解嘛？」

「因爲來到地獄的罪人，都會分享各式各樣的話題。我本來也不想來這個部門好嗎？我原本在其他地方工作，後來突然被調職。我起先穿著西裝到地獄上班，當時還因爲熱氣差點暈倒……」

惡魔也要上下班打卡？還會因爲炎熱暈倒？

「所以你才改穿工作服嗎？」

「是的，雖然這不是我喜歡的裝扮，但確實很舒服。」

「眞神奇，惡魔還會怕熱。」

「不過跟人類的標準不同，這些都只是比喻，比喻。」

「你說話的時候，太愛用比喻了。」

「如果不用比喻的話，您可以理解到什麼程度呢？」

「……這個嘛，至少不會誤會你講的話吧？」

「那我就實話實說了。很不錯嘛，人類。」

惡魔露出溫柔的笑容，動搖了我被咖啡因浸潤的心。擺在他正前方的摩卡咖啡是用即溶咖啡以及可可粉製成，看起來就像連鎖咖啡廳菜單上會出現的東西。而這間陳舊的廚房，有如復古風格裝修的咖啡廳。莫非我因爲咖啡而醉了？

我從椅子上站了起來。咖啡讓我的心加速怦怦跳，可能需要按著心口躺床三小時才能穩下來，但我要是再繼續醒著，就會被一大早醒來的奶奶嘮叨「還不快去睡」。

我吃力地望向他的臉龐。長話短說吧。要是再多看他幾眼，我的臉頰似乎就會變紅……

「總之，今天眞的很謝謝你，那我就先回……」

「哇哇哇。」

嗯？這是什麼反應？惡魔露出發自眞心的驚訝表情，還突然間眨了眨眼睛。

「您知道嗎？這還是我頭一次聽人跟我說謝謝。」

他瞇起閃爍的雙眸，像個孩子一樣露出稚氣笑容。不准你這樣笑！少一副發自內心感到開心的模樣！臉頰開始發燙，我急忙別開了頭。

但是惡魔立即從座位上站起來，站到我身邊。

「能不能再對我說一句謝謝？」

「謝、謝謝你。」

「再一次。」

「再一次什麼啦！講兩次也差不多夠了吧！」

「啊哈，我聽說除了『對不起』之外，人類也很難說出『謝謝』兩個字。看來這個說法是眞的。」

「你現在是想誘導供述吧？我可是一眼就看出來了！」

「哇，被您發現了？」

「惡魔本來不就很擅長引誘人類墮落嗎？爲什麼你這麼幼稚，對謝謝這句話這麼執著啊？」

「這裡是工作地點，但也是我的家，所以我才會這樣吧？沒有人想在家裡工作嘛。」

「眞是的……算了算了，謝謝！謝謝你！非常謝謝你！我要先去睡覺了。」

反正他能笑得出來的時間也不多。不知哪裡傳來罪人的尖叫，讓直到剛才還笑咪咪的惡魔拿起火熱鐵棍，繼續惡魔的工作。而我將把這些聲響當成搖籃曲，睡在靠著他們的慘叫維持房租收入的房子裡。但是……就在我正懷疑自己能否在鄭孝燮大鬧一番的房間安然入睡時，惡魔從空房間拿來一床被子，直接蓋在我的頭上說道：

「下一次我一定會好好守護您的……家。」

漫長的沉默中，我總覺得剛剛他似乎說了「我們的家」，但是罪人的尖叫淹沒了他的聲音，我難以確定。

08

怪不得聚餐結束得這麼快

打工的店舉行員工聚餐那天，我決定償還不久前欠下的債，把聚餐地點定在那間豆腐火鍋店。食物味道還挺不錯的，應該不會有問題吧？然而，餐廳老闆認出我來，向我問起奶奶的健康狀況，我心懷感謝的同時又有些爲難。雖然餐廳老闆沒有與我周旋太久，很快就回到自己的工作崗位，但是同事之間的話題也瞬間轉向奶奶的健康狀況。其他同事沒有多想，直接問我：「妳的父母怎麼說？他們應該很擔心吧？」我不假思索地回答：「我的父母親不在了。」四周變得有如地獄般沉默。不是，大家是怎麼了？我覺得自己回答得挺不錯的！我需要緩解這個氣氛嗎？不過，經理打破了沉默：

「健康是最重要的。我爲了照顧生病的家人，曾有三年左右都無法工作。好不容易結束看護的生活，家裡已變得空蕩蕩，我也好像失去了在這個世界上的位置。總之，我們的健康最重要。乾杯！」

經理的語氣帶著醉意，他舉起酒杯。老闆把雪碧及可樂送上桌，我們這才趕忙舉起飲料，對話重新活絡起來。火鍋被淨空之後，我們才意識到這家餐廳並不適合聚餐。沒有人想繼續喝燒酒。雖然店裡的冰箱也有啤酒，但沒有人想把白切肉當作下酒菜。在這種不太早也不太晚的時段裡，我們全都感受到了即將到來的波瀾。經理這時看了看手錶，說道：「我們結束得眞早，你們都不喜歡續攤吧？」

嗯。雖然沒法直接說出口，不過大家的表情顯而易見。經理面帶笑容，從座位上站了起來。

「別聚在一起喝酒，大家都趕緊回去吧。要是我們店裡有人在談戀愛的話，我就把他們都給炒了！店長跟我都很討厭這種事情！」

這個嘛，經理那麼一說，搞不好反而會催生職場戀情？經理率先搭車離開之後，關係不錯的工讀生互相戳腰示意，紛紛表示要繼續第二攤再回家。我該怎麼辦？如果要去喝一杯，我應該會找茉卡姊姊或勝彬一起，但是今天沒有喝酒的理由，我也沒有那種閒錢。上次爲了請他們吃飯，我已經花光這次的預算了。我事先跟惡魔提過，今天有聚餐會比較晚回家，結果這個預告毫無用處。那傢伙一聽我這麼說，似乎相當開心，對我說道：「眞難得聽妳說這些！」但我不過是想要告訴他，如果奶奶忘記我會晚歸，又不小心將大門鎖起來，到時要請他幫我開門。聽到這種事有什麼好高興的？就在我考慮要不要買點零食回家的時候，茉卡姊姊過來戳了戳我的臉頰。

「徐珠，我本來想找妳喝一杯的，但我不想要打草驚蛇，所以只好忍耐啦。奶奶還好嗎？」

「非常健康。不會胡言亂語，血壓也很穩定。」

「眞是太好了。我爺爺自從摔倒過一次後，雖然沒有傷及頭部，但卻開始認不得人。從那天以後，健康狀況每況愈下。」

茉卡姊姊把手放在我的肩膀上，開始說起自己家人的故事。比如說，誰什麼時候怎麼生病，哪個醫院她很推薦等等，大概是想提供我一點建議。勝彬在一旁坐也不是、站也不是，形成前所未有的尷尬三角。勝彬和我同路也就算了，茉卡姊爲何緊抓我不放呢？當我爲此納悶時，姊姊又開啓了別的話題。

「徐珠，我今天要搭計程車回去，妳要一起嗎？」

「不用了，我們家方向相反，姊姊家又是距離最遠的。」

想也知道，即使我們說好分攤車錢，最後一個下車的茉卡姊姊也會付最多。這次可不能像上次搭姊姊爸爸的車，單方面接受照顧。只是茉卡姊姊並沒有馬上退讓。

「嗯……其實，我是怕妳一個人回家危險。」

「什麼？姊姊，我獨自回家已經十年了！」

「妳不是說家裡只有一位生病的奶奶嘛。就算只送妳到大門前面，有人一起陪著回去也比較不害怕吧？妳……我看妳平安進家門就會馬上離開。」

啊，是這樣啊？其實就算奶奶身體健康，也不可能幫忙對抗壞人。但是看姊姊那一臉憂心忡忡的樣子，讓我覺得自己似乎眞的在做什麼危險的事情。而且，實際上我們家還眞的闖入了一個混帳東西。要是哪天一打開玄關門，那傢伙就拿著一把菜刀，站在我面前……這麼一想實在令人心情惡劣，於是我接受了姊姊的提議。就在這時我聽見勝彬的聲音。

「那位呢？」

「嗯？誰？」

「上週我見到的那位男子。身穿工作服，個子很高。」

茱卡姊姊的雙眼充滿好奇，閃閃發亮。

「那是誰？」

「我們家的房客，奶奶把房間出租給他了。不過，說眞的，他就跟寄宿生沒兩樣，我們是單純的商業關係。」

「我們也是商業關係啊！打工仔跟打工仔。」

勝彬硬是打斷我們的對話，然後很尷尬地自己收尾。

「……他上次很自然地問我，要不要吃了飯再走，我還以爲你們是一家人呢。」

「哇，這世上還有寄宿生？簡直像是電視劇。會不會已經在徐珠家裡住很久了？」

我該怎麼回答？如果坦白說對方住進來沒多久，氣氛一定會變得奇怪，可是謊稱他已經租了很久，又太可笑！

「嗯，反正我不太熟，好像是奶奶認識的人。」

「徐珠姊跟那個人不熟嗎？」

「我們平常只會打招呼而已，從沒在外頭見過面。」

「關係很好也不是什麼壞事啊！家裡有個男人不是比較安心嗎？」

這句話讓我的臉部表情變得僵硬。當年確實有個與房子主人血脈相連的男子待在家裡一段時間，只不過那時奶奶每一天都過得不好。勝彬察覺我的表情不對勁，急忙嘗試修正自己講的話。

「不是啦，我是開玩笑的。如果家裡有個男人，回家路上覺得害怕的話，就可以讓那個人出來接啊！有人能一起去買菜也挺好的！」

就算勝彬不辯解，我也知道他是什麼意思。但是如果我害怕回家，原因也不是那人跡罕至的小巷弄，而是害怕家裡可能會出現某個「人類」男性。

「茉卡姊，我還是坐公車吧。讓妳一個人回家我也不好意思。」

「好、好吧。」

「勝彬你也慢走，明天見囉？」

「徐珠姊，我送妳回家！」

「不用了，我怎麼能讓別人家的寶貝晚回家呢。」

我的腳步加快。那小子似乎在後面叫我好幾次，但我都沒有回頭。公車站快到了。

這時，有人拽住我的衣袖。

「呀！」

我發出的尖叫聲讓旁人的視線都集中在我身上，而元兇正是站在所有人視線中央的勝彬。他那張無害的臉蛋上，同時浮現出困惑與尷尬。

「啊，徐珠姊……」

「……我不是叫你回家嗎？」

「我嚇到妳了嗎？」

「突然有人抓住我，當然會嚇一跳啊。」

「不是，我沒打算要嚇妳……」

有些人將目光從我們這裡移開，有些人用更加興致盎然的眼光盯著我們。勝彬似乎感到相當尷尬，於是壓低嗓門向我靠近，這反倒讓我不由自主地往後退。

「我知道，我知道你不是故意的，我知道你想要幫我。但是說實話，上次你也嚇到我了，雖然我知道你是因爲擔心我。」

「是，所以，這次打算直接送妳回去。」

「都說了不用。」

「眞的不用嗎？妳最近好像很疲憊……上次好像也想說什麼……」

我知道你在講哪件事。那天晚上，我本想講出奶奶兒子的故事，最終卻沒有說出口。那時沒講完的故事待在我的肚子裡沉寂許久，但不久前全都吐露出來了，在惡魔面前。

「已經沒事了。」

「眞的嗎？啊哈，原來如此。那、那太好了。」

「我走了。」

我打斷了對話。畢竟這段尷尬的對話繼續下去，也不會有什麼好結論。

爲了盡快遠離現場，我跳上最先到站的公車。我好像聽見勝彬在說「姊姊，不是那輛車」，卻連忙把雙手收在胸前，深怕勝彬突然跑過來扯我的袖子。

公車駛離許久之後，我才敢回頭看。在一批踏上歸途的人群中，我沒再看見勝彬的身影。果不其然，我匆忙搭上的公車不是平日乘坐的路線，以致我不得不在陌生巷弄間步行約十五分鐘，才能回到原來的地方。儘管走在相當熟悉的巷弄間，但由於腦袋被各種苦惱占據，倒不至於太無聊。如果說，我在勝彬說出「太好了」的聲音中讀到了遺憾的情緒，會不會是我自己想太多了呢？誰知道呢？難道是因爲我從小就看著奶奶跟她兒子的臉色生活，所以我格外在意人的情緒？面對令人不安的事情，我的感知速度非常快。也許是勝彬那種微妙的態度，讓我……

可惡。我走進眼熟的小巷子，這時間人們都還醒著。有人正在準備明天要吃的小菜，有人在自己房裡享受一天中最後的休息時光。熟悉的小巷光影交錯。我做好準備，一旦途中發生什麼事情就放聲大叫。

我家的大門是敞開的。這扇門開著讓人害怕，關了也讓人害怕。以防萬一，我做好隨時向外逃跑的準備，才輕輕打開大門走進屋子。玄關前放置的鞋子都很熟悉。OK。但是，廚房裡的景象卻很陌生。

奶奶跟惡魔面對面坐在餐桌上。奶奶低下頭，嘴裡說著什麼。由於奶奶的聲音極小，語速又跟連珠炮一樣快，即使走近廚房，也很難聽清楚她在說什麼。惡魔似乎能聽懂全部內容，時不時感嘆地應和幾句，像是「原來如此啊」「您很累了吧」等等。

「奶奶？」

我出聲搭話，但是奶奶仍然沒有停下來。

「所以呀，所以咱就抓著褲腳，哭著說你們這些崽子啊，最後砸著額頭……」

「是的，您應該很辛苦吧。」

我觀察奶奶的表情，她的眼神很清醒。不知道是不是哭過一次的關係，眼睛下方有一條白色的鹽巴結晶。我馬上就反應過來奶奶正在說什麼故事。很久以前，我亂入奶奶的獨飲時，也曾聽說過這個故事。這故事我在不久前也粗略講給惡魔聽。那是住很久的房客才會知道的事，奶奶居然就這麼告訴那個惡魔？奶奶的心腸是不是變軟了？時而笑，時而哭，時而生氣，奶奶像在跟惡魔傾訴所有心情一樣，滔滔不絕地說著。

我不好意思再提問或插嘴，便離開廚房走回我的房間。就在我爬上樓梯抓住房門把手時，樓下傳來令人心情不好的聲音。我只在電視劇或電影中聽過那種聲音，現實中根本不可能存在。

我戰戰兢兢地從欄杆上探出頭，卻看不到廚房。我該下樓去看看嗎？還是等等看一下情況再說？到底發生什麼事？剛才那聲音，就像把刀插進某人的身體裡……

「你這個不得好死的傢伙！」

是奶奶的聲音。不能再磨蹭了，我縱身飛奔到樓下。廚房裡出現我從未見過的陌生景象。奶奶滿臉漲紅，渾身顫抖。惡魔站在奶奶對面，我的視野裡只能看見他的後背，但我總覺得可以想像他此刻的表情。只見他手裡握著一把大菜刀，霎時間一陣涼意從我頭頂傳到腳底。恐懼奪走了我的聲音，嘴唇無法動彈。好像只能一步一步往後逃離，但又必須立刻跑過去拉住奶奶。我的苦惱連一個都還沒解決，惡魔就把頭轉了過來。

他不好意思地笑了笑，把菜刀扔進水槽裡。鏗鏘撞擊的聲響幾乎要震碎我的骨頭。親切的嗓音讓我的耳朵感受到一股壓迫。

「沒事的。」

「什、什、什、什麼……你、你別過來！」

「……真是，看來您有所誤會啊？不是這樣的，拿刀的不是我，而是奶奶。」

惡魔捲起襯衫下襬，肋骨之間露出深深的傷口。傷口的大小正好吻合剛才那把菜刀插進去的大小。每當惡魔開口說話，傷口就會排出氣體。惡魔徒手揉搓傷口，傷口四周的肌肉開始蠕動，很快就閉合痊癒，沒有留下一點痕跡。滴落在地上的黑色血水咕嚕咕嚕地沸騰，蒸發不見。

惡魔往後退了一步，現在輪到擔心奶奶了。我跑到奶奶面前，搖了搖她的肩膀。

「奶奶！奶奶，妳看得到我嗎？嗯？」

「那、那個魔鬼！笑什麼笑，嗯？想用甜言蜜語來蒙混也沒用，咱知道你那層皮囊下是個魔鬼！」

奶奶把手伸向廚房剪刀。我用力抱住奶奶，她劇烈的喘息使我感到窒息。我拍了拍眼神開始渙散的奶奶。

「奶奶，妳也知道的啊？嗯？妳認識這個惡魔吧？是奶奶親自帶回來的啊！妳不是還拿棗子給那些餓死鬼！」

「那邊那個魔鬼唷，一直跟咱們糾纏不清……在這裡可是要打屁股啦！」

「妳說什麼啊？奶奶，妳冷靜點，知道我是誰嗎？」

「徐珠妳這丫頭也一樣。給咱打起精神來！那魔鬼是給妳吃飯啦？」

「飯是奶奶給我吃的！奶奶，我明天想吃黑米飯！家裡還有黑米嗎？」

「那傢伙可是魔鬼哪！」

「家裡還有黑米嗎！奶奶從鄰居家拿回來的！妳還記得吧？」

「那個，那個……」

奶奶壓低了嗓門，呼吸聲也逐漸減弱。我緊握著奶奶的手，加重了力道。根據我的經驗，接下來有一半的機率奶奶會恢復正常，另一半的機率是奶奶突然爆發，然後大吵大鬧。所幸奶奶只是輕輕捏著我的手，長嘆了一口氣。

「黑米全都吃光啦。那不是免費得來的，是咱在馬路對面的房子裡買的，很貴的。」

「嗯，好，奶奶，妳洗過臉了嗎？先去洗臉吧！」

「我要睡了。」

「哎呀，奶奶是小孩子啊！嗯？不然先擦個臉吧。」

「我要睡覺！」

奶奶的聲音介於不耐煩與發牢騷之間。我鬆開雙手，放開對奶奶的束縛，奶奶便一瘸一拐地往房間裡走去。我靠著門站了多久呢？我聽見奶奶的呼吸聲，她似乎已經進入夢鄉。我癱坐在房門前。惡魔走向我。

「您還好吧？」

「這到底是怎麼回事！」

惡魔似乎覺得委屈，只見他搖了搖頭。

「沒有發生什麼事，奶奶說著她兒子的事情，然後就變成那樣了。奶奶說我是魔鬼，倒也不算錯。」

「你主動問奶奶兒子的事嗎？」

「我可是正直善良的聽眾，不會隨意過問人類的事。」

對餓死鬼都可以抱以同情的奶奶，也把惡魔當作一個屋簷下的家人了嗎？但是奶奶拿起菜刀這點讓我很在意，幸好對方是惡魔。可是，難保她以後不會對其他房客出手。

「眞不好意思，要跟你一再確認，但你眞的沒有對奶奶說什麼話嗎？」

「被奶奶那刀刺中之前，我說了『您辛苦了』之類的話，這是讓人類產生共鳴的說話方式。而『希望您可以健康長壽，繼續一起在同一個屋簷下生活』，是我作爲一個房客的簡潔結語。這有什麼問題嗎？」

「的確無可挑剔。」

但如果說的人是惡魔，那就另當別論了。而且聽者還是奶奶……

「……奶奶應該不喜歡『長壽』，尤其是在這裡。」

「啊哈。」

「她認爲世界就是地獄，我們還需要花錢留在這裡生活。但是即使如此，也不能對祝福自己長命百歲的人，嗯，惡魔刀劍相向。」

「原來如此，那您自己的看法呢？」

「什麼？」

「您也認爲這裡是地獄嗎？」

「……一半一半？」

「話是這麼說，但表情卻很喜歡呢。」

「對我來說，這裡已經很棒了。有飯，有零食，偶爾在錢包見底前還有點私房錢。」

小時候隨機闖進來的房子，可以獲得這種程度的待遇，已經算是賺到了。

「只是……問題在於這一切都不屬於我。」

「唔，這是行政方面的問題嗎？」

「因爲我不像奶奶一樣，會向房客講述自己的故事。你就隨便想一部八點檔肥皀劇，也大致符合我的狀況。」

我不想繼續跟惡魔說自己的私事，再說下去又哭出來的話，就眞的太丟臉了。

「不過，你的身體眞的沒事嗎？菜刀插進去的聲音聽起來跟電影音效一樣。」

「沒事了，您要看看嗎？」

惡魔捲起衣服下襬，胸口受傷留下的疤，現在充其量就跟指甲壓痕一樣，在一陣蠕動之後便看不見痕跡了。

「太丟人了，你快把衣服放下來。如果被奶奶看見，她會拿平底鍋打人的。」

「好的，您要喝點什麼嗎？」

「不用了，剩下的我來整理，你先回去吧。」

話是這麼說，但是別說整理，我連回自己房間的力氣都沒有，思緒也都亂成一團。

惡魔從某處拿出沒有花紋的筷子，並用自來水浸濕。不知道是不是察覺到我的目光，他沒有等我提問就回答道：

「這是地獄常備品。」

「我知道。我們家的筷子上面全都有人蔘圖案。」

我見過惡魔用那種筷子來拷問地獄罪人。他會在筷子上沾水，渴得嚎叫哭鬧的罪人會殷殷期盼水滴落下。剛開始，他們張開發白的嘴等待水滴掉下，但最終會忍不住撲向筷子，像魚咬上魚鉤。接著，他們不斷咳嗽，想方設法吐出口中的筷子。惡魔總是等待一段時間，才接下沾滿血水的筷子，移向旁邊的罪人。雖然我很想忘記那個畫面，但每當我看見筷子，就會不由自主地想起來。夢裡沒出現這畫面算是一種幸運嗎？……事實上，最折磨我的不是想像喉嚨被刺穿的瞬間，而是想像那滴水有多麼甜美。

我收拾好餐桌，離開了廚房，試圖忘卻那份渴望。沒關係，我現在沒有任何期盼的事物。甜蜜又涼爽的東西，隨時都可以喝得到。當我踏過只剩痕跡的廚房門檻時，惡魔用他一貫的口吻說道：

「如果有必要的話，哪怕是我的地獄，我也願意分一些給您。」

我沒有回答，惡魔也沒打算等待我的答覆，便打開廚房後門，以輕盈的步履朝他的地獄回去。房門打開又關上的瞬間，洩漏出來的尖叫悲鳴很快就被門吞回去，沉默填滿了整間屋子。

這時，疲勞總算席捲我的全身。我拖著喀喀作響的身體，爬上三層樓梯，一直等待我的手機響起有簡訊傳來的音效。

姊姊在睡覺嗎？很累吧。抱歉，感覺我害妳更疲倦了

這個時候我應該去睡覺？我感到後悔莫及，總覺得白白讓那個未讀的「1」消失了。

接著馬上又有新的訊息傳來，嚇得我心臟差點跳出來。還好，是茉卡姊姊的簡訊。

最近各種事情讓妳很累吧？剛才勝彬說自己好像做錯事了

沒有，幸好他沒有。姊姊的訊息像磚頭一樣堆積起來。

仔細一想，會覺得徐珠好像不懂得和人相處，其實妳只要接受好意就行。只要妳自己放輕鬆，這世上就沒有讓妳不舒服的地方了，呵呵

我是怕妳誤會才給妳訊息，我也不是硬要黏著你們。如果勝彬讓妳不自在的話，就直接告訴我吧。我會幫妳的。

面對姊姊，我很容易就能給出回覆。

——**沒關係，謝謝姊姊，讓妳費心了。奶奶也說姊姊很善良、很漂亮，也很感謝妳。請代我向姊姊的爸爸問好**

按下發送之後，悔恨隨即湧上心頭。這樣是不是很明顯？簡直就像在說「由於我懶得一直跟妳對話，所以乾脆一次把客套話打好打滿，我們就這樣結束對話吧」。這時姊姊又回覆了。

嗯，明天見。如果妳想跟我爸問好，明天我說送妳回家時，就乖乖跟著走，哈哈哈

對話到此結束。現在，就剩下勝彬了。「我也不是硬要黏著你們」，茉卡姊姊竟然這麼說？……果然，她一直都知道勝彬那孩子在想什麼，以及他是出於什麼想法來幫忙。茉卡姊姊，我真的不明白怎麼和人相處。我回給勝彬的訊息很簡短。

——**謝謝，抱歉**

這是簡單的回答，同時也是簡單的問題。勝彬好像馬上就懂了。未讀的紅點瞬間消失，出現新的訊息。

有什麼好對不起的

等我一下，現在能通話嗎？

訊息如同雪片般飛來。但是我只看了三句話，便將手機的畫面按掉。手機上的提示燈閃了一下，接著開始震動起來。和往常一樣，每到下班的時候，電池剩餘量就變得岌岌可危。

我不再拿起手機，而是趴在棉被上。房間很快就被黑暗籠罩，是我熟悉的黑暗。只是，我的不安並非來自黑暗。奶奶讓我進入這棟房子，毫不吝嗇地餵養我，爲此我開始負責「我們家」的家務事。然而，將這個家當作「自己家」的惡魔，到底是吃了什麼迷湯呢？吃棗子的不是餓死鬼嗎？換個問題好了，惡魔渴望的究竟是什麼呢？

09

無主之夜，求水之人

地獄是甜蜜的。每往前走一步，就會傳出像是鞋底黏上焦糖走路吧噠吧噠的聲音。以前在打工的店裡穿過的黑色平底鞋鞋底脫落了。再往前走一步，黏稠的液體就會從長襪的縫隙滲進來。有股砂糖燒焦的味道。

「看起來很好吃吧？這是給妳做的。」

奶奶在廚房做糖餅。鐵勺燒得焦黑，把融化好的糖餅直接澆進鋪有砂糖的鐵盤中，糖餅一瞬間就凝固了。我朝鐵盤伸出手，奶奶齜牙咧嘴地敲了一下我的頭。

「湯勺都燒焦啦！妳喔！」

我不知道。當時是誰做的？啊，是啊，應該是我自己做來吃的吧。拿著不知從哪裡來的食譜，在廚房裡隨便亂搞，結果被罵得要死。對於第一次被打的記憶，頭髮掉落在火焰上的焦味遠比身體上的觸感更令人印象深刻。因此，我才能在火花四濺的地獄底層中，找回當時的到那段記憶。

不知不覺間廚房的影子消失了，我走在黏膩的道路上。甜中夾雜焦苦的氣味充斥在喉間。我曾經很討厭奶奶。即使還是小小年紀，我也知道說出這句話，會聽到什麼回答。但我實在別無他法，便在學校諮商室裡對老師說：「奶奶讓我很傷心。」然而，即使我先發制人也毫無意義。「奶奶用她那身老骨頭把妳養大，妳這說的是什麼話啊？」「妳應該要愛奶奶才對呀？」……我當天聽了大約一個小時。假如我告訴對方，我跟奶奶一點血緣關係都沒有，我大概會被罵是大逆不道吧。我沒有告訴過任何人，但憎恨與愛可以同時存在心裡。這點我很清楚，我想奶奶應該也是。奶奶在十幾年前，把不知道從哪裡冒出來的孩子接回遼闊的家裡，對那個孩子產生了感情，同時又覺得她是個沒用的小孩。

這時，地獄的某個人問道：

「奶奶很愛自己的兒子吧？那個可愛的鄭孝燮先生。」

我打斷對方，堅定地回答：

「滾開啦，不可能有這種事。不可能。」

「眞的嗎？不管別人怎麼說，畢竟是親生子女，況且還一起生活了三十年。即使產生嫌惡之情，那感情也是對妳的兩倍。」

「才不會，怎麼可能？因為那個傢伙，奶奶還失去了大兒子。再說了，他都已經離家出走，只有想要討錢的時候才會回來。」

「那樣也比妳好吧。妳把這裡稱為地獄，還不是照樣白吃白喝。」

無論如何，我都要反駁這段話。但是我還沒來得及張口，四周就突然被擋住了。是一間貼著澄黃壁紙的房間。在充滿燒灼味的房間之中，擺放著大小只有小學教室才適合的椅子。這東西是叫做「思想之椅」*嗎？坐在那裡思考跟懺悔，就可以離開這裡。我往前走去，腳卻深深陷進地面。我還沒走兩步，就有人坐上那張椅子。我的機會沒了。

「應該要快點坐上去啊。」

一道聲音訓斥我。

「下次可以表現好一點嗎？妳要好好表現啊？可以吧？」

我被某人揪住領口，推到屋子一角。我必須快點跑過去，在別人搶走椅子之前，坐在那張椅子上。然後好好反省，告訴自己要努力成為一個聽話又善良的孩子，同時也必須擁有企圖心，當一個任何事都能自己做好的孩子。我跑了起來，雙腳又再次陷進地面。

---

* 當小孩犯錯或打破規則時，父母或師長會要求小孩坐在特定椅子上，直到指定的時間過去為止。

一個沒臉的人靠在椅子上嘲笑我。你一無所有，就連這座地獄也不是你的。椅子很遙遠。我連反省的機會都沒有。正如奶奶所說，我這個人懶惰到不行，因此什麼也得不到，別說什麼我是「房東的孫女」，其實我連「房客」都算不上。沒有任何文件能證明這裡屬於我。這房子是奶奶的，將來則會是她兒子的。我只是占據著一個多餘的房間，就像滯留了十幾年的幽靈一般。地獄開始晃動、崩塌……雖然眼淚模糊了視線，但仍能看見熟悉的天花板。

「……啊，啊，哎呀。」

幸好我還能夠正常發出聲音。我撐起身體，我在我的房間裡，周遭沒有任何異常。在夢裡鮮明地刺痛我、令我難受的事物轉眼蕩然無存，飛向記憶的另一端。時間……不知不覺已經十點了，反正就挨一頓罵，吃完午飯之後，再去上班就行了。

我悄悄試探奶奶是否還記得昨晚發生的事情。奶奶表示自己不記得了。

「怎麼啦，妳做錯啥啦？」

「沒有，妳也知道，我一直都很乖巧呀。」

「年紀輕輕的就要死了嗎？妳在胡說八道個啥？」

我看了眼坐在餐桌旁的惡魔，他似乎沒有打算要開口說話，難道昨晚奶奶眞的是因爲不重要的小事對他舉刀相向嗎？我看著惡魔，朝他擠眉弄眼，用眼神詢問他：沒關係吧？

惡魔面帶微笑，咬住自己的衣服往上提，我踢了他的椅腳。往後倒下時，可以看見他毫無傷口的光滑皮膚。看起來沒什麼大礙嘛。惡魔一邊嘟嘟囔囔，一邊說些無傷大雅的玩笑，他從今天早上開始就一直待在我身邊，像個遊手好閒的年輕無業遊民一樣。甚至於我出門上班時，他也馬上跟著我出門，而且不知什麼時候已換好休閒的外出服。

「你可以外出嗎？地獄怎麼辦？」

「我設下了監視警報裝置。如果發生什麼事，我的蒼蠅群會馬上飛過來。」

「那眞的只能祈禱一切都平安無事了。其實我還以爲你一出門，就會被陽光融化了呢……咦？」

話說到一半，我往旁邊一看，發現惡魔消失了。他去哪裡了？眞的被太陽融化了嗎？今天天氣還滿陰涼的吧？我正感到困惑時，惡魔踩在汽車的車頂，突然從後方出現。

「你、你去哪裡了！」

「您擔心我了嗎？抱歉。因爲那邊傳來奇怪的聲音，所以我去聽了一下發生什麼事。」

奇怪的聲音？我朝惡魔回來的方向側耳傾聽，聽見有人在高聲吵架。不過仔細聆聽後才發現，只是有一個孫子對著耳背的奶奶大聲說話而已。

「啊，你之前說過自己喜歡爭執的味道吧？」

「差不多。」

「如果你是爲了看熱鬧，所以一路追著我的話，我想你完全找錯對象了。我過日子向來只會畏畏縮縮、避開事端。」

「嗯，我只是看您心情不好，所以才跟來。如果不喜歡我在您身邊，請儘管直接說出來，我不會因此討厭您。」

惡魔笑了起來。陽光照射在他的背上，像天使翅膀一樣地展開。如果哪天我收到又大又美麗的鑽石首飾，也會是這種感覺嗎？雖然畫面看上去很美，但並不適合。當然，這種比喻只適用在他閉嘴的時候。

他像個稱職的地獄員工繼續嘮叨：

「還有，即使直截了當對惡魔說『反正我就是討厭你』，也不會對您的社會評價帶來任何負面影響喔！」

「只不過你長得也不怎麼像惡魔……咦？你的角不見了？」

頭部兩側微微突起、拇指大小的角不見了。被頭髮遮住了嗎？不對，就算是從另一個角度也看不見？惡魔親切體貼地跳下來，對我低下頭，讓我觸碰他的頭。只是我怎麼摸也沒摸到。

「只有身在地獄的時候，才能看見那對角。如果在地面上也能看到，做生意時會受到影響。」

「生意？」

「我以前待的部門。工作內容大概跟您之前猜的差不多。」

「你該不是為了想得到我的靈魂，而故意來試探我吧？」

「請別開這種玩笑！之前的部門只有表面上看起來不錯，實際上真的很辛苦……拜託，千萬不要連您也成為我的客戶。」

「我們不是已經是生意關係了嘛！房東孫女跟房客。」

「租約裡並沒有您的名字。所以，我們比較接近現代社會所謂的非典型家庭，也就是共享屋子與冰箱等事物的那種關係。」

惡魔開起輕鬆的玩笑，我也想對他露出笑容，回以輕鬆的社交反應。但是，之前的惡夢阻礙了對話。確實，任何文件裡都沒有我的存在，無論是奶奶的身分證，還是不動產合約。

「……喂？」

惡魔拍了拍我的肩膀。
「您還好嗎？」
「嗯，我沒什麼問題。」
惡夢的細節無預警地回到我的腦海中。我隨便打發他，匆忙搭上了公車。透過車窗好像看到惡魔在對我揮手，但我沒做出任何反應，畢竟這實在讓人太害羞了。然而，就在我走下公車的時候——
「爲什麼剛剛沒有揮手？」
在公車站牌旁等待我的惡魔看著我問道。
「你怎麼在這裡？」
「既然都出來送您，我自然要奉陪到底。雖然我是坐在車頂上來的，但是不是辦一張交通卡會比較好呢？」
「看來你今天很閒啊？」
「我平時工作可是很認眞的！想要擠出這點時間並不難。」
聽他說出這番話，感覺就像是個普通的社畜。他好像在等我向他揮手一樣，仍然舉著自己的右手。我伸手拍向那個手掌，惡魔這才笑著放下自己的手。
「如果要實話實說，在您的工作場所附近，散發出很美味的味道。」

「啊……啊。」

心中升起一股不祥的預感。對於每件事都直率以對的勝彬，惡魔似乎很感興趣。再加上，我昨天才拒絕了勝彬不算告白的告白……不行！這個傢伙，肯定是嗅到了別人的戀愛問題！

「不要再跟著我了！你快回家！」

「為什麼呢？這麼看來，這附近也很熱鬧。到了晚上就會充滿酒味，到時候肯定會變得很有趣。」

「我可不覺得有趣！你想看到你的蒼蠅群飛到我的工作場所嗎？」

「……請您不要誘惑我。」

「閉嘴！快停止你那些亂七八糟的想像！」

你這個惡魔！我推著吃吃竊笑的惡魔（當然，我的力氣對這傢伙來說毫無影響）。好不容易送他回家後，我回到美食街，進到打工的店。但是等我換上制服進入大廳，我突然覺得倒不如乾脆讓一群蒼蠅飛進店裡，說不定那樣我心裡還比較舒服一點。勝彬一臉嚴肅地看著我。

「……妳好。」

「嗨，你好啊！」

平安無事地打了招呼。成功了，現在只要專心工作就行了。然而，卻有一名同事從後面經過，開口說道：

「爲什麼你們兩人都露出一點也不好的表情啊？」

「……應該是昨天太累了吧。狀態不太好呢。」

明知道昨天聚餐幾點結束，這句話簡直是討罵。但是同事卻意外地認同了我的說法。

「是啊，大家都想要休息，那個人竟然硬要聚餐，眞的很不會看氣氛。」

「經理現在人不在嗎？」

「聽說晚點才會來上班。肯定是昨晚聚餐一結束，就跟朋友去喝第二攤了吧。」

「啊哈哈，太過分了。」

「徐珠，妳是因爲太累才讓男朋友送妳來嗎？」

「什麼？男朋友？」

「我剛才在公車站看到你們不是牽著手嗎？那個人不是妳男朋友嗎？」

「不是！」

回答得太大聲了。雖然外面的客人應該沒聽見，但背後傳來廚房內場人員的笑聲。

「眞的不是男朋友，只是住在附近認識的人……」

「知道了，知道了。有人說什麼嗎？等等下班的時候也叫他來接送吧。」

「就說了不是我男朋友。」

「就算不是男朋友，關係也不錯吧？」

那名同事攔下路過的茉卡姊姊及其他女性工讀生。

「不久前，前面不是有一家居酒屋嗎？聽說那裡的女工讀生在下班路上，被一群不認識的大叔揪住頭髮。」

茉卡姊姊提高聲量，加入對話：

「什麼？那是怎麼回事？警察有來嗎？」

「不知道。那些人說他們看錯人，最後還跑掉了。就算警察會巡邏，也不可能二十四小時都在。下班的時候，女員工和工讀生盡量結伴到車站吧。我之後也會跟經理說一聲。」

工讀生聽完簡短的通知後，各自回到工作崗位。我輕摸往上綁起來的頭髮，想像如果有人抓住我的頭髮會是什麼情況。這並不難想像，因爲奶奶的小兒子早就已經讓我們很頭痛了。

茉卡姊姊嘀咕著：

「說自己認錯人，然後跑走……也就是說那些人正在找人吧？」

「應該是吧。」

之前經理提出的警告浮現在腦海中。有一個人會在中午時，在附近商店閒晃，觀察女工讀生的臉。

「徐珠啊，要不要送妳回去？」

最近真常聽到這句話。總覺得我這個月聽到這句話的次數，多到連上輩子的份都包含在內了。

當然，我很想立即點頭答應。奶奶的小兒子肯定在找我，甚至還帶了同夥。不過我還是觀察了一下茉卡姊姊的表情。我們之間的關係，有熟到可以讓我提出「拜託送我到家門口」的要求嗎？此外，肯定不光是姊姊自己，連姊姊的爸爸也會跟來。最後，我給出了與自己期望不同的答案。

「沒關係，反正是我每天都會經過的巷子，警察也會出來巡邏。」

「是嗎？那好吧。」

茉卡姊姊悶悶不樂地回答，好像她早猜到我會這麼說。在她準備回到工作崗位時，對我露出一副剛好想起什麼的表情問道：

「妳發訊息給勝彬了嗎？」

「是的，我向他道歉了。」

「……不要放在心上。」

茉卡姊姊拍了拍我的後背，然後便走開了。我看見另一頭的勝彬，於是極力避開視線。勝彬似乎想說什麼，才剛張嘴，便立刻改口「好的，請稍等一下」回應客人的呼喚，逐漸淹沒在吵雜的店裡。

經理滿臉疲態，慢吞吞地來到店裡。雖然他好像從同事那裡聽說了可疑人物出沒的消息，但即使已經快到下班時間，他也沒有發出任何公告，只是以垂死的眼神，抱著飲水機潤喉而已。

下班時間一到，彼此相熟的人聚在一起回家。有人瞥了我跟茉卡姊姊一眼，但茉卡姊姊有家人開車接送的事人盡皆知。他的視線停在我跟勝彬身上，接著點頭離開。我在勝彬開口之前搶先大喊「明天見啦」，然後轉頭跑出店外。只要搭上公車就行了。家門就近在眼前了。回家路上人很多！我在心底大聲告訴自己，但一離開市區，我就開始緊張不已。這時要是有任何人碰到我，我應該會立刻放聲尖叫。

我將手機緊握在手中，思考是否提前按好報警專線。手機突如其來的震動讓我差點在公車上尖叫出聲。是勝彬來電，我沒有接。直接掛斷電話之後，我發簡訊告訴他「我現在正在公車上，所以不方便講電話」。接著收到回音：「妳一路平安吧？」是啊，沒什麼事。安全到家以後再發訊息給你……寫到一半我就刪掉了。平安到家的回報是屬於朋友之間會做的事情。但我們已經把這段關係搞砸了。

嗯嗯，我很好，你回家路上小心

經過深思熟慮，好不容易寫出一行字。正要按下發送鈕時，我的手機又響了。這次是不認識的電話號碼。是勝彬……？還是貸款廣告垃圾電話？詐騙電話？如果都不是，那最壞的情況就是那傢伙來電。我拒絕接聽後，按下發送鈕，傳了訊息給勝彬，並且回覆了茉卡姊姊「到家後發訊息給我」的訊息。跳回與勝彬的對話框時，卻發現他一直沒有讀訊息。直到下公車爲止，陌生的號碼又打來兩通電話。我看了一眼電池。沒關係，還有一些電量，回家的路上不至於直接關機。

但是一想到那傢伙，其他疑慮也跟著浮現。對方難道是故意消耗我的電池用量？或者是想讓我氣到關掉手機？還是想要阻攔我報警？

當我站在黑暗的巷子口，來電才斷掉。也許是我的錯覺，但這條路看起來比平時更加漆黑。我的腳步聲好像也比平時大很多……這個時間點，路上應該至少會有一、兩個剛結束應酬的人，但是今天卻格外安靜。電線杆筆直的影子後面，垃圾袋的影子微微晃動，令我緊張起來。乾脆現在打電話報警吧？可是又沒發生什麼事，警察會出動嗎？啊啊啊，還是要打電話給茉卡姊姊？請她不要掛斷電話，直到我到家爲止？不行，那樣的話姊姊肯定會念我「不是早就說過要送妳回家嘛」。那別的朋友呢？這個時間打電話過去沒關係嗎？會不會違反幾點後不適合打電話的禮節？

我腦袋被胡思亂想塡滿，終於走完剩下的路，看見我家的剪影輪廓以及大門。不過，看得見大門就表示——今天門也上鎖了。

出於禮貌，我仍敲了敲大門。沒有人應門，我也不打算按門鈴了，開始尋找可以踩踏過去的東西。摩托車躺在地上，沒人想要把它扶起來，也沒有人願意扔掉它。我成功將摩托車立起來，但移動到圍牆下面仍是一道難關。幾、乎、完、全、不、動。不管是用推，還是用拉，摩托車就像在土裡扎根一樣紋絲不動，然後又乓噹一聲倒在地上，產生巨大的聲響與細微的振動。不過，附近的住宅沒有任何反應，反倒是我的指尖傳來陣陣刺痛，像是指頭被割傷似的。

我把滲血的手指放進嘴裡，身體輕靠在大門邊。很想要出聲咒罵或嘆息，但巷子裡的寂靜讓我不敢吭聲。奶奶，妳現在連我要進出都忘了嗎？之前有房客的時候都會把門敞開，現在沒有房客了，所以就把門關上了嗎？我當然可以硬是翻牆過去，頂多手掌磨破，或是打電話叫醒奶奶。然而，我此刻感受到的情緒，是源自於我覺得家裡沒有人在等我，說不定連奶奶也把我忘得一乾二淨，而非不知道回家的方法。如果這種情緒是以孤獨終結，或許還比較好。但我卻開始擔心有人在黑暗中出現，抓住我的頭髮拖行。這類青春期的恐懼擔憂，就連我上國中時也不曾有過……即使這樣對自己說些倔強的話，無意間開始流淌的眼淚也毫無停止的跡象。我沒有發出聲音，只是像轉開水龍頭一樣，讓淚水流溢出來。把眼淚流光，把情緒處理完，是時候該翻牆回家了吧。我用疼痛的手指擦了擦眼角。

此時，有人站在院子內敲了敲門。

「嗚哇！」

「哎呀，嚇到您了嗎？十分抱歉。」

是惡魔的聲音，同時傳來門鎖解開的聲響，我連忙抓住大門把手。

「等一下。你只要幫我解開門鎖，我會自己開門進去，請你不要走出來！」

「這裡很暗，看不到臉。請您直接進來吧。」

「不要隨便讀我的心！」

惡魔應該笑了。雖然我看不清他的表情，但他肯定笑了！我一邊擦乾滿是淚水的臉，一邊走進房子裡面。惡魔在裡面等我，等待我跟上他。在沒有一絲光線的黑暗之中，他走在我前面的每一個步伐都留下了橘黃色的火花。走到最後一階時，我們的視線變得一致，惡魔握著前門把手問道。

「您等了很久嗎？」

「什麼？什麼意思？」

「我擔心您是否期盼我在晚上到巷子那邊迎接您。」

不是，完全不是。也許是從我的表情上得到答案，惡魔語帶苦澀地說道：

「對不起，我好像還沒讓您完全信任我。」

「這不是信任的問題，我們的關係還不到讓你迎接我回家的程度。」

「要跟人類拉近距離還眞是困難呢。今天送您上班的時候，您似乎非常開心，我還以爲迎接您回來，也會讓您感到喜悅。」

我試著想像了一下，每天回家的路上，那熟悉的黑暗、熟悉的寧靜，以及不知道怪物會從哪裡迸出來的緊張感。而惡魔，就站在那盡頭。沒必要思考太久，我不期待。只是如果他來，我應該會覺得開心。

「既然你都知道，爲什麼不出來接我？」

「……哇，您竟然會說這種話？哇啊啊啊啊。」

「我不是一直以來都這個語氣嗎！幹麼這樣看我！」

惡魔低頭，直勾勾地端詳我。喂喂喂，剛才不是說好不看我的臉嗎！我逃跑似的甩脫鞋子，直接跑進客廳。

惡魔鎖上前門，跟在我後面。即使我多走了兩步，他也可以只跨出一步，就追趕上我。我停下腳步，抬起頭。牆壁上的掛鏡裡，映出惡魔不知爲何看上去有氣無力的笑臉。

「關於大門上鎖以及我沒能出去接妳的事情，我得告訴妳一個壞消息。」

聽到「壞消息」這個詞，最先闖入腦海的念頭就是奶奶。我推開奶奶房間的門。十年如一日，這個時間應該要蓋著被子躺在床上的奶奶卻不見人影。人跑哪裡去了？就在我的想像朝著最糟糕的情況延伸之前，惡魔開口說道：

「可能是自己出門時跌倒，被鄰居阿姨發現了。阿姨陪著一起去醫院了。」

「你說奶奶跌倒了？」

「從物理上來說，是這樣沒錯。聽說腳扭傷了，您沒有接到鄰居阿姨的電話嗎？」

是公車上一直打過來的那個號碼嗎？我連忙拿起手機，回撥了那幾通未接來電。剛開始接起電話的是名字很難記的某個病房護理站。即使問起奶奶的名字，對方也以「保護患者個人資料」等理由含糊其辭，要我早上九點再打電話給總務科，然後就掛斷了。

還有一通未接來電，是一支以〇一〇開頭的手機號碼。我做好被罵的心理準備，按下通話按鈕。電話的那頭傳來鄰居阿姨的聲音。就算妳再怎麼忙，妳們也都是一家人，聯繫不到人的話有什麼用……以這段話爲起頭的談話，不，應該說是訓誡，就這麼開始了。我無法反駁，只是交替說著「對不起」「謝謝」，並準備趕往醫院。但是不知阿姨是否預測到我的行動，告訴我不必馬上去醫院。

「好像是安排了綜合照護的服務吧？醫院都看著辦了，家屬不去也行。妳就明天早上去結帳就行了。」

「非常感謝您！是阿姨您發現的嗎？」

「嗯，還好是在我家門口倒下了。妳奶奶得了認知症嗎？」

「什麼？」

「妳奶奶好像出現幻覺了。扶她起來的時候，她氣沖沖地說要去找兒子，還問我爲什麼要阻攔她！」

「奶奶還是很會打理日常生活跟錢，不過最近確實有點令人不安。」

「在醫院時，妳奶奶也在亂發神經，所以醫生就問我要不要做其他檢查。他還說孫女都知道那些。明天妳順便幫奶奶帶平日吃的藥過去，如果有其他要檢查的項目就做了吧！妳知道該怎麼辦吧？」

「是，當然了！」

「哎喲，那就好。奶奶晚年有妳這樣的孫女照顧，眞是她的福氣，不過她也是用盡心思了。」

阿姨說完奶奶絕對不會同意的話後，便掛斷了電話。過了一下子，阿姨把從醫院收到的說明單放進我們家郵箱。我一邊閱讀說明單，一邊收拾奶奶的住院用品，雖然不知道需要幾天的分量。如果要一大清早就出發趕去醫院，那麼我現在應該先去睡一覺。但我卻在寬敞的房子裡晃來晃去，完全沒有一點睡意。

在這棟房子裡，住得最久的那個人不在了。總是在那個房間、那個位置、那床被子上留下自己形狀皺褶的人，如今四處都不見她蹤跡。奶奶的聲音不再存在於家裡的任何角落，這個事實讓整棟房子變得像幽靈鬼宅。不出房門的房客以及一同生活了十幾年的假孫女，還有惡魔，全都對這棟房子毫無影響力。

奶奶，妳想要跟著兒子走嗎？是哪個兒子？活著的那個？還是死去的那個？如果當時不是鄰居阿姨而是我在現場，是否就能阻止奶奶摔倒呢？要在醫院做什麼檢查、吃什麼樣的藥，才能讓奶奶的眼中只有這個家呢？漫漫長夜裡，我被無計可施的無力感填滿。從這之間，傳來了地獄的慘叫聲。我嚇得一下子緊緊抓住椅背。雖然先前早已見怪不怪，但是奶奶不在家以後，這些聲音給人的感覺卻變得完全不同。無論是地獄中的怪物，還是在那裡受苦的罪人，那些東西彷彿馬上就要撕裂整個空間向我衝來。

我想盡辦法讓自己入睡，但是我不敢進到自己的房間。還有那張思想之椅——除了我以外，其他人都被允許靠近的椅子，正孤零零地放置在那，它的存在似乎只為勒緊我的脖子。這個想法是不是很滑稽？然而，我現在卻無法擺脫這種想法。沒有奶奶的房子，就像一隻巨大的怪物。

最終，我選擇了廚房。因爲廚房離奶奶的房間很近，如果有什麼突發狀況，我還可以隨時往一樓跑。

確認一、二、三樓的所有房門都關上之後，我將廚房的椅子靠在一起，躺了上去。每當我閉上眼睛又睜開時，都會看到惡魔在我周圍走來走去。我們在大門見面時，他身上穿的是舒適的便服，現在則是一身外出服。他拉過一把新的椅子，在靠近我頭的那一側坐下。我聽見杯子撞擊餐桌玻璃的聲音。

「這是白開水，已經幫您插好吸管，渴的時候就躺著喝吧。」

「啊……謝謝。」

「您打算這樣睡嗎？」

惡魔直勾勾地看著我的臉，我伸出一隻手遮住他的眼睛。

「有、有什麼問題？」

「因爲您好像沒卸妝。」

「那種東西明天才會報復皮膚了。」

我雖然睡不著，但也懶得起身洗臉。惡魔似乎早就預料到這情況，將濕答答的毛巾放在我臉上。

「請您先暫時不要張嘴。沒錯。請在閉眼的狀態下，將眼皮往上抬，您知道我是什麼意思吧？很好，接下來看左邊。」

好溫暖。感覺很舒服。我像一隻在母狗懷裡撒嬌的小狗，把頭轉來轉去，照他說的話變換表情……然後我睜開眼睛，他伸手揉捏我的臉，看著我露出令人發笑的表情。我對上了他的眼睛，惡魔充滿笑意的眼睛悄悄轉向一邊，卻被我及時抓住。

「很好玩嗎？」

「很、很好玩，十分抱歉。」

「眞是的。」

僅存的睏意消失殆盡。但是，我還不想離開座位。惡魔用毛巾擦拭我的頭髮與頭皮的邊界，以指尖小心翼翼地梳理黏在臉上的頭髮。他修長的手指上，散發出一股暖烘烘的纖維味道。

「……我還是不懂。」

「妳想問的，應該是我可以回答的問題吧？」

「爲什麼你要對我這麼好呢？我的靈魂感覺一點都不貴啊。」

「又是這個話題嗎？」

「之後，大概都會一直問吧。」

「如同狗跟人類互相依靠一樣，身為惡魔，我們只能愛惜人類。本能是第一順位，接下來才是用理智找出原因，一一制定優先順序。但是手會開始做出自己能做的事情……」

惡魔撫摸我的臉頰。這張臉不會滿足於任何回答，但也無法從惡魔身邊逃離。即使說明令人難以接受，我也該反覆聆聽，用這毫無意義的回答來冷卻心情，直到從這個無法理解的生命體身上感受到恐懼、厭惡、幻滅為止。然而，惡魔一定不會給出我想要的答案。他表現得像天使一樣，口中說著他愛所有人類，讓我進退兩難。我能不能待在他身邊，接受哪怕只有一點點的好意？有一道聲音在我心裡對自己撒嬌。我不該喝下那杯多穀茶，不該跟他打招呼，不該看著他的臉露出笑容。我太放任自己了。如今，甚至到了不得不承認「有我在，您不是過得很幸福嗎」這種話的地步。可是我明明什麼都不懂。

我把他的毛巾搶過來，蓋在眼睛上面。眼淚再次流了下來。充滿水氣的毛巾無法順利吸收眼淚。在嗓音完全被水氣沾濕之前，我用尖銳的口吻開口：

「你應該很幸福吧？因為這個世界上充滿人類。」

「是的，愛人是很幸福的事。」

「……簡直就像天使。」

「但是，最近出現了一個問題。」

他將我的髮絲撩到耳後，壓低了嗓門，就像在說一個祕密。我的眼睛仍然是被矇住的狀態。毛巾裡的水珠往敏感的耳朵流進去。他的呼吸聲靠近我。聲音在耳邊響起：

「我也想從您那裡得到愛。」

我無法給予任何答覆。我張開嘴巴，強忍著淚水的喉嚨像是卡著碎石，什麼話也說不出來。惡魔接著說道：

「不知道是因爲收到糖果，還是那句感謝？我沒辦法停止這個想法。就像身在地獄之中，舌尖上獲得一滴水的感覺。當然，在您的角度聽起來，我大概就像是突然要求回報的強盜。」

「那、那個……」

「怎麼了，要喝水嗎？」

惡魔拿開毛巾，在我面前晃了晃水杯。我搖頭拒絕。眼角的水氣漸漸乾涸，他的臉龐清晰可見。背對著光的他，朝我燦爛一笑。

「您快睡吧，明天才有精神去醫院。我會好好看家的！」

10

井裡不只有水而已

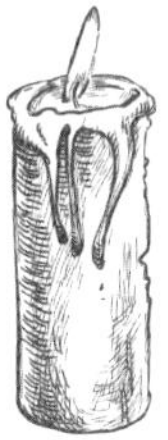

我已經做好前往醫院的萬全準備。爲了以防萬一，我先通知了經理，告訴他我要花時間處理醫院的問題，可能會晚幾個小時去上班。經理像在演什麼電視劇一樣，愼重地回覆我：「沒問題！妳絕對不要做出讓自己後悔的選擇！」這種說法反而更讓人不安。

我帶了足夠的錢，也查到附近的計程車叫車電話號碼。但是當我正要走出家門時，卻始終無法邁開腳步。留在家裡的人只有「不願離開房間的房客」和「惡魔」而已。冷靜想想，我眞的能把房子交給他們嗎？何況，惡魔身邊還帶著許多可疑的罪人呢！等我回家的時候，這棟房子應該不會燒了吧！

苦惱了一陣子後，我厚著臉皮傳訊息給認識了十年左右，卻在昨天才第一次對話的鄰居阿姨。「我今天要去醫院，所以家裡沒有人，如果發生什麼事，請阿姨聯繫我。」我還用手機贈送了禮券，當作微薄的謝禮。阿姨回覆我：「唉唷，我都不知道該怎麼用這些東西。我得問問我女兒使用方法了。」接著問都沒問過我，就直接傳來一堆占據手機容量的照片，炫耀起自己的家人。一開始是孫子們，孫子之後是阿姨的女兒夫妻檔，再來是阿姨及阿姨的丈夫，還有兩隻白毛小狗。背景畫面中的房子裝修得相當整潔，但結構與我們家差不多，是一幢十分老舊的房子。原來那就是阿姨的家啊。

我站在巷子的盡頭，從斜坡下抬頭看著我們家，想起第一次走進這條巷子的情景。當時，我目瞪口呆地望著別墅，以爲自己來到世界上最富裕的家。奶奶答應讓我住在這棟房子裡，同時學習如何賺自己的飯錢。我在這裡遇見了各式各樣奇妙的房客，每一季都可以見到各種形態的髒亂房間。得知收拾殘局是我的工作之後，我有一度覺得這裡根本就是「一棟爛房子」。既老舊又破爛的房子，既年邁又多病的房子主人。沒想終有這麼一天，我會因爲害怕失去這兩樣東西而惶恐不安。

我把惡魔裝在保溫杯的多穀茶放進包包，隨即動身前往醫院。

我抵達醫院的時間很早，但這邊的人似乎並不在乎我早來晚來，全都按照自己的速度緩慢行動。這裡的「緩慢」指的是患者與家屬。護士全都忙得焦頭爛額。我蹲在奶奶床邊打開了保溫杯，香噴噴的味道撲鼻而來，奶奶在此時睜開了雙眼。

「奶奶，妳醒了嗎？」

「醒啦，這味道可眞好聞。是妳做的？」

「別管這是誰做的。奶奶，妳要不要先喝一點？現在可以吃東西嗎？」

「看時間也差不多該吃飯了，人天生長著一張嘴，怎麼能不吃飯哪？」

奶奶猛地起身，鄰床的病人看見奶奶的舉動，不禁放聲大笑。在奶奶暢飲多穀茶的期間，我必須找醫生問問奶奶的現狀。

出來迎接我的醫生有著一對黑眼圈，兩腳還在哆哆嗦嗦不停打顫。

「小妹妹，妳也聽到奶奶是怎麼受傷的吧？醫院這邊檢查過了，腿是沒什麼問題。這個年齡的人，很容易一滑倒就骨折，至於後果嚴不嚴重就要看運氣。還有一個問題……」

「問題？是什麼問題……」

「其實，這個問題不是我的專業。」

醫生指向病房的牆壁，上面寫著整形外科。

「是其他專科的問題，我們檢查出奶奶有點譫妄的症狀。」

「什麼？什麼妄？」

「譫妄。言字旁的譫，妄想的妄。奶奶在家裡會不會說一些沒有邏輯的話？比如說看到奇怪的東西、聽見奇怪的聲音等等。」

「您是指是精神方面的問題，對吧？嗯，奶奶前陣子做了認知功能檢查，那時醫生說一切都很正常。」

「這個狀況跟認知症不一樣。認知症會永久且持續存在，而譫妄是可以改善的。一般來說，老人家受過嚴重的傷、動過重大手術或是經歷不好的事情時，就有可能會產生譫妄。不過，這位病患不是住院後才產生譫妄，而是看到幻影之後受了傷。最近有發生什麼事？」

「反正是沒什麼好事。」

「哈哈，大家都是這樣。既然都來到醫院了，就順便檢查一下吧？我幫您轉診到其他科。如果妳有帶患者平常吃的藥，可以先讓我看看。」

我把奶奶的藥一一拿出來，滴在眼睛裡的眼藥水、口服的血壓藥、口服的糖尿病藥、外用的塗抹藥……我把藥都拿出來的時候，奶奶還很驚訝地說：「咱吃這麼多的藥哇。」倒是站在一旁的護士似乎習以爲常，熟練地分裝藥物。

醫生以「如果您覺得擔心」這句話作爲開頭，建議了各式各樣的檢查項目。如果害怕有認知症，要不要做個電腦斷層？您的心臟好像有些弱，我們推薦做個心臟超音波，不必馬上動手術……等等。我心想這醫生是不是想用一些沒用的檢查來騙錢，所以我告訴醫生，由於今天身爲家屬的我要去打工，所以無法一直待在醫院陪奶奶進行檢查。這並不是在說謊。

醫生盯著我看。

「這是您孫女對吧？奶奶，您還有其他家人嗎？」

「……沒有。」

「如果領有低收入補助或是已列爲中低收入戶，還請告知我們的總務科。請問您已經登記了嗎？」

「沒有。」

「您改變心意的話，下次再過來吧。小心一點也不是什麼壞事。還有啊，妳要好好聽奶奶的話，親人之間就是要互相依靠。」

因爲一句「沒有其他家人」，醫生表現出一副看透我們家狀況的模樣。對某些人來說，這是了不起的洞察力，但對我來說完全不是。而且，因爲奶奶名下有那棟快要散架的房子，也不可能從政府那裡得到補助。我們立即接到出院通知，同時收到不少推薦各種檢查的小手冊。

我看了看手錶，這個時間送奶奶回家再立刻出門，應該可以趕上上班時間。我在病房裡幫奶奶收拾少少的行李時，年紀稍長的看護正在替奶奶換衣服，她向我搭話。

「小妹妹，妳是孫女吧？哎喲，奶奶整晚都在說妳的事。剛才一看到妳走過來的樣子，我馬上看出來了。」

「奶奶肯定說我走路像一隻熊吧？」

「哈哈哈！妳還眞是了解啊。都到了這個年紀，奶奶說話已經算很清楚了呀。」

「畢竟奶奶的工作可以見到各式各樣的人。」

「是啊，有工作倒是不錯。但是，一到晚上奶奶就變得很緊張。」

「……請問奶奶說了什麼呢？」

「咱只是在嘀咕，那些該死的傢伙把人像稻草人一樣立起來！」

最後說話的是奶奶。看護邊幫奶奶扣針織衫鈕子，邊笑了起來。結果，我仍然不清楚究竟爲什麼奶奶一到晚上就感到不安。但是，假如奶奶是害怕她的家……那個她生活了幾十年的地方、小兒子害大兒子再也回不來的地方、我們必須要回去的地方。我們要回家了，有個惡魔等在那裡的家……

攔計程車的時候，這個理所當然的想法像閃電一樣重擊我的腦袋。尤其昨天晚上，惡魔才剛對我說過，只想要得到我的愛。這是身爲惡魔該說的話嗎？不對，正因爲是惡魔，才故意說這種話吧？是爲了讓我感到困擾，才故意說的吧！

「小妹妹，妳到底要不要上車？」

一不留神，計程車已來到我們面前停下，身後的其他出院病患也在嘀咕埋怨。我急忙打開計程車的車門。

「我立刻上車！」

「沒有其他行李了嗎？」

「是的，沒有其他東西了！」

我把奶奶推進計程車後座，奶奶鏗鏘有力地吐出連串罵人的話：

「妳是當咱們錢多到可以坐計程車啊？妳那工作才賺多少，還敢把錢花在這樣的地方？快開門哪！」

「如果妳捨不得計程車錢，就不要讓妳的膝蓋受傷！司機大哥，麻煩前往○○洞十七街三號！」

車程距離很短。計程車司機看向排在我身後的長途客人，表情似乎帶著點遺憾，但是聽見奶奶碎碎念之後，還是咬緊牙關踩下油門。與此同時，駕駛座旁的收音機流淌出音樂聲，打斷了我們的對話。奶奶跟著收音機裡的歌哼哼唱唱。這麼看來，奶奶似乎還很硬朗啊。為了讓奶奶平靜下來，我緊緊抱著奶奶說話。

「奶奶，妳在醫院罵我了。」

「是啊，妳看看妳，簡直像熊一樣笨哪。都讓妳打掃了家裡十年，還是只會往走廊上潑水。」

「好啦好啦，我一點也不想知道妳罵了什麼，別說了。」

「咱說人沒錢可能就嫁不出去啦，結果護士聽完拍手叫好咧。咱還接著說，最糟蹋人生的就是婚姻，要是有錢就去結婚的話，連錢財也會被揮霍殆盡吧。這話說得沒錯。好好的人生遇到錯誤的人會被搞砸，完蛋的人遇到正常人，連那個正常人也會跟著遭殃。特別是妳啊……」

「我就說了，我不想知道。」

「妳就是遇不到正經的人嘛！妳小時候還跟混混交往過，都忘啦？那個時候妳還吵著說自己已經長大了呢！」

奶奶的嗓門越來越大，我看了眼計程車司機的表情，但計程車司機只是悄悄觀察我倆，然後降低收音機的音量。是啊，偷聽別人失敗的戀愛故事很有趣吧。我明白我明白。我趕忙開啓另一個閒聊的話題，說道：「奶奶，我一個結婚的朋友生小孩了，妳要看照片嗎？」奶奶的注意力轉移了，計程車司機也默默恢復了收音機的音量。

我們在巷子口下車。如果可以的話，我其實想在家門口下車。抵達斜坡下時，計程車司機甚至問道「這裡是人走的路嗎？」計程車司機本想幫忙搬行李，但我們只有心領他的好意。畢竟我們也沒帶什麼東西，或者說最大件的行李其實就是奶奶。

「奶奶，我們快到家了。小心腳。」

「噢。」

「醫生說了，奶奶的心臟很脆弱，所以別太激動。」

我根本就是在胡說八道，對吧？況且，並不是奶奶的性格容易激動，而是這個世界讓奶奶的情緒變得激動。但是，現在還有一件事必須要「胡說八道」一下。

「萬一，我是說萬一哦。奶奶，如果妳小兒子回來的話，該怎麼做比較好呢？」

我緊緊扶住奶奶。若奶奶再次情緒激動而暈倒，我也可以跑到山坡下叫計程車。然而，奶奶只是皺了皺眉頭，以出人意料的淡然態度回道：

「咱要抱著他離開唄。」

「……嗯。」

感覺心如刀割。我在腦海中多次猜想的回答，在這裡完全派不上用場。沒關係，這是當然的。我也知道啊。那傢伙無論是好是壞，對奶奶來說始終是親生兒子……

「咱要抱著那個爛地瓜，把一切做個了結。這樣才行呀，妳說是不是？到時妳也可以活得輕鬆點吧。」

「啊……」

「咱不知道咱的生活是否值得到處炫耀，但死前不是應該把事情處理好嗎？」

「奶奶，妳會長命百歲的。看看妳現在說話的樣子多麼鏗鏘有力。」

「快放手！想讓咱在這種季節長痱子呀！」

我鬆開抓著奶奶的手。奶奶朝家裡方向走去，邁開步伐的態勢完全不像是昨天剛跌倒的人。然後，奶奶回頭從較高處俯視著我。

「所以妳擔心擔心妳自己吧！剛才的話還沒說完，咱讓妳好好念書，妳卻談起亂七八糟的戀愛……」

「啊，別亂說啦！」

「鑰匙在妳那嗎？」

「奶奶，我住在這裡這麼久，從來沒有拿到鑰匙過。」

當我正在考慮如何翻牆時，惡魔彷彿等待著我們一樣，爲我們敞開大門。

「謝謝，我得趕快打一把鑰匙才行。」

「鑰匙也會分給房客吧？」

「應該。」

「奶奶的腳步還眞快，她眞的暈倒過嗎？」

奶奶飛速穿過院子進到屋裡，接著她的怒吼聲響徹整棟別墅。

「咱不在就變成這樣嗎！洗碗之後水漬也要擦乾淨呀！妳看看這裡還有汙漬！空氣裡都是餿味！」

奇怪了？我不記得自己在出門之前洗了碗。往旁邊轉頭一看，惡魔露出微笑。原來犯人是你啊！

「是你動了廚房？」

「粥已經煮好了，您還沒吃午餐吧？」

正確答案。惡魔一副知道答案的表情，拽住我的衣袖。他這個樣子，我根本就沒辦法生氣了啊！粥的味道與其說是患者的健康餐食，更像是火鍋煮到最後的湯水。我不停吃著口味稍鹹的粥，正當我覺得分量減少的時候，惡魔便點著瓦斯爐上的火焰，在粥裡打進一顆雞蛋，接著放入切碎的辛奇。看來他是打算做韓式炒飯。

「奶奶，妳還吃得下嗎？」

眼看奶奶已經舀了第三碗，我的擔心看來是多餘的。惡魔留意到這情況，得意洋洋地說道：

「老人家吃得眞香。在醫院沒有發生什麼事吧？」

「嗯，雖然我們隔了一天才回來，但沒發生什麼。如果你還想知道其他事情，我會告訴你的。」

我猜他是對什麼感到好奇，所以才主動打開話題。果然，惡魔立刻在我面前做出托腮的姿勢。

「兩位好像在巷子那邊聊了一些有趣的事情。」

「等等，你在廚房做事也能聽得到嗎？」

「惡魔隨時隨地都會爲了有趣的故事豎起天線。」

對，這傢伙，就喜歡這種事！我跟奶奶在巷子裡講了什麼啊？不就是拒絕計程車司機幫忙搬行李，還有些這個那個，反正是每天都會說的那些話。

「沒什麼重要的。」

「講到了亂七八糟的戀愛。」

「喂喂喂，不是、不是那樣啦！」

爲什麼現在會提起這個？但是，在計程車與巷子裡都沒有把話說完的奶奶，一聽到這個自己感興趣的話題，立刻睜大了雙眼。

「還說沒什麼重要的。妳呀，就是因爲沒有原則才會跟那種徒有長相的廢物鬼混！人哪，要相信自己！只有努力生活，才不會輕易受到影響！」

「奶奶光是這些話就可以重複一百年。」

奶奶似乎認爲這是我身上可以拿出來教訓的最大缺點，以至於每次講的內容都一樣。我平淡地向惡魔說明：

「眞的不是什麼特別的故事。我上高中的時候第一次談戀愛，對方在奶奶眼裡跟所謂『善良的學生』相差太遠。我也因爲是第一次談戀愛，所以就做了一些傻事。」

「您們一起吞了能變成假死狀態的藥嗎？」

「不……這故事很無聊的。我們打算一畢業就結婚，所以還去居民中心預演。我向櫃台索取結婚登記書，結果被拒絕。我覺得他們顧忌我是學生，故意把登記書藏起來，所以在現場跟他們起爭執。這件事傳到奶奶耳裡，導致我被奶奶狠狠訓了一頓。後來我才知道，結婚登記是區公所負責的業務。」

在聚會上跟朋友分享這個故事時，所有人都會笑翻，然而惡魔的表情卻是「所以呢？有趣的故事還在後面吧？」除此之外還有其他故事可說嗎？要說我在上課的時候，以去保健室爲藉口逃出教室，結果被揭穿的事？還是在下雨天裡，一邊唱歌一邊奔跑，弄得我跟前男友都染上了感冒？但這些事情都比結婚登記的故事更無聊。

「嗯……然後彼此感情冷掉，就分手了。結束。」我說。

「要喝酒嗎？感覺您好像需要。」

「家裡現在沒有酒啊。」

「對惡魔來說這些事物唾手可得。雖然喝了也不會醉，但現在需要的是氣氛嘛。」

惡魔從緊閉的房門中召喚火花，並以杯子裝盛。沒過幾秒鐘的時間，一杯啤酒就做好了。我拿起啤酒杯。奶奶說道：

「什麼都要炫耀啊。」

「奶奶也要來一杯嗎？」

「算了，咱晚點泡咖啡喝。」

「奶奶想吃甜食了嗎？才剛吃飽飯，不要馬上吃甜點。」

對奶奶來說，咖啡是含糖飲料。奶奶嘟囔了一下子，便跑去上廁所了。接下來，不如聊聊更有趣的故事吧。

「自從跟那傢伙分手之後，奶奶就對門禁管得很嚴，我幾乎沒有時間在外頭多待。那傢伙不知道從哪得知大學考試前一天是返校日，跑來學校找我，抓著我的手腕說一堆話。」

「他說了什麼呢？」

「啊，那傢伙肯定到現在還在懊惱吧。他一邊說著『這是最後一次機會。太多事物想把妳從我身邊奪走』，一邊想把我拉走。哇，我對他早就沒感覺了，當時嚇得要死。」

「您應該嚇到了吧。後來怎麼樣呢？」

「我後來在集合地點遇到國中同學，才得以擺脫困境。後來每次喝酒時，我們都會聊到這件事。不過，這事奶奶不曉得。」

如果跟奶奶提起那件事，絕對不會只是挨打這麼簡單吧！奶奶大概會一邊哭，一邊教訓我：所以咱不是反對妳跟那種人交往嗎？妳碰上這種事情有什麼値得到處說嘴？在我對面的惡魔邊聽邊露出充滿活力的表情。他這麼喜歡聽這種故事嗎？不過，我的這個猜想似乎錯了。

「眞是可怕的傢伙！我能夠爲您做什麼呢？」

小小的鐵籤在惡魔的指間閃耀著灼灼光芒。莫非是基於這種理由，所以才喜歡我的故事嗎？我揮了揮手。

「不用了。那傢伙確實很可怕，但並沒有影響到我的人生。反而是在喝酒時，多了一個可以打發時間的聊天話題。」

「是這樣嗎？對您來說，這應該是最好的結局。」

「奶奶說過，我小時候沒有看男人的眼光，往後大概會一輩子都會重蹈覆轍，但我就是喜歡長得帥、個性刻薄挑剔的人，因此交往之後往往無法和平分手，這大概也變成了我的弱點。不過，我該取悅前男友嗎？就算取悅了他又能怎樣。」

「您喜歡刻薄的人嗎？」

「我就是看臉的人啊。如果是溫柔的帥哥，我就會對溫柔心動；如果是憨厚的帥哥，我就會對憨厚心動。」

「您對我不心動嗎?」

因爲這句話,我差點把啤酒杯摔到地上。杯裡的液體往外濺射,弄濕餐桌的啤酒在惡魔的指尖變成火花消失殆盡。惡魔用光滑的手撐住自己的下巴,並將目光投向了我。別笑了,拜託你別再笑了。你一直露出這種表情,我也會想要跟著你一起笑的。

我舉起啤酒杯,遮住自己的臉。

「我是不是應該要給你答覆?」

「不用非得這麼做,因爲時間是無限的……不對,對您來說,時間並不是無限的!喂,您最近有殺人計畫嗎?」

「才沒有!」

「如果近期內會來我們這邊的話,我想要提前聯絡律師。」

「等一下!雖然不知道自己什麼時候會死,但我並不想要下地獄。」

「好的,我也謝絕您來這裡成爲罪人。以行政層面來說,罪人也算是我們地獄的客戶。對我們來說,客戶越少越好。」

我可沒把握在未來六十年一直做一個善良的人。畢竟,我們又不知道世界會變成什麼樣。看我一時語塞,惡魔開口問道:

「您沒有自信嗎？」

「確實不能肯定啊。況且，聽說以前的地獄裡什麼罪名都有，我可能早就犯下自己也不知道的罪。」

「善惡或是罪責的標準會隨著時代而改變，所以只要按照本人的常識來思考就行了。此外，還有一點。」

惡魔接過空杯，說道：

「如果能夠得到影響彼此生活的機會，我希望能夠對您有所幫助，哪怕只有一點點。」

「惡魔給的建議，聽起來明明就很危險。」

「如果您活得人模人樣，就不會被動搖。舉例來說，就像我現在提醒您上班時間一樣。」

我看了一眼時鐘，按平時的狀況，五分鐘之後我就應該動身出發。但我已經告訴經理自己會遲到並求得諒解，應該可以再多待一下……

「您要曉班嗎？需要給您充分的時間去浪費嗎？我可以盡可能用合法的方式安排！」

惡魔閃爍的目光讓我感到壓力。

「不了，我當然要去上班。」
我急忙跑進廁所刷牙。當我漱完口出來時，惡魔已經提著我的包包在門口等待了。
「謝謝！」
我穿過大門，在巷子裡拔腿狂奔。我是不是應該找出大門鑰匙，然後拿去打個備份鑰匙？這想法遲來地掠過腦海中，但是我並沒有回頭，因爲他今天肯定也待在門的另一邊等我。

我在外面消磨了一點時間，等到開始營業才進店，工作果然比平時繁重。但是有兩件煩心事輪流占據我腦海，因此身體沒特別感到疲倦。一件是答覆惡魔的心意，另一件是奶奶跟醫院。醫生說過，奶奶的心臟好像有什麼問題。這樣一看，奶奶在爬上坡的時候，是不是比平時更喘了？之前就這樣了嗎？身體的問題就算了，奶奶記憶力減退的問題呢？在餐廳暈倒的狀況，聽醫生說是沒什麼大礙。但我讓奶奶做的檢查，只有針對認知症而已。奶奶本來就有高血壓，會不會導致腦中風？我搜尋資料後發現，另外兩種健康檢查至少要花二十萬韓元。如果眞的發現問題，之後要花費的醫療費用大概會變得無法控制。以前我難以理解那些嘴上喊痛，卻不去醫院檢查的人，現在好像明白原因了——那些人害怕直接面對問題。

然後，我想起更嚴重的問題——我並不是奶奶的法定監護人或直系血親。倘若要動手術的話，我能夠簽字嗎？畢竟一攤開戶口名簿，就會知道奶奶只有一個小兒子。咦，那手術費可以麻煩小兒子出嗎？可是那傢伙不可能有錢吧？如果那傢伙以手術費為藉口，把房子拿去賣掉後遠走高飛，最終要照護奶奶的人還是我啊！不行，那傢伙一定會做出這種事！正當我用力壓抑逐漸升高的血壓，經理叫喚了我。

「徐珠，能跟妳聊聊嗎？」

「我是沒關係。您可以嗎？馬上就是晚飯時間了。」

「一下子就好。」

茉卡姊姊用噙著淚光的眼神注視我，彷彿在跟我說「不要走」。我也不想走啊。分明就是經理老愛抓住我，自顧自地說些「奶奶還好嗎？是啊是啊，我理解妳的心情。即使是這樣，要趁奶奶身體還健康的時候……」這類的感化教育啊！但是，那樣倒還好，因為，這回經理提了一個十分唐突的話題。

「徐珠，我上次也提過吧？我們店裡的員工談職場戀愛的話，通常不會維持太久。」

「什麼？」

「年輕人在工作場合和別人朝夕相處，這樣也是很自然的。但是放任不管的話，一定會出問題，我沒看過任何例外。」

「不是呀，我眞的不知道您在說什麼。您指的是我跟誰？」

「勝彬。」

「什麼？您誤會了！我們最近比較常在一起，所以大家可能有所誤會……」

「勝彬剛才親口說的啊！」

我忍住了想說出「經理，請容我先去把勝彬的脖子扭斷再回來跟你說」的慾望。要是換成別人，我肯定早就衝出去了。我的表情變得十分猙獰，經理似乎也有些不高興。

「難道不是嗎？」

「不是，勝彬怎麼會這樣說？他不太可能找您談這個吧。」

「這……妳今天來得比較晚，就在妳還沒到的時候，那些傢伙來過了。」

「什麼？」

「在這附近尋找女人的那些傢伙。」

「啊……」

「他們說要找叫做徐珠的人，個子很高，眼神兇惡……呃，犀利。就算回答不認識他們要找的人，那些傢伙還是一直追問，像是知道妳在這裡一樣。」

那些傢伙已經在這社區徘徊好幾天，該找的店家應該都掃過一輪了吧？一定是這樣，根本不用懷疑。

「結果勝彬拿著噴槍走出去，質問對方爲什麼找他女朋友，那些人就嘻嘻哈哈地走了。」

可能是對經理的誤會感到憤怒，又或者是害怕，總之，我對目前的狀況並不覺得恐懼。冷靜下來的腦袋慢慢得出結論。

「也就是說……您是害怕給店裡帶來危險，所以想要把我趕出去，對吧？講什麼戀愛問題只是藉口。」

經理閉口不言。完美的回答，持續無謂的狡辯也只是徒增心煩而已。然而更讓人惱火的是，我學不會假裝不知道當事人的心情。經理嘆了一口氣。

「這種時候就算報警，在事件發生之前，警察也幫不上什麼忙，不如暫時待在安全的地方。」

「安全的地方？」

「妳家。妳要不要在家休息一兩個月，再回來上班？」

「回來上班是什麼……」

「我沒有要妳馬上決定，妳自己慢慢想一想。今天早點回家休息嗎？這樣比較好吧？」

不要轉移話題，眞是有夠卑鄙。你明明知道，讓工讀生休息一兩個月再回來復工，這種提議很不現實吧！事實上，這就是「讓同事辛苦分擔一兩個月，看妳是要回來挨罵還是自請辭職」的簡單選擇題。

看似和平的沉默持續了一陣子，經理接著補充道：

「今天就算妳工作了三個小時。」

事到如今，我已經放棄抵抗了。我勉強向經理致意後，將制服換下，從後門離開。沒想到，經理在前方等著我。

「坐公車嗎？」

「啊，是的。」

「妳應該搭計程車呀。妳在這等一下，我來叫車。」

經理提前幫我付了計程車費。他給了比預計車資還要多的車費，然後還不忘對我說「給奶奶買一點最中餅乾吧」。如果有一個留言板，可以聚集我們店裡工讀生心中無意識的想法，其中肯定都寫著同樣的話：我們的經理有點奇怪，偶爾會變得很奇怪……而共通點就是，對這個人不管怎樣都喜歡不起來。

這麼早回家，肯定會被奶奶追問緣由，並且耗上好幾個小時，看來要一邊殺時間，一邊找點好吃的東西來吃。

到此刻爲止，感覺就像是強迫自己振作。但是沒過多久，在我刻意選離家有些距離的繁華街道下車時，才感覺到微妙的違和感。很快地，我就明白箇中原因了。現在才下午五點，這意味著世界上的店幾乎都開著。就算現在我走在回家路上，也是想去哪就去哪！這麼一想通，忽然變得有點興奮。先去哪裡好呢？目前爲止，下班途中突然想要買點什麼，就只能去便利商店。既然奶奶說想要喝咖啡，那就順便買點甜食吧。惡魔似乎也不討厭甜食。

像是要辦派對一樣，我懷抱著澎湃的心情走進麵包店。此時，我的手機響了。茉卡姊姊傳來簡訊。我祈禱這不是因爲店裡太忙而發來的求救信，同時戰戰兢兢地打開了手機。

妳去哪了？經理把妳交給那些傢伙了嗎？勝彬的手一直在抖，完全所以沒辦法工作了。妳要是再沒有回覆，感覺他會立刻拿起噴槍追過去。

還不如收到求救信。我立刻回覆訊息。

——不不不不不，我沒事的。經理讓我坐計程車回家了

究竟怎麼回事啊　不過情況好像真的很危險

——我也是不得已的，之後再說吧，也沒有別的辦法，要看了才能知道……總之我沒事，回頭見

沒必要特地告訴他們「可能再也不見了」。訊息旁邊的未讀標示並沒有消失。店裡開始忙碌了，我又回到了久違的自由時光。

本想按照經理說的，買點最中餅乾，後來還是改變了目標。我買了三塊切片蛋糕，提拉米蘇、草莓優格、地瓜蛋糕各一。奶奶也可以吃點蛋糕啊。此外，也請店員給了一支蛋糕刀。如果那傢伙也在的話，至少要用這個砍他的臉。光是把蛋糕拿在手裡，心也變得輕飄飄的。手中握著的雖然是連玩具都不如的蛋糕刀，但只要想像用它揮向那傢伙，心情就很雀躍。未來？我管他的？我連自己能不能繼續打工都不知道了。

奶奶的身體越來越差，住院費用又十分昂貴。我連跟奶奶的家族關係都無法證明。在這種情況下，奶奶的兒子卻在我身邊打轉。但是到了這種地步，反而讓人不禁發笑。讓一切重新開始吧。趁這次休息的期間，先幫奶奶辦理住院，然後報警抓那傢伙吧。反正要不是我被帶走，就是那傢伙被帶走，還能有其他可能嗎？

最後讓我笑出來的，是給惡魔的回覆。答案我已經想好了。他也非常清楚。他想要讓我幸福這件事……我沒有信心給予任何回覆。我認爲這根本還不算那方面的感情。但是，這可以當成我的答案嗎？三片蛋糕。

想像中，奶奶餵養我們所有人，並把大家聚集在一起。惡魔也餵飽了我的肚子。那麼，我報答的形式應該早就定好了。愉快的想像使我的頭腦發熱發脹。光是一顆糖就開心不已的傢伙，看到蛋糕會做出怎樣的表情呢？奶奶也會喜歡蛋糕吧？雖然嘴裡又會碎念，抱怨我花了太多錢。

回到巷口時，並沒有太晚。也許是遇到下班時間，路上的行人比平時還要多，他們各自往自己家走去。我放下緊張的手，將蛋糕刀放在包包裡，蛋糕盒提在右手上，一路上腳步輕盈。才剛看見別墅的輪廓時，我在巷子裡停下腳步。牆上閃動著一個巨大的影子。那個，難道是翻牆過來的……

「您回來了！」

影子瞬間變成惡魔，站立在我面前。閃爍著金黃光芒的雙瞳，也變成與平時無異的湛藍色眼睛。

「哇，嚇得我心臟差點停止！」

「抱歉，早知道您這麼快回來，我就到巷子外了！怎麼了？發生什麼事了？」

「啊，呃，沒什麼事啦。倒是你，爲什麼這個時候跑出來？不對，你原本就在外面嗎？」

「因爲還有點時間，所以就出來玩玩。」

語氣跟平時相同，但他的目光沒有與我相接，而是悄悄注視我手上的蛋糕盒。雖然不是什麼驚喜禮物，不過也太快發現了吧！我假裝沒有注意到他的視線，重新調整蛋糕盒的角度。

「今天比較早下班，不過也累得要死！快點進去吧！奶奶在吧？」

「是的，她去了一趟市區之後，便一直在休息。似乎是跟鄰居阿姨一起去的。」

「幸好奶奶還能到處閒晃。之後也要找時間感謝鄰居阿姨了……」

惡魔面露笑容，領我走進敞開的大門。乍看之下，別墅的剪影就像黑色怪物一般。惡魔假裝整理鞋子來拖延時間，我急忙把蛋糕放進冰箱，轉過身來。少了冰箱內的燈光，廚房再度變得漆黑。另一邊，通往樓上的階梯亮起了燈。我們擦肩而過，穿著黑衣服的惡魔像貓一樣，笑著步入黑暗之中。我將喀啦喀啦的聲音拋在腦後，爬上通向三樓的階梯。即便躲在緊閉的門後，也能聽到尖叫聲，我原以爲自己已經習以爲常，但事實並非如此。我開始納悶這聲音究竟是不是屋外傳來的？應該不是鄭孝燮抓了哪個無辜的受害者吧？

然後，就在這時，一個推論抓住我的心緒。我沒進自己房間，再次跑下樓梯。惡魔剛從廚房出來，走過客廳。從外頭照進來的橘黃色路燈光芒映在他瞳孔中，像是閃動著火光。

「喂！」

「什麼？」

惡魔回頭看向我。還沒來得及露出笑容的嘴角，他的虎牙正閃閃發光。

「之前，就是我很晚才回到家的那天，你也有出現在巷子裡，對吧？爲了觀賞別人打架。」

「嗯，好像是呢。不過這附近的人在路邊吵架也不是一次兩次，所以我不記得實際日期了。」

觀賞他人打架——這是惡魔喜歡品嘗的其中一種東西。

「你眞的不知道我會提早回來嗎？你不是很會聞味道嗎？」

「確實如此。」

疑心一旦出現，就會漸漸向四周伸出它的觸角。惡魔之所以降臨我家，眞的是因爲屋子寬敞而已嗎？你不是貪圖各式各樣的感情嗎？如果惡魔把人與人之間的爭鬥當作零食，那麼人們的不幸對他來說也是甜美可口的，奶奶的每一個故事難道不正是你的快樂來源嗎？對於暗戀我的勝彬，甚至用「澎湃」來形容，倒不如說他可愛。我講述奶奶兒子的故事隔天，你跟奶奶聊天的時候被奶奶用刀子砍了吧？你是爲了享受奶奶內心的苦楚，才刻意喚起她的痛苦回憶嗎？思索的過程中，通往廚房的路也不斷打開。惡魔打開玄關門，脫掉鞋子，踏上走廊，把我引向像鳥巢般溫馨的廚房。

我朝奶奶房間方向望去，有熟悉的呼吸聲與熟悉的輪廓。從其他房間裡，各個門縫之間溢洩出從地獄傳來的慘叫，那是惡魔無時無刻都能自然融入其中的光景。猜忌懷疑終於來到最高點。這陣子不停尋找我的鄭孝燮一行人，偏偏在我上班的時段找到我們店裡，就在惡魔送我上班的隔天。此外，惡魔還曾經試探性地問我會不會蹺班。這些全都是偶然嗎？

「您要吃什麼？」

「……不用了。」

「那麼，您想聽什麼？」

「什麼？」

「您好像有話想說。」

惡魔坐在對面的椅子上。明明是一張讓我感到幸福的臉，如今因爲前提改變，眼前風景也隨之一變。像是在紙糊的骯髒廚房裡，貼上一張男演員的俊帥臉龐，充滿不搭嘎的異樣感。我在心中琢磨著許多問題：是你將我的工作地點告訴奶奶的小兒子嗎？被奶奶拿刀攻擊的那天，究竟發生了什麼事？你對我的表白裡，包含你的眞心嗎？你是不是打算把整棟房子都變成地獄？我知道你很享受他人的痛苦，但是對於我跟奶奶遇到的問題，你也是如此樂在其中嗎？此外，你還想要製造出更嚴重的問題嗎？但首先，我必須先問一個問題：

「惡魔會說謊嗎？」

惡魔沒有立刻回答我的問題。

他盯著餐桌許久才開口。

「……問題，本身就不對了。既然您這麼想，那麼從現在開始，我的所有答案都會變成錯誤的答案。」

「是，這就是我的回答，對於你所給予的幸福。」

我從座位上站起來，最後一次問道：

「難道……我的痛苦品嘗起來也是甜的嗎？」

害怕會被奶奶拋棄的擔憂、不屬於任何地方的不安感、奶奶的健康問題、在抽屜裡發現刀具時的恐懼……那些瞬間，你對我露出的微笑是安慰？還是品嘗我的情緒後的感想？如果惡魔對我的疑問感到憤怒，或許更好。我是人類，從來沒有跟惡魔相處過。如果外表長得像人類，行動也跟人類一樣，也許我會完全信任他。然而惡魔並沒有生氣，相反地，他只是露出無力的笑容回答：

「您害怕我啊。」

這個回答和問題無關。甚至否定了我的問題，幾近指出我有誤判。我應該要辯解嗎？還是應該要求他回答我的疑問？但是不管怎麼說，我的臉已經染上羞恥的鮮紅，以至於不能好好張口回應。惡魔只補充了一句話：

「我很抱歉。」

沒有任何一點辯解或說明。道歉就像一把刀，斬斷我們之間的對話。因此，我才能夠離開這個位置。上樓的途中，樓梯的嘎吱嘎吱聲特別響亮。我將房門緊緊關上，即便如此，老舊木門也幾乎無法隔絕走廊上的聲音，只是我的房間竟寂靜得宛如泡在水中。

一提到「水」，我就想起惡魔的話。在地獄裡，只要把一滴水放在舌尖上，腦袋就會開始不停渴望水分。換句話說，讓某個人幸福並不一定需要心懷善意。被關在火焰地獄裡的罪人，哪怕只是得到一滴水，也能感受到天堂般的幸福。趁著這個家中久違的安靜時光，我想好好睡一覺，然而提早下班的身體卻始終無法入眠。現在還不是時候，我的全身上下都在蠢蠢欲動。這時，令人不自在的沉默逐漸震耳欲聾。沉默太過張揚，我只能捂著耳朵蜷縮在棉被裡頭。

我是什麼時候睡著的呢？支起疲倦的身軀，我看了一眼時鐘，跟平時起床的時間一樣。也許是睡覺時露出肚子，所以皮膚顯得冰涼。至少，我並不是身在烈火地獄裡。我已做好心理準備面對今天可能遇到的所有尷尬情況，於是起床走下樓梯。客廳與廚房中，都沒看見惡魔的身影。奶奶還在睡覺，呼吸聲也很平靜。沒事的，我可以回到日常生活中。今天早餐只要隨便準備一下，然後再挨幾頓罵，時間就會飛快地過去了。

但是，看到餐桌的那一刻，我懷疑起自己的雙眼。似乎已經有人準備好飯菜，餐桌上放著三個盤子與水杯。奶奶不可能一睡醒就準備早飯，難道是惡魔爲了道歉而準備的早餐？雖然這麼做也無法讓我釋懷……但全都是我的幻想。走近一看，發現盤子是空的，旁邊放著三支平時不用的叉子。顯然某人曾在這裡痴痴等待著蛋糕晚宴。我壓抑自己，不在這個場景中尋找人性，朝向奶奶房間喊道：

「奶奶，今天早上吃鮪魚粥！」

11

忘記煩心事的方法：面對難題

「在的時候沒感覺，走了以後才知道。」

幾年前，我和一名在房間裡用打火機烤魷魚吃的房客吵架，把他氣跑的那天，奶奶拿存摺給我看，並跟我說了這麼一句話。奶奶似乎打定主意要讓我親身體驗那句話的涵義：很長一段時間裡，冰箱裡的雞蛋架上空空如也。到了夏天，奶奶對著電視機裡的冷麵嚥了一口口水後，這個小小的暴行才宣告結束。如今，我望著空無一物的餐桌，想起了多年以前聽到的那個句子。

與惡魔最後一次對話後，第二天下午的餐桌上還是有一杯多穀茶。我無法像以前那樣心安理得地喝下它。由於不好直接倒掉，所以我拿給那個只能吃前世廚餘的男人，然而他以不能碰陽間的事物爲由拒絕了。他拒絕我的時候，流下的口水足足有一調羹，啪啪啪地滴在銅碗裡正晃動的生雞蛋上。我實在不想浪費食物，眞的很討厭這種行爲，但看到那副模樣後，胃口一下子跌到谷底，於是把多穀茶倒進水槽中。

雖然努力清理掉洗碗槽裡殘留的香氣，但從那天起，餐桌上再也沒出現過多穀茶。之前買回來的蛋糕全都留給了奶奶。奶奶把提拉米蘇拿走，後來我在自己的運動鞋裡發現了它。

打工生活結束了。穿著這雙可可粉清都清不完的運動鞋出門工作那天，我和經理進行了（離職）面談。我告訴經理，爲了照顧奶奶的身體健康，我決定辭職。這是一個十分標準、在紀錄上也沒有任何破綻的說法。像是終於等到我主動開口似的，經理欣然接受了。雖然我並不期待餞別辦得多盛大，但是這位先生在某種意義上眞的始終如一。

「妳工作一直都很努力，本來該幫妳舉行歡送會才對，但最近不是剛辦過員工聚餐嗎？就用那次聚餐當作歡送會吧！妳不介意吧？」

嗯，當然不介意。讓我避開了尷尬的人以及尷尬的聚餐，眞是太感謝你了，經理。不過完全沒有表示就走人，好像也是有些不好意思，所以我放了一盒巧克力在員工休息室。雖然對我來說價格昂貴，站在工讀生的立場，也會覺得這種甜食只吃兩三塊就沒了，究竟有什麼意義？不過離開的途中，我收到茉卡姊姊的訊息，也算不枉費這份禮物了。

我會好好補充糖分！改天換我幫妳補充酒精，妳一定要赴約哦！

我還以爲依照茉卡姊姊的個性，會說出「需要幫助的時候，我一定會幫妳，記得隨時聯繫我」之類的話。但是，茉卡姊姊實際發出來的文字更令人舒服自在。要是我的話，一定會在「很累嗎？」跟「需要幫忙嗎？」之間猶疑不定，最後什麼話都說不出口。可是，茉卡姊卻能神奇地陪在我身邊。反觀勝彬，都過了好幾天，我還沒有收到他的任何訊息。不過，這反而讓我相當感激。

回到家之後，仍然緊緊上鎖的門縫流瀉出火花。尖叫聲比以前減弱許多，血跡汙染走廊的事情也減少了。我抱著一線希望，從門縫探看裡面，也沒看見惡魔的身影。他是故意在躲著我吧。什麼才是正確的選擇？我應該道歉，還是表現得更加憤怒？無解。與其思考這種事，倒不如把時間用在別的地方。

辭職的第二天，我立刻帶奶奶去了一趟醫院。等待的過程中，奶奶一直在發脾氣，認出奶奶的醫院職員對我們說出忠告般的牢騷：「住院當時進行檢查的話，就不會拖這麼久了。」那時候，我還沒料想到自己會這麼關心奶奶的身體健康嘛。

醫院說，獲得精確的檢查結果需要幾天的時間。此外還提醒我，奶奶已經上了年紀，所以不要對結果抱太大期待。最後更提到，如果檢查結果差強人意，就沒有方法能積極治療了。面對醫生的話語，我一臉呆若木雞，醫護人員露出一副什麼都知道的表情，對我說：「我懂妳的心情，但就算這樣，家屬還是得振作。」你懂什麼呀，連我自己都還沒搞清楚狀況耶。我繳了幾十萬韓元讓奶奶做檢查，原來只是爲了有點心理準備嗎？我甚至想盡辦法哄勸討厭坐計程車的奶奶，花了大把力氣把她送到醫院耶。

檢查結束之後，奶奶沒有問我「怎麼樣，醫生怎麼說？」這種常見的問題。計程車司機從後照鏡看向我們，詢問奶奶是不是病患。我本來想回嗆他「說不定我們到達之前，就要回頭住院了」，但最終還是忍住。

從醫院離開的那幾天，我一直對奶奶的狀態保持高度警戒。我也後悔過，擔心是不是去醫院做檢查反倒引起奶奶不安。奶奶說出口的話相較於完整的句子，更接近把髒話攪在一起的單詞組合，但除此之外並沒有什麼問題。她如往常般洗米做飯、洗淨碗筷、掃自己的房間。偶爾也會踏出家門，挽著鄰居阿姨的手臂散步。事實上，對方也不是什麼「阿姨」，畢竟都已經年近七十歲了。從鄰居家偶爾出入的孩子年齡來看，不難推算她的年紀。當我意識到這點時，瞬間對於麻煩她幫助我們這件事感到抱歉。爲了感謝她的幫忙，我買了水果前去拜訪，阿姨笑容滿面地迎接我。

「哎喲，以前那麼丁點大的孩子，現在已經長這麼大啦，這是在學大人的那一套嗎？妳沒有必要這麼做呀。」

「我欠阿姨人情也不只一兩次了嘛！」

「那是因為我也欠妳奶奶人情呀！還能照顧別人，就不會老得那麼快。我孫子現在都已經到了上幼兒園的年紀，他們去上學之後，我變得多無聊呀。」

「我有時會看到您孫子，眞的很可愛。」

「現在正値可愛的時候呀。對了，妳奶奶現在在幹什麼？」

「奶奶在看電視。我幫她泡了咖啡就出門了。她應該在電視機前待一小時了吧。」

「奶奶行動還行？家裡不是有很多樓梯嗎？」

「她甚至還會做家事呢！在我打掃完之後，還會不停找我碴。」

「那挺硬朗呀！不過，話說回來呀。」

在沒有其他聽眾的房子裡，阿姨放低了聲量。

「阿姨沒別的意思喔。但妳有替奶奶的後事做準備嗎？」

「什麼？」

「我知道這件事很難開口，但還是要先做好準備。阿姨知道妳比較成熟，所以才跟妳說。」

阿姨用牙籤戳了一塊蘋果給我，我愣愣地接下它。當我口中塞滿蘋果時，阿姨繼續說道：

「妳跟奶奶談過了嗎？要快點打算啊。」
「奶奶現在很健康，用不著……這麼早……」
「只要身體一出問題，情況立刻就會急轉直下。奶奶的遺產要怎麼分配，火化之後葬在哪裡，都要在奶奶還清醒的時候確定啊。奶奶有沒有說過，後事要怎麼處理？」
「遺產分配嗎？阿姨，您也知道奶奶的小孩是怎麼樣。之前跟她提起她的小兒子，結果讓奶奶血壓升高，甚至還差點昏倒。」
「那時候是那時候。奶奶應該清楚自己的身體狀況，大概也做好心理準備了。妳還是盡早準備吧。就算奶奶把後事交給妳去處理，但是妳一個人辦完喪事後，要是她兒子回來吵，妳也是無話可說呀。到時候，可是會直接鬧到警察局的。妳就問問奶奶死後想怎麼做，然後留下證明文件吧。」
現實的問題接踵而來。我不是奶奶的什麼人，也沒有任何權利。換句話說，我連做這些事的義務也沒有，與鄰居阿姨沒有太大的區別。
「趁著今天問問奶奶要怎麼做吧！妳應該也不想跟她兒子鬧翻吧？」
「您說的是鬧上法庭？怎麼會，我一點優勢都沒有。」
「是呀，好好談一談她兒子的問題吧。」
「要是奶奶又暈倒……」

「妳奶奶想必都有過打算了，畢竟是自己的孩子。」

啪嚓，咬下一半的蘋果哽在喉間。

「只要提到葬禮的話題，妳奶奶肯定會找兒子回來。等到死了以後，還有什麼好說的呢，有話還是趁在世的時候說。雖然這事很尷尬，但妳要好好幫他們解開心結，奶奶這一生的遺憾就要由妳來解決了。」

「……好。」

「妳也不是貪圖什麼，才留在這裡。我想奶奶的兒子不至於不管妳，畢竟妳服侍奶奶直到最後一刻。奶奶離開之前，一定會緊緊握著妳的手說謝謝，嗯。還好有徐珠在，真是萬幸。哎喲，想當初哇哇亂叫、像個小野貓的孩子，竟然長這麼大了……」

大媽放下手中的牙籤哭了起來，眼眶也發紅。我把蘋果塞進嘴裡，想快點吃完從這裡逃走。

「哎唷，妳已經吃完啦？我再去幫妳煮杯咖啡吧。」

「哦，不用了！謝謝招待，我要回去了！」

「還有什麼好奇的事情，妳就問吧！阿姨會幫助妳的。」

「沒有！」

也不知道自己是在道謝，還是在道別，我低下頭匆忙走出鄰居阿姨的房子。

我感到頭昏腦脹。叫我問奶奶後事想要怎麼做，叫我把破壞平靜日常的傢伙視為奶奶人生終點的依靠，兩段話不斷在腦海中交纏，把我的思緒弄得亂七八糟。奶奶，妳要是離開了，我要怎麼做呢？奶奶，妳想見兒子最後一面嗎？我希望奶奶聽到我的問題，就立刻抓住我的衣領，對我大罵「妳對一個身體硬朗的人說啥觸霉頭的話」，就這樣再多活十年。最近不是有很多年紀超過九十歲的老人家嗎？對吧？我可不是因為跟奶奶一起生活很有趣才這麼說的。

然而，令人感到悲痛萬分的是，我並非不知道答案。我已經問過奶奶了啊。如果小兒子回到家裡，該怎麼辦才好？奶奶的回答是——要抱著那傢伙離開。奶奶還說了，自己死掉的時候，想要弄得像別人一樣。嗯，像別人那樣是指，笑容燦爛的遺像後面放著許多花束，聆聽不知從哪裡傳來的讚歌，頭髮斑白的兒子穿著西裝，雙手捧著遺像走在最前面。那才是不會讓別人看笑話的葬禮，對吧？

我帶著手機，走到巷尾。今天是去醫院聽檢查結果的日子。有兩種想法在我腦海中交織，一是希望醫院提出奶奶必須住院的要求，因為這樣一來，萬一碰上奶奶兒子闖進醫院鬧事，醫院也會幫忙應對；但是另一方面，我又希望聽到奶奶往後十年都會很健康的消息。只不過，每當我站在好與壞的分岔路口，總會有人把我推進第三條路，不對，那是連道路都稱不上的泥巴地。每一次，都是這樣。

醫生以極其嚴肅的表情開始諮詢。

「患者本人沒有來呢。要聽說明的人確定都到場了嗎？」

「狀況很嚴重嗎？」

「沒有。可是，如果我說今天馬上就必須住院的話，您該怎麼辦呢？」

「醫生，您快嚇死我了……陪奶奶出門也是一個大工程，眞的。」

「沒事，其實沒什麼問題。只是我們都很害怕，偶爾會有家屬追問我們，爲什麼要把他們排除在外，關室密談。」

這番話讓我想起奶奶的小兒子。那小子應該不會嚷著爲什麼無視他這個法定代理人，擅自闖進醫院吧？

「小妹妹？」

「是、是的！」

「我來跟妳說明一下。首先，我認爲很難判定奶奶罹患認知症，電腦斷層中也沒有發現腦血管的異常。奶奶在家都做些什麼事情？」

「家裡有房間在出租。但是打掃、洗衣服這些事情，幾乎都是我在做的，奶奶負責做飯以及管錢。」

「錢？呵呵，這麼重要的事情，竟然由奶奶在負責呢！總之，請奶奶不要太勉強，請她記得按時吃血壓藥……我會幫奶奶開處方藥，即使讓奶奶住院，醫院這邊也沒有什麼能做的事。」

「日常生活都沒有問題嗎？」

「活動強度請限制在社區裡散步，此外奶奶的家屬只有您一位，對吧？」

醫生用筆咚咚咚地戳著螢幕上的某一點，臉上帶著溫柔的微笑與我視線相交。我猜想醫生肯定是要向我宣布可怕的事情，不禁挺直了腰桿，指尖逐漸發涼。

「現在是沒有什麼太大的問題。只是，奶奶的健康狀況不會更好，家屬以後只會越來越累。」

「請您不要這樣嚇我……」

「我只是給妳建議，家屬感到疲憊、煩躁都是正常的，所以不用太苛責自己。如果想做什麼就做，也要吃點好吃的東西，這樣照護任務才能堅持下去。」

醫生的嘴角揚起疲倦的笑容。

「奶奶也應該聽聽這些話。請幫我轉告奶奶，她不會帶給世界多大的麻煩，所以請務必安心生活。」

「需要告訴奶奶的話不少呢。」

「妳也是，有空的時候就去跟奶奶講講話，問問她需要什麼東西，想要什麼都幫她準備好。因爲，沒有人知道自己還有多少時間。」

只要有機會的時候，多說、多問、多準備。這時，我腦海中閃過一個疑問，我很猶豫是否該立刻去尋找答案。然而直到離開醫院爲止，我都沒有開口問任何人。在回家的公車上，那句話一直在我的口中打轉，總有一天我必須吐出口。

這家醫院附設殯儀館的費用是多少？

兩個念頭在腦中打架，一方面想著「妳這個烏鴉嘴，別這麼早就把這事掛在嘴邊」，另一方面又覺得提早了解也不是什麼壞事。我把這當成一種練習，嘗試將敏感詞彙放在舌尖上。

「葬禮。」

與此同時，我的表情就像咬到生薑一樣皺了起來。

走上斜坡前，我在便利商店買了幾個冰淇淋。其中一款令我的眼眶逐漸發熱。早知道工讀生多管閒事問我要不要衛生紙時，就接受那份好意了。我臉上開始嘩嘩流下水珠，但那並不是眼淚。

大門和我出門時沒什麼兩樣，依舊大大敞開。我檢查了一下自己的臉，然後關上大門。在太陽漸漸西沉的下午，這棟老房子看上去就像擁抱過太陽一樣暖和。我走進屋裡，故意用撒嬌的語氣說道：

「奶奶，妳看我買什麼了？」

本以為奶奶看見我一進門就開始炫耀的行徑，會衝著我說：「妳是帶金塊回來了嗎？」然而別說一句應答，就連一句髒話都沒有聽到。好奇怪啊，奶奶放在玄關的鞋子都還在啊？該不會打赤腳出門了吧？我重新提起裝著冰淇淋的塑膠袋穿過走廊。

「奶奶，妳在哪裡？我買了冰淇淋。」

廚房的正對面，奶奶的房間裡傳來嘎吱嘎吱的響聲。奶奶應該是看電視看得太認真了吧？不然就是待在浴室裡面奮力上廁所？不過，沒有例外。如果我心中有兩個預設的答案，我的後腦勺就會被第三個莫名其妙的答案重擊。

這次的答案在我的腳底下，我看見自己的襪子上沾滿泥沙。我把裝冰淇淋的塑膠袋丟到客廳沙發上，然後趴到地上。在木製走廊地板上，可以看見用泥沙土畫出的腳印輪廓。如果說，這些是從地獄裡爬上來的東西，小石頭鑽進我腳趾甲縫隙帶來的疼痛未免太過眞實。我走近鞋櫃，拿起最大把的雨傘。

「奶奶？」

奶奶房間空無一人，只有保留奶奶身體輪廓的棉被。我關掉電視後，環顧整個廚房。沒人。

「奶奶……」

朝著走廊深處走，那些鞋印痕跡變得越來越淡。但是到了盡頭後，我看見一個很深的腳印。沾有血跡的腳印旁邊，還躺著一個男人。

「咦……」

我沒有尖叫。是那個人，奶奶的小兒子。總是像火雞一樣潮紅的臉色已變得一片蒼白，鬆垮垮的背脊不管過了多久也不見絲毫起伏。我跪在男人身邊，他的胸膛一動也不動。我渾身顫抖，把耳朵貼在男人胸前。身體還有溫度，心臟卻沒有跳動，我什麼都聽不見。張開的嘴巴跟後腦勺都在流血。我的腦子響起警報，本能告訴我——快叫警察。我只需要後退一步，打電話報警就行了。我回到家之後，發現這男人倒在家裡，好像是爬樓梯時發生了意外。劇本就這樣寫好了，何況也不完全是謊話。

我慢慢起身。我不應該再動屍體。只要往後退，按下通話鍵就行了。然而，當我退後一步，眼前視野變得寬廣時，我卻只能關掉手機。

「奶奶？」

「呃。」

「妳怎麼在那裡！」

「呃……」

奶奶癱坐在樓梯間，手裡的某件物品啪一聲掉落，順著樓梯滾下來。一把水果刀落在男人的頭旁邊。接著，我才後知後覺地發現那傢伙臉頰上有道一字型傷口。

「奶奶……妳做了什麼？現在發生什麼事了，嗯？」

「妳是徐珠嗎？」

「奶奶，妳看得到我嗎？認得出來嗎？」

奶奶站起身，手在半空中揮動。一股不祥的預感湧上，我全力衝上樓梯，並張開雙臂。幾乎在同一時刻，奶奶倒進我的懷裡，身體十分冰涼。就像兩棲動物的表皮一樣，奶奶濕潤又細薄的皮膚黏在我手上。

「奶奶，妳認得我吧？嗯？」

「不知道，不知道，我沒有……」

奶奶的視線追逐著空氣，同時緊緊抓住我的手臂。我吞下喉嚨裡的尖叫，一步一步把奶奶拉下樓梯。經過奶奶兒子的屍體前，我嘗試遮住奶奶的雙眼，但除了自己眼睛正前方的事物以外，奶奶完全不看其他東西。我在她眼前揮了揮手，奶奶做出像是在趕蒼蠅的反應。我用力拖著奶奶，經過那傢伙的屍體。

「在哪裡……」

「奶奶，誰？妳在找誰啊，嗯？」

奶奶緊閉著嘴唇，眼中浮現出她的情緒——恐懼。

「我不問了，奶奶，我不問。妳知道我是誰嗎？」

奶奶露出不知道的神情，搖了搖頭。我將奶奶推進房間裡，幸好她沒有抵抗。最後，我問奶奶：「奶奶，妳還記得發生了什麼事嗎？」

奶奶摀住耳朵。瞬間，奶奶像紅棗一樣皺巴巴的臉上掛滿了淚水。她發出連自己也聽不見的聲音，對著我呼喊自己的宿願。

「這裡是咱們家啊……」

奶奶的聲音越來越小。看著我的表情變化，奶奶焦急地喘息起來……我硬是拉下奶奶的其中一隻手，在她耳邊小聲說道：

「奶奶，妳好好躲在這裡，知道了嗎？」

奶奶聽懂了嗎？只見她點了點頭。我關上房間門，以防她有如孩子般的哭聲傳了出去。屍體還躺在樓梯下，我不斷祈禱這是個夢，卻只是無力地跌坐在屍體前。可惡。

可惡，可惡，這傢伙真的死了。不管怎麼看，都不可能活過來。他的臉色逐漸蒼白。

應該……要報警吧。報警才對吧？按照常理來說的話。但是，我做不到……掉在兒子屍體旁邊的水果刀，確實是這個家裡的物品。紅色的握柄十分眼熟，這把刀總是插在水槽刀架上最前面的一格。我還以爲丟掉了，結果似乎是被奶奶拿來砍人了。

不難想像這裡發生過什麼事情。小兒子追趕奶奶跑上樓梯，奶奶揮舞著水果刀，小兒子爲了閃避刀刃，從樓梯摔了下來。小兒子兩手空空如也，所以這不能算是正當防衛。如果把警察叫來，奶奶肯定會被抓走。不對，他們眞的能把奶奶抓走嗎？我抬起頭，瞧了瞧樓梯。我想起以前房客吵架鬧到警察來家裡時，奶奶暈倒的情景。如果這次奶奶又暈倒的話，可能再也醒不來了。早知道這傢伙把刀子放在我抽屜的那天就去報警了。那樣一來，這傢伙也不會纏著奶奶不放了。要不然就是我被趕出去，情況也就不會變成現在這樣！我祈禱著我們能夠堅持這是正當防衛，並套上棉製手套，翻遍那傢伙身上的口袋。最後我終於在後面的口袋裡找到一把摺疊式多用途刀。光憑這個東西，能夠成爲他威脅我們的證據嗎？你這傢伙，需要錢我可以借給你啊！至少買個厲害的大傢伙來，在我們面前揮一揮！這樣我才能報警啊！

「你這兔崽子……」

我一直很想在鄭孝燮面前說這句話，現在終於實現心願了。該死，最近奶奶的精神總是呈現恍惚狀態。法庭上，法官會考慮到這件事嗎？但問題在於，我已經多次聽到「奶奶沒有認知症」的答覆。譫妄還是什麼的，能成爲量刑參酌依據嗎？我爲什麼要到處跟別人說奶奶很健康，不要擔心呢？……算了，奶奶連法庭都去不了。去不了的。那些穿制服的一走進來，奶奶又要昏死過去了。奶奶，妳的結局不可以變成那樣，妳不是說想跟別人一樣嗎，嗯？

結論只有一個。我，不能報警。我抓起鄭孝燮的腳踝。

這傢伙感覺比我們一起生活的時候瘦削許多，曾經撐得滿滿的藍色夾克，如今垂在突起的骨架上，但要拖著他走仍然不容易。我扭開最近一間房的房門。熊熊燃燒的火焰另一端，比生前臃腫兩倍的罪人們承受著八倍的痛苦，他們在地獄中對著我呻吟。

「救、救救、救救我……」

你們生前犯了罪吧？應該是吧。我收起同情心，在心裡高喊「他們只是在接受應得的懲罰」，然後努力不去同情他們。

「妳、妳、妳算什麼，以爲自己沒做過半點骯髒事嗎？」

一名罪人對著牆壁大喊。那人的眼睛已被燒得潰爛，瞳孔裡什麼也反射不了。妳需要對我們產生的不是「同情」，而是「共鳴」。那罪人似乎這麼說著。吵死了，與其對你們產生什麼共鳴，不如先把這傢伙帶走。

我能想到的最佳藏屍地點就是地獄。作爲負責打掃的人，我非常了解地獄之火，它最棒的一點就是可以把這具屍體燒到只剩骨骸，但隨之而來的火花與毒氣都不會對我們產生影響。然而，我們共用的卻只有空間。明明我們家和地獄相通，至今爲止，惡魔以及無數罪人不就是從這條路來到我們家嗎？拜託了……把這傢伙也帶走吧。反正，他本來就是該下地獄的傢伙。

我站在通往地獄的石階上，踢了那傢伙一腳，那傢伙只滾動了半圈，地獄火花一點都沒有沾到他身上。需要讓他再下去一點嗎？一群被鐵鏈鎖住的罪人在兩側排成一列。我拉著小兒子的腳踝向前走。奇怪，這一路上明明鋪滿了粗糙碎石，但小兒子下巴宛如在平地上滑行，順著我牽拉的力道，輕而易舉地滑了進來。距離地獄還有一段路，但我的腳步卻停在離入口不到五公尺之處。我想要繼續前進，卻被一道看不見的牆擋住了。這個距離是……啊，我懂了，這段距離跟我們租出去的房間寬度相同。

「爲什麼！」

我向前走，感覺撞到了什麼。那面看不見的牆讓我連多走一公分都做不到。一股熟悉的黴味，以及撕開的壁紙後面散發著冰冷的水泥氣味。我敲打著看似空無一物的前方，拳頭上的觸感是熟悉的水泥牆。

眞正的地獄，甚至不允許我們接觸到它。火花吞食罪人的血肉與慘叫，當成燃料延續火焰熱力。在那之中，奶奶小兒子的屍體呈現死白。說什麼地獄不會影響活人，卻讓金社長分不清現實與地獄，還讓我多次體驗冷熱交替，甚至做了惡夢。現在卻又決定裝傻嗎？這傢伙可是罪人欸！是地獄總有一天要帶走的傢伙啊！

我把小兒子的屍體拖出來，打開鍋爐房的門，再打開了小房間、倉庫的門，接著又打開了鞋櫃門。之前無論怎麼敲打都不開的門，從門縫裡湧出血水。令人心生厭惡的液體在離我三步左右的地方乾涸。

無論是空間、怪物，還是火焰，沒有一個願意接受屍體。不知不覺中，我丟下了屍體，不顧一切向前奔跑，投入地獄的懷抱。即使我徒手抓住地面滿布的刮鬍刀片，即使火焰噴灑到我臉上，我也連一絲搔癢都感受不到，更別說疼痛了。即使把身體丟進這個洞裡，臉頰觸碰到的仍是熟悉的塑膠地板。雖然能感覺到一點冷熱溫度，但也僅止於此。能讓我徹底感受到的只有一件事。

「請饒了我吧……」

聲音。只有他們的慘叫能夠碰觸到我。我向罪人伸出手，他看著我的指尖伸向罪有應得的自己。我確實觸碰到罪人了。我手上沾到罪人的血，但是手上的觸感並沒有持續很久。罪人握住扼著自己頸項的鏈子，錯過了我的手。接著，他被吸進我無法抵達的地獄深處。不行。下一個，下一個，下一個。我瘋狂跑向屋子裡面，爬上樓梯，敲開剩下的最後一扇門。

眼前是一道熟悉的光景。那是最接近天空的地方，也是家裡最角落的地方——我的房間。從整個地獄裡帶來的炭灰與血都落在地上……我從來沒有像現在這樣，只想把頭埋進棉被裡。以後也不會這樣。

我壓抑著什麼都不想管的心情重回一樓。屍體躺在走廊等著我。這傢伙怎麼獨自白得發光呢。

我一坐到椅子上，現實的熱氣就衝上來了。我喝光滿滿一整杯水，盡力讓頭腦冷靜下來。看著那張慘白的臉，一股難以言喻的情緒隨之而來。厭惡、憤怒，還有一點惋惜。他頂著那張紅腫的臉來撒野的日子不會再有了吧。可惡，沒時間同情他了。得快點處理掉才行……放在原本當作煤炭倉庫來用的地下室？不，那裡很容易有人進進出出。以前因修繕屋頂而封閉的閣樓？不，那裡過於狹窄，屍體這個樣子根本進不去……如果「這個樣子」進不去的話，「其他樣子」應該進得去了吧。我竭盡全力打斷自己的想像。情況再糟，也不該走到那一步。我使勁搖了搖頭，忽然一道人影映入我的視線，我摀住差點尖叫出聲的嘴巴。

「咿……！」

「嗯？怎麼了？您為什麼這樣呢？」

「啊，你真的嚇死我了！」

現身在廚房裡的是熟悉的罪人。他抱在懷裡的銅碗，今天也盛滿了腐爛的食物。這次是生雞肉。罪人的目光反覆游移在走廊上的屍體與我的臉龐。

「這是怎麼啦。哎呦，您親自下的手嗎？」

「不是，這是一場意外！」

「我懂您的心情。只要做過中間人，就會知道和我一樣夾在中間的人，做事偶爾必須違背良心。有我這樣的人，市場才能運轉啊。」

罪人話音剛落，銅碗裡的生雞肉就開始增加。罪人停止說話，把生肉塞進嘴裡。吃得真是津津有味。我出神地望著他的嘴。罪人感覺到我的視線，突然退後了一步。

「您可千萬別叫我吃那個。」

「我沒有這麼想過！何況你不是也不能吃人間的食物嗎！」

「以防萬一，我還是跟您說一句，您千萬別跟惡魔說這個主意。」

「我、我才不會跟他說。」

「為什麼？您跟惡魔不是關係很好嗎？總之，您目前還解決不了那個東西，對吧？嗯……那個，我聽其他罪人說過，很多人都是利用水泥。在血凝固之前先放掉，然後切塊……

「不要再說了！」

「真是的，幫妳想辦法還罵我。」

罪人懷裡捧著銅碗，跑到走廊的另一端。他最常用的鍋爐房門打開又關上，拖出一條長長的火花痕跡。再次席捲而來的寂靜掐住了我的喉嚨。不管要怎麼做，都必須盡快決定。如果連地獄都不接受這傢伙，那就必須在這棟房子裡找個地方處理掉它。

眼前有什麼可以選擇呢？可惡。鍋爐房的門、奶奶睡覺的臥室、半地下室的煤炭倉庫、我的房間，還有其他零零散散的家具。我想起自己窩在衣櫃裡的棉被之間睡覺的往事，然後用力搖了搖頭，那都是小時候的事了，這裡沒有一件家具能容納成人。家具。我忽然想起一件事——抽屜裡的水果刀。奶奶常說西瓜算是水果，老是用那把水果刀啪擦啪擦地切西瓜。我的腦海中再次浮現罪人說過的話——要處理屍體嗎？先把血放掉，然後……我搖了搖頭。我做不到。我做不到那種程度。但是，如果不快點處理的話……就算沒什麼人會拜訪我家……

這時，從巷子裡傳來的人聲打斷了我的思緒。

「這個是不是壞了？按下去只會喀噠喀噠響。」

「但是，只有那個門鈴啊！你再按按看，裡面也許聽得到。」

故障的門鈴……難道是在說我們家？儘管我認爲不是來找我們的，還是稍微打開客廳的窗戶查看，窗外中年男女的聲音變得更加清晰。

「不知道，我不要再按這東西了。這裡有點奇怪，是人住的地方嗎？」

「你仔細看院子，像是有人管理的樣子啊。」

「明明就很破爛……妳在說哪裡啊？」

「你看，都沒有落葉啊。要是沒人打掃庭院的話，一個季節過去，很快就會被落葉淹沒。所以，這肯定是有人在打掃的房子。」

還眞是謝謝你的誇獎。但是，你們到底是誰啊？從那慢條斯理的語氣來看，絕對不會是警察。既然現在沒有招租，就不可能是看出租廣告來的。說話的人語氣十分和氣，也不像是死去的小兒子的朋友。正在交談的兩人逐漸壓低聲音，其中的男子似乎往後退了一步。我內心吶喊著，拜託，拜託，你們離開吧！

但是，我的心願並沒有實現。另一名女子開始敲響大門。鐵板撞擊的響聲與嘎吱嘎吱的噪音大作，我摀住耳朵。爲了不被噪音覆蓋，女人放開嗓門大喊：

「不好意思，有人在嗎！請幫我開門！」

「老婆，能不能一次只做一件事？這樣太吵了……」

「有人在嗎？我們是來看我們家的孩子！請問房東到底在不在啊？」

房東？然而，那女人很快就將目標轉移到下一個對象。

「鎮瑞、鎮瑞！鎮瑞在嗎？聽得見媽媽的聲音嗎？」

「老婆，別說了！社區裡的人都被妳叫出來了！」

「奇怪了。老公，我想要翻牆看看，嗯？你來幫我撐著。」

「被房東發現該怎麼辦啊？」

「鎮瑞不是住在這裡嗎？到時候說是來看鎮瑞就行啦！啊，怎麼辦，眞是的。」

鎮瑞？鎮瑞是誰？但用不了多久，我就猜出這兩人是誰。迄今爲止，爲了找到地獄，把那傢伙塞進去，我在走廊上不停奔跑，敲打屋裡的房門：地獄門、倉庫門、我房間的門。這當中，我是不是連絕對不走出房間的最後一位房客的門都敲了呢？

我想起了幾個星期前的事。那天小兒子闖進這棟房子，把水果刀放在我房間，爲此我敲響最後一位房客的房門，並且爲了安撫那位房客，還和他進行了一場筆談。

我記起我曾寫下：

如果又有人來敲門，請直接發簡訊報警

12

地獄聽見無力者的聲音

「老婆，妳跨得過去嗎？手抓穩了吧？牆上有沒有釘子或玻璃之類的東西？要是破傷風就糟了。」

「我都說沒關係了。我在賜牌山都能來去自如，這種程度的牆還爬不了嗎？」

女人的雙手搭在牆上，兩人正要喊出「一、二」的瞬間，我踢開家門跑到庭院。

「請問兩位是誰？」

「天啊！原來有人啊！」

女人的雙手從圍牆上移開。我希望可以嚇跑他們，但這似乎是我想得太美。女人手臂交環在胸前，站在大門前高喊：

「我在外面喊那麼久，妳怎麼都不回答？別人家我是不知道啦，妳可是出租房子的房東，不是嗎？」

「我也有自己的事情……」

「門鈴都壞掉了，敲門也不應，這房子也不像有人住，整個空無一人！」

「……十分抱歉。因爲我正在用吸塵器，所以沒聽見聲音。對不起。」

「我、我、我還以爲裡面發生什麼事。」

我才軟化態度，女人也立刻放開大門。聲音哽咽，語氣充滿了不安。男人摟住女人的肩膀說道：

「很抱歉用這種方式來打擾。我們是鎭瑞的父母，我們的孩子就住在這裡。」

「原來如此，請問有什麼事嗎？」

男人好像準備要說什麼重大事件似的壓低了聲量。

「是我們家的孩子叫我們來的。」

「……原來如此。」

「我知道別人看了會覺得可笑！不過您也知道吧？鎭瑞，這孩子不願意走出房間。他已經好幾年都沒有喊過一次爸爸媽媽。但是就在今天，那孩子叫我們立刻過來。我們能不快點來嗎？發生什麼事了？妳沒聽到什麼聲音嗎？」

「我、我跟奶奶吵了一點架。我是負責管理房子的孫女。」

「我們可以進去看看嗎？可以吧？」

「可以的，請進。這棟房子有點老舊了。」

「看也知道！」

我幫他們打開大門，夫妻倆在我身後，大步大步跟了上來。夫妻希望盡快進屋子裡去，但是又不能超越我，因此露出著急的模樣。身後傳來了夫妻踩到對方的腳，甚至差點摔倒的聲響。

「這院子沒怎麼整理，兩位沒事吧？」

「沒事，這棟房子很寬敞呢，真好。」

「以前確實很好。」

我打開玄關門，便聞到一股味道。我一直待在房子裡，因此鼻子早已被麻痹，感覺不到什麼異常。但是，這對夫婦脫鞋進門後，皺起了鼻子。

「不覺得有什麼腥味嗎？沒有嗎？」

「是嗎？我不太清楚，就是老房子的味道啊。在哪裡……哎呀，廚房有什麼東西嗎？好像是燒焦的味道？」

「這棟房子的屋齡太老了，這是從以前就留下的味道。兩位請進。」

匆忙清掉血跡與泥土的走廊上，似乎還飄散著血腥味。燒焦味應該是從地獄裡飄過來的吧。

夫妻倆走向階梯。這段時間，我在後面盯著走廊的門。拜託，這次別有哪個罪人突然蹦出來，拜託。

沒傳出任何慘叫聲。相反地，走道隨著他們重重的步伐，響起嘎吱嘎吱的聲音。走到盡頭時，他們突然停下腳步，他們眼前正是廚房。可惡，停在那裡幹什麼呀！

「我也聞到剛才說的腥味了，就是從這裡出來的呢。」

「是的，因為我們的通風扇有點故障了！氣味很難消散啦。」

這對夫妻表面看似接受我的說法，但始終沒有挪動腳步，而是仔細觀察廚房內部的景象。那不是調查案發現場的目光，而是確認子女住處的家長姿態。處處可見的雜亂生活痕跡，讓我脹紅了臉。雖然我已經努力清掃過，但長年累積的髒汙與乾淨仍然搆不著邊。

男人開口了。

「我們家的孩子也是在這裡吃飯嗎？」

「不，鎮瑞單獨用餐。他都訂外食，從窗戶拿進去。」

夫妻同時嘆了一口氣，也不知是安心還是失望。

「那就這樣吧。」

「這樣下去，就算是年輕人也會倒下啊……該怎麼辦？」

「今天我們不就來了嘛！請房東把門打開，我們把人拉出來吧。」

「老公，噓！會被他聽見的。」

於是，兩人同時降低了音量。看這對夫妻一身舒適休閒的裝扮，壓低上半身前進的模樣，活像是要來抓小孩的。他們爬上樓梯時，我小心翼翼地盯著廚房，生怕還留下什麼痕跡。表面上來看，是沒什麼問題。除非有人噴灑檢驗兇案現場血跡的那種魯米諾溶液，否則應該不會有問題。

最後一位房客似乎連房號都告訴了自己的父母。他們走到正確的房門前，喊出自己小孩的名字。

「鎮瑞。」

「鎮瑞……？」

沒有回答，只聽見震耳欲聾的音樂聲。男人正要敲門，我匆忙跑上前制止。接著，我讓他們寫下紙條，從下方門縫塞進去。兩人用顫抖的手握著筆，一面滴著眼淚，一面猶豫著該寫些什麼。最後，我拿走那支筆。需要送進房間裡的，只有一句話。

你爸媽來了

便條紙一塞進去，音樂聲立刻停止，裡面傳來了吸氣的聲音。房間裡傳來一陣啪搭啪搭的聲音，那是赤腳走在地板上會發出的聲響。緊閉多年的門並沒有那麼容易打開。在微微晃動的門內，傳出搔刮木頭的聲音，走廊上的夫婦同時抓住房門把手，從門外往裡頭用力推擠。

已經過了幾年呢？房門打開之後，眼前是連我也想不起他長相的房客。對方的臉龐第一次出現在走廊的光線下，臉上的淚水與頭髮糊成一片。房客沒有馬上說話，每當他張開雙唇，頭髮就會被捲進去。女人原本想把房客的頭髮往後撥，最終只是緊緊抱著自己的孩子。

「鎭瑞，發生什麼事，嗯？」

「鎭瑞……」

在女人之後，男人也加入擁抱的隊伍。鎭瑞沒有堅持多久，「砰」地一聲，三人的膝蓋同時跪地，使地板爲之震動。這就像是一個信號，打從我出生以來頭一次聽到如此響亮的哭聲，回聲塡滿了整條走廊。

「媽、媽，媽媽，媽媽，爸爸……」

「嗯，鎭瑞，乖。媽媽就在這裡。你找我們嗎？」

「對。你們來了。你們眞的來了……」

「鎭瑞在找爸爸媽媽，我們當然會來！不管在哪裡都會來，不管你在哪裡！」

「我好害怕，太害怕了……」

「做得好，鎭瑞做得好。至少你把門打開了呀。」

女人用自己的衣袖擦拭房客的臉，顯露出來的是一張比想像中還要年輕許多的臉。

「是啊，怕什麼哪？」

「門外傳來很大的聲音，有人一直在敲門……」

房客停下話語，雙眼與我的視線相交。我頗爲尷尬地打了招呼。

「你好，初次見面。」

「妳、妳好。請問剛才到底發生了什麼事情啊……？」

「不是什麼嚴重的事啦。我跟我奶奶吵了一架。」

「眞的嗎？」

「眞的。」

我用力地點了點頭。房客的眼神依舊充滿懷疑，但沒有進一步追問。夫妻坐在房客的房間裡聊天時，我坐在同一層的樓梯間聆聽四周的聲音。聽不見警笛聲，看來房客沒有呼叫警察。謝謝，我眞的感激不盡。

他們很快就結束對話，然後把房客扶了起來。正要進行最後道別時，男子突然拉著房客的手進入房間。女人朝我說道：

「房東奶奶人在哪裡？」

「什麼？那個……爲什麼要找奶奶呢？她現在有點不舒服……」

「我想要退租。這裡的房租是多少？是月租嗎？錢的部分我會付清的。」

「這麼……這麼突然嗎？」

「在改變心意之前，能做的事情都要做一做。」

女人說到最後，聲音已經變得哽咽。

「我也曾跟他說，長大了不管做什麼都是自己的選擇，但我還是……做不到。能照顧的時候，當然還是得照顧呀。」

「這就是天下父母心」的話音在女人的嘴裡漸漸咬碎。但是，我沒有感動的閒情逸致。

「這種房子怎麼住啊？我還以爲是廢墟呢。」

「因爲……屋齡滿久的。」

「我沒有在跟妳開玩笑。就算是爲了居住安全也好，趕緊叫人來修一修吧。妳的支氣管還好嗎？這個季節的黴菌也不是鬧著玩的。如果家裡有小孩子的話……」

「好的。只是，現在家裡情況有點困難。」

「如果是這樣的話，那就沒辦法了。」

對話終止，女人從座位上站了起來。仔細一看，感覺她是想盡可能減少接觸這棟房子的身體面積。本來應該是件令人心情不好的事，但我卻沒有特別的感覺。這棟房子確實走到盡頭了，只是有人第一次直接說出口罷了。何況，連房東跟管理者都變成這樣了。

男人提著兩個鼓鼓的行李箱走出房間，女人接過跟在後面的房客小心翼翼捧著的筆記型電腦。

「重要的東西都帶了，剩下的東西我們會慢慢搬走。如果有需要的話，我可以支付報廢費用。」

「啊，那以後我將報廢費用的帳單寄給您吧。」

快走吧，拜託！

男人不時觀察天花板，似乎很好奇老舊成這樣的東西是怎麼屹立不搖地支撐在那裡。女人輕輕拍打男人的側腰催促他，並與我交換聯絡方式。房客久久盯著我不放，乾燥龜裂的嘴唇卻始終吐不出任何一個字。真要覺得困難的話，不說話也沒關係的。

我搖了搖頭，向他們一家人道別。

「謝謝你沒有報警。」

「……啊，是的。」房客低下頭，頭髮再次覆蓋住臉龐。

他們都離開了。已經很久沒有三四個人同時踩在走廊上。不知怎麼回事，走廊似乎連我一個人的重量都難以承受，一直嘎吱作響。所有的房間都空下來了。最後一名房客的房間……我剛才偷看了一下，裡面十分雜亂無章，簡直就像把家裡的骯髒濃縮在一個空間裡，讓人不禁懷疑，裡面是不是全是垃圾。

這時，腦海中好像有人對我竊竊私語，說著荒唐的主意。「用那個房間藏屍體，應該不會有人找得到吧？」的確很合適。我強顏歡笑，忽視這個荒謬的想法，把房間的鑰匙丟在冰箱上。

最後一位房客與他的家人一起離開了。現在，該是面對管理這棟房子以來，最糟糕的打掃時刻。他們說過廚房有腥味，對吧？那並不是錯覺。我打開專門放辛奇的冷藏庫，被蓋子壓住的手臂彈了出來。我小心翼翼地展開這傢伙的手臂與腿，那傢伙的腳踝晃蕩著。我做了傻事，剛才顧著清理了地上的血，以致沒有時間藏屍體。我選擇的容器，是沒在使用的辛奇冷藏庫。我把屍體塞進去，腳卻一直蹦出來。現在才想到，要是骨盆及膝蓋擺放的角度稍微改變一下，就能把他放進去了。

但是已經遲了。剛才我只想著要關門，好幾次硬撞辛奇冷藏庫的蓋子，結果就是讓奶奶小兒子的腳踝變成那副模樣。簡直要瘋了。撞辛奇冷藏庫的疼痛現在才開始發作。我倚靠在辛奇冷藏庫，抬頭看著上面。天花板上的每一個黴菌斑痕看起來都像一張臉。

如果連這個空間都是地獄，那些臉就會從那裡爬下來，搶走全部的椅子不讓我坐下，並虎視眈眈瞪著我說——結果，妳也變成這樣了。

已經無法回頭了，小兒子的腳就在旁邊晃來晃去。早知道就讓奶奶振作起來做決定了。奶奶，孝燮死了。現在該怎麼辦？妳要逃跑還是自首？但是，無論重新回到那個時間點兩次還是三次，我也無法叫奶奶打起精神。除了送那個癱坐在樓梯間戰戰兢兢的瘦小身軀回到房裡，並讓她好好休息之外，我沒有其他選擇，就像奶奶以前對我做的那樣。

「啊，眞是的……」

我低頭看著棉質手套。好厲害啊，徐珠，找那一副新手套，拖著屍體移動，甚至還破壞屍體，不折不扣是個罪犯啊。如果我在小兒子屍體被發現的時候，立刻打電話報警，奶奶也不會被判太重的刑罰吧？畢竟那傢伙是自己摔死，不是被奶奶用刀刺死。況且，對方活得跟垃圾一樣，每次來就只是爲了討錢。然而，我不但沒有打電話報警，甚至還爲了藏屍體而掙扎不已，我今後大概要跟小兒子在地獄裡重逢了。我到底做了什麼？成了什麼樣的人了？

「我現在這個樣子，你有什麼想法？」

我對著忽然之間覆蓋我臉的影子的主人如是說。即使不抬頭，我也知道這個人是誰。汙漬斑駁的工作服與碩大的手掌，渾身上下散發著烤焦橘子的氣味，令人感到飢餓。在這種情況下，肚子還是自顧自的激動咕嚕咕嚕亂叫。我環抱著肚子，又問了一遍。

「你沒有什麼想法嗎？」我又問一次。

這是在對我視而不見嗎？是的話我也沒辦法。畢竟之前裝得道貌岸然，逼退他的人是我。然而，惡魔卻馬上開口說話，讓我等待已久的聲音十分甜美。

「喂，妳在問我嗎？」

「對，別人……這裡還有別人嗎？」

「那麼，我再問您一個問題。可以看看您的臉嗎？」

到底應該怎麼回答？我還有回答的權利嗎？我點了點頭，並做好心理準備。惡魔不可能單純只想要看我的臉。

他在我身邊坐下，雙腿盤起。橘子香氣乘風而來。我沒有轉頭看向他的勇氣，而他僅是把自己的頭「咚」地一聲輕輕撞我的頭。

「好久不見。」

「……開心了嗎？也是，我現在真的墮落了。」

「嗯？憑這一點程度，就想談論墮落？我不是律師也不是法官，無法隨意下定論，但依照一般的地獄審判案例，這還不至於到墮落的地步。」

「你是不是很開心啊？」
「您不開心嗎？」
「哈、啊哈哈哈。」
我的笑聲裡毫無靈魂。我的家人弄出一具屍體，而我損毀了那具屍體，這能讓人開心得起來嗎？也許惡魔覺得很開心，但我不是啊！
出乎意料的是，惡魔的回答異常認眞。
「如此一來，以後回家的時候就不用害怕了，也不必擔心奶奶什麼時候會突然暈倒。」
「……嗯，那還眞了不起。麻煩的源頭終於被消除了。這下子奶奶要住到安置機構裡，我也要進監獄了。啊，眞是開心咧。」
「這話不是眞心的吧？」
「這種情況要怎麼開心啊？你眞的不是來嘲笑我的嗎？還是打算以惡魔的基準來稱讚我做得很好？」
「什麼話，若是以惡魔的標準來看，您遠遠沒有達標。」
惡魔從原地上起身，像是在思考一般，他掩住自己的嘴巴。原以爲他會一邊嘲笑我，一邊離開這裡，他卻打開了冰箱的門。不是那個我拿來裝屍體的辛奇冷藏庫，而是普通的冰箱。

「您想要吃點什麼嗎？」

「什、什麼？」

「如果您不快點回答，我可要浪費這個家的電費了。將將！」

惡魔笑容洋溢，猛然打開冰箱門。我反射性地站起來，抓住冰箱的門，惡魔這時才與我四目對視。他的雙眼瞇得像月牙一樣細，對我露出狐狸般的笑容。

「啊，你到底是來幹麼的啦！」

「您不是肚子很餓嗎？」

惡魔若無其事地接下我手中的冰箱門。

「多穀茶應該喝膩了吧？我想做點清爽的東西，但是這個家裡沒有水果。這次，我也會幫您泡摩卡咖啡。」

他沒有等待我的回答，直接開始動作，從冰箱裡取出牛奶，再從碗櫃裡拿出咖啡粉與可可粉。餐桌上自然而然地放著一對杯子。看到這裡，我發覺對惡魔發火的自己相當可笑。無論如何，我都已經無望了，最後吃點好吃的東西，也不是什麼壞事吧。

「對不起。」

「……什麼？您，您現在是在跟我說話嗎？」

惡魔停止打奶泡，轉過身來。我歪歪斜斜地趴在餐桌上答道：

「嗯，你當時有看到蛋糕盒吧？那是我買來要讓三個人一起吃的。對不起，無緣無故讓你期待，又讓你失望了。」

「沒想到您會爲那件事道歉。這不是說您對我做了別的錯事，但爲什麼偏偏是這件事呢？」

「因爲吃而感受到孤獨，是最令人悲傷的事。」

我仍記得當時放在餐桌上的三個杯子、三個盤子與三支叉子。惡魔從看到蛋糕盒的那一刻開始就非常期待吧。蛋糕不就是那樣嘛。聚在一起的時候，可以邊吃邊愉快對話的東西。只不過我那天要說的是，我被炒魷魚了，所以之後會每天開心陪奶奶去醫院，但即便是這種話題，惡魔也會樂意聆聽吧。

「我要向你道歉的只有那件事而已。」

與此同時，惡魔製作摩卡咖啡的動作停了，撞擊杯子的湯匙聲也止住了。我等待著接下來的動靜，卻沒有半點聲響打破這陣沉默。我抬起頭，懷疑起自己的眼睛。惡魔用他的大手遮住我的臉，從指縫之間偷看到的臉龐通紅一片。

「……我不行了。妳果然，太甜了。」

「什、什麼？」

「我說，我沒辦法放棄。」

惡魔將雙手從我臉上移開，接著放在我手上。很溫暖。他臉上的紅暈似乎也傳染給了我。

「沒辦法放棄什麼……？」

「關於處理屍體的方法，我會去徵求一些建議。」

「什麼？」

「您打算報警，對吧？不能這麼做，您明明知道會發生什麼事。好不容易奶奶才平靜下來，在臥室裡安睡，這麼做她會在沒有家屬的情況下被送進急診室。」

惡魔伸手打開一旁通往地獄的門，高聲吶喊：

「生前曾經成功『處理』過屍體的罪人們，請到這裡集合！」

13

紅色的一口

籠罩我許久的憂鬱、不安、絕望，在一瞬間消失殆盡。這句話並不是好的意思，一切太過荒唐，毫無道理。從地獄裡爬上來的罪人群頭挨著頭俯視著屍體。他們明明才剛經歷惡魔的拷問，卻出乎意料地配合。不知是不是因爲自己的經驗難得派上用場，這幾個罪人甚至看起來相當興奮。在一旁的我一句話都說不出口，蹲坐在廚房角落，連大氣也不敢喘一下。要是我現在死了，快別說上天堂了，就連轉世爲人都很困難啊！

「這裡是獨棟住宅的話，有庭院吧？」

「現在都用水泥蓋住了。」

惡魔代替我回答了罪人的問題。

「這裡有水泥粉嗎？」

「沒有。」

「這個人，血都沒有放出來嗎？得在血還沒凝固的時候放出來才行。」

「請別說出那麼恐怖的話。」

罪人對惡魔露出「你在跟我開玩笑嗎」的表情。就像剛從泥濘中爬出來一樣，罪人的髮根黏著土塊，散發出濃烈刺鼻的氣味。罪人負責提方案，惡魔則詳細地說明這棟房子的狀況，協助調整或中斷提案。如果有他不清楚的事，便會轉頭詢問我。多數的情況下，我都搖頭拒絕。起初我聽到他們提及令我想摀住耳朵的話題，後來他們開始討論起不知會用在哪裡的不明物品。我沒有進一步詢問使用方法。我完全不想知道。大部分的提案都被駁回，一名罪人抱怨道：

「這棟房子裡面有什麼可用的？這個沒有，那個不行，剩下的又很為難。」

「畢竟我們不像你們一樣是專家。」

「也是，你是一隻惡魔，不用想著怎麼藏屍體。」

「是吧？你們也不可能變成屍體。」

惡魔嘴角微微勾起，剛才滿口抱怨的罪人不禁後退幾步，抓住自己身上的鐵鏈，爬進地獄深處。至於其他罪人嘛，原本就很差的臉色變得更加慘白。隨後幾個罪人再次靠著彼此的頭，討論起令人髮指的內容。我的理智再度回歸，我實在不想做到那種程度。

「喂，我現在……」

「是小妹妹殺的嗎？」

「啊，不是的！」

「是意外吧？」

小兒子的頭顱向側邊倒去，外型瘦削的罪人用腳尖點了一下他的脖子。

「……是的。」

「我生前見過這傢伙。他僞裝成人力公司的員工，跟朋友一起到處行騙，我還以爲這傢伙早就挨刀了，沒想到他居然還活著。」

罪人吐了一口帶血的唾液在小兒子身上，然後站了起身。接下來說的話，直接重擊了我的心。

「妳確定家裡只有這個傢伙的屍體嗎？」

「什麼？」

「怎麼了，罪人之中不是有個吃餿水的傢伙嘛！根據那傢伙的說法，這人像被人追殺一樣尋找奶奶。」

被人追殺嗎？惡魔馬上想起那個吃餿水的罪人是誰。很快地，罪人中唯一在這棟房子裡可以自由走動也不會受到制裁的男人，拿著他的銅碗站在我們面前。他一邊咀嚼著泡開的海帶一邊說道：

「你們是說把夾克穿得像緊身彈力內衣的傢伙嗎？是的。他一走進門，就要求房東老人家把他藏起來。那傢伙自己欠下很多債務，所以被討債的人追殺，要求他賣掉房子來償債。」

他被債主追討債務，並不令人驚訝。但是，他只要求奶奶將他藏起來？而不是要奶奶把房子賣掉嗎？不過，廚餘男的話還沒有結束。

「他說：『不能就這樣讓「我家」被搶走，所以我對債主撒謊，稱這棟房子的主人已經換人了。』他還糾纏著老人家說：『媽，妳就好好配合我的說詞。』我只聽到這裡。」

「房東換人嗎？根本是毫無根據的謊言……是要去哪裡生出一個假房東？」

「有沒有新房東並不重要。這個謊言的目的不是很明顯嗎？」

幾個罪人一臉已然理解的神情，只有我還搞不清楚狀況。目的有這麼明顯嗎？接著，一名罪人過來拍了拍我的肩膀。

「快跑吧。」

「什麼……？」

「這期間妳沒有感覺到什麼奇怪的事情嗎？如果我是妳的話，即使沒有不好的預感，也會立刻逃跑！誰還管這傢伙跟他老媽……」

罪人的話音戛然而止，惡魔扯住了掛在他脖子上的鐵鏈。短暫的沉默之下，我明白了「奇怪的事情」是指什麼。

最後一次到打工的店裡找我的人，有好幾個。經理不是說了「那些傢伙」嗎？鄭孝燮不是一個人，又或者……追殺鄭孝燮的不只一個人。

意識到這件事的瞬間，不知從哪裡傳來了「砰」的聲響。包括我與罪人在內，所有人都轉頭望去。短暫的寂靜被鐵鏈哐啷作響的聲音打破。惡魔向那群罪人招手，叫他們快點回去。做出手勢的同時，地獄裡的某種東西將鐵鏈吸了進去。現在，廚房裡只剩下我、屍體以及惡魔。我認得剛才那個聲音，我曾經聽過。最近幾天，每當大門上鎖，我試圖翻牆時就會出現這個聲音。又出現了一次，至少有兩個人進到庭院。問題是，前門我鎖起來了嗎？我正想跑到前門確認，卻被惡魔拉住了腳踝。就在我的鼻子差點要狠狠撞擊走廊地面之前，惡魔抱著我往一邊滾去。

「噓，冷靜點。那些傢伙的速度更快。」

「就算是這樣，現在，玄關，快！」

「他們無法立刻闖進來。門口的安全門閂已經鎖上了。」

果然，對方的手腳比我們更快。兩人的腳步聲在門口停了下來。

「鎖起來了？」

「你能打開嗎？」

「不是說這房子正在出租中嗎？打開就給我一千韓元。」

其中一個傢伙拽了拽門，手中並沒有感受到阻力，那人不禁得意地爆笑出聲，然而這也是暫時的，安全門閂喀噠喀噠的聲音十分輕脆。

「啊，該死。」

「閉嘴，裡面的人會聽到！」

「聽到又怎麼樣？我不是說過這家的人不敢叫警察嘛！」

「怎麼可能？就算不敢叫警察，也會叫其他人吧？」

「快開門吧你。」

惡魔在我耳邊悄悄問道：

「您認識嗎？」

「沒有，我也不認識。」

不過，他們怎麼知道警察的事情？小兒子說溜嘴的，還是從別人那裡聽來的呢……

正當我想說出這件事時，那些傢伙又開始拉扯大門。我聽見奇怪的摩擦聲。後來我才發現，那是解開安全門閂的聲音。門打開了，馬上傳來地板上沙土摩擦的聲響。幸好幸好，這樣就不會誤會成是想要來租房子的友善客人了。那些傢伙穿過玄關，拐進第一個轉角之前，惡魔將我抱在懷中跳上樓梯。幾乎是在同一時間，那些人的聲音已經越過走廊，在台階上都能聽見。

「孝燮啊孝燮，你在哪裡呀？躲好了嗎？」

「該不會又離家出走了吧？老媽媽啊！我跟妳說啊，那時候爲什麼不給妳兒子錢，潑他冷水啊！這樣當然要離家出走啦！」

「他肯定躲在媽媽的裙子底下瑟瑟發抖啦！」

那傢伙現在躲的是辛奇冷藏庫，要是還能瑟瑟發抖就好了。那兩人走到走廊深處，說話的聲音變小了。

「他們眞的不會報警嗎？如果家裡埋了一具屍體，那就另當別論。但眞的把刀架在他們脖子上，他們也不會報警嗎？」

「我去找了以前的租客，好像是叫做金社長來著，她向我保證這家人絕對不敢叫警察。聽說只要聽到警笛聲，就會讓他們嚇得喘不過氣。」

「房東是孝燮的娘對吧？」

「哦，聽說這裡還有個叫徐珠的女孩，是撿來的。」

「那小子也眞沒良心，還瞎說那孤兒是房子新主人的管家，簡直就是拿她當誘餌。」

「就是因爲沒良心，所以才借錢不還啊。你聽見了嗎，鄭孝燮先生！那個小丫頭不是管家，只是一間小店的打工仔，我們已經打聽過了！錢應該由眞正的房子主人來還才對嘛！」

直到這時，我才理解罪人們稍早所提到的小兒子說謊「目的」。鄭孝燮，你這個王八蛋，原來是想把我拉出去當成拖延時間的代罪羔羊。然而，這份新升起的憤怒卻無處發洩。把我推向恐怖深淵的元兇此刻正在跟辛奇一起發酵熟成，那些男人也絕對不會站在我這一邊。他們每走一步，我都能聽到金屬刮過牆面的聲音。那些傢伙正漸漸深入屋子內部。我們往上走了一階，那些傢伙突然「咚」地一聲猛踢客廳的牆壁。聲音在整棟屋子裡迴盪，灰塵簌簌飄落，其中還夾雜著餓死的蜘蛛與電燈上的蒼蠅屍體。

惡魔捂住我的嘴巴，作爲讓我保持安靜的代價，他差點被我咬斷手指。反觀對方，他們正痛快地大吼大叫。

「啊，去你的……哈啾！」

「哇，這種地方還算是家嗎？這麼多蟲子，根本待不下去吧！」

「這裡應該沒有房客吧……喂！你剛才有沒有聽見奇怪的聲音？」

那些傢伙將聲音壓到最低。衝擊牆壁的連鎖效應尚未結束，一堆無機體往下掉落，彼此碰撞。來不及逃跑的蟲子在灰塵之間穿梭飛舞。此時，他們聽見了十分陌生的聲音。來自相當遙遠的地方，是皮膚被火焰燒烤的聲音，是身體被刺穿的聲音，是舌頭凍僵裂開時能發出的最後一聲尖叫。那些傢伙盡力用自己的方式理解那些聲音。

「有人打開電視了？」

「老人家不是經常這樣嗎?還是快點找到孝變吧。你的車就停在附近對吧?」

「要先下斜坡才行，車子根本進不了這裡的小巷子。」

「這樣是要怎麼把人拖出去?難道要用棉被把那大塊頭裹起來滾下去?」

「不然你自己去把車開進來試試啊!」

人聲暫時消失。他們打開離玄關最近的那扇門，也就是惡魔與我第一次見面的那天，他拿著鐵籤站在罪人面前的地方。在令人聯想到鳥巢的燈具之下，坐著一名渾身浴血的罪人。但是，那些人能看見的東西似乎跟我看到的不同。

「沒人。」

「哇，你看看這房間的模樣，我真的差點要嚇到尿出來。爲什麼這裡只有椅子?是爲了換燈泡嗎?你看，就只用電線吊著。」

「你別去碰，那樣子跟個絞刑台一樣，觸人霉頭。」

我聽到椅子倒地的聲音，那兩個男人一邊發著牢騷，一邊走出房間。接下來，他們踹開目光所及的每一扇門。原本讓地獄使用的房間，在他們眼中好像都變成了散發霉味的空房。他們每進入一個房間，就將裡面的椅子全踹倒，然而不知是不是厭倦了同樣的景象，還是感覺到這棟屋子有點詭異，在其中一人提出「椅子上是不是有血?」這個疑問之後，兩人都安靜了下來。

我和惡魔走上二樓。惡魔指著二樓地獄租用的房間，嘴裡不知道在唸著什麼。我把頭伸出樓梯欄杆，看見那兩個傢伙站在廚房前面，手裡拿著尖刀及榔頭，手臂上還纏著一捆繩索。鄭孝燮啊，你生前到底都跟什麼樣的傢伙來往啊？他們好像厭倦了用腳踢開房門，在廚房前停下來喘口氣。其中一個人想要走向冰箱，結果被另一個人攔下。

「不要動廚房，等一下喝放在車裡的水吧。」

「了解。」

然而安心只是暫時的，那些傢伙站到臥室門前，而奶奶就在那裡。

「裡面可以聽見電視的聲音……是宗教節目啊。耳朵不好嗎？聲音開得好大。」

「開門？還是不開？」

其中一個人把腳抬了起來，另一人似乎暫時陷入苦惱中。因此我不再猶豫，動身穿過走廊，用身體撞擊二樓的某一扇房門。木門打開了。不對，是之前鬆脫壞掉的鉸鏈一直沒有修理好，因此好不容易卡進門框的木門嘎吱一聲歪掉了。房裡的地獄罪人趕忙撿起自己的肉塊，躲進地獄深處。地獄的火焰同時憑空消失，只剩陰涼的霉味占據整間空房。一把椅子孤零零地放在日光燈下。另一邊，不速之客也開始動作。

「去你的，搞什麼？聲音是上面傳來的吧？」

那些傢伙踩著搖搖欲墜的樓梯，一步一步爬上來。現在該怎麼辦？躲到空房裡嗎？二樓，最後一位房客的房間依然跟垃圾場一樣……可惡，那間房的鑰匙放在冰箱上。是不是太遲了？我拿起手機，顫抖的手指準備按下一一〇的按鈕，可惡，可惡，不是一一七，不是一一八，不是啊……最後還按成了一一九，就在我一邊咒罵，一邊刪改數字時，惡魔從轉角處伸出頭，朝我做了一個手勢。

踩踏樓梯的聲音來到最後一階之前，我轉進走廊的拐角。眼前是一條死路。那些傢伙從二樓走廊的起點開始，將房門一一打開，開始在裡頭翻箱倒櫃。他們甚至不再對話。退路已經被切斷了，現在也不能躲到三樓。

當我勉強打出一一〇這串數字時，惡魔忽然用自己的衣服蓋住我的頭。橘子氣味撲鼻而來。小小的黑暗空間裡，惡魔被陰影籠罩其中，我看不見他的臉，只能聽見他在說話。他的聲音灑落在我臉上。

「喂。」

「……是。」

我倆細小的聲音悶在用他的衣服創造出來的藏身之處。

「說實話，任何人都不想被牽著鼻子走吧？」

「是啊。」

「奶奶的兒子叫做孝孿嗎？他們似乎是來跟那位先生談話，我很樂意送他們過去。」

要讓他們看屍體嗎？我頓時清醒過來。

「什麼？不行，那兩個傢伙看到屍體的話，若不是拔腿就跑，就是拿屍體來威脅我吧？」

「人類只會做出自己認爲理所當然的選擇嗎？」

「這不是常理不常理的問題，當然是……」

「按照常理來說，是這樣沒錯。」

「啊……」

是啊，人類老是深陷自己也無法理解的「錯誤選擇」，但惡魔最擅長的正是引誘人類走向錯誤。黑暗中，我看不見惡魔的表情，但他肯定在笑。

「我在二樓拖延時間的時候，請您先到一樓確認奶奶的安全。接下來我會帶他們到一樓，請您過五分鐘之後報警，懂了嗎？」

「好。」

沒有時間多問了，因此我乖乖答應。老實說，我有一點點期待惡魔的魔法，是不是有可能讓一切回到什麼都沒發生過的狀態呢？不過，這是不可能的，這份期待過於不自量力且厚臉皮。此刻可以想像到最糟糕與最有可能性的情況，是我跟奶奶都被挾持，並且因此受傷。縱使看見小兒子的屍體，那幫傢伙也不可能善罷干休，反倒是我們會被威脅吧。與其變成那副模樣，還不如聯絡警察。就算奶奶會因此暈倒，也總會再甦醒過來，並得到醫生「在家好好休息」的建議。再說，如果一輩子吃別人家的飯是我的命，吃吃看牢飯又有何妨！

我握著手機，朝惡魔點了點頭。惡魔退後一步，我離開了他的懷抱，但他伸手輕撫我的頭髮。那格外緩慢的動作像是在道別一樣，彷彿說著「這回可能是最後一次了」。

「我後來才明白，您爲什麼害怕我帶來的幸福。剛開始，我以爲是您誤會了我，結果這並不是最大的問題。」

那些男人闖進第二間房。惡魔向前邁出了一步。

「無論是施捨恩惠，還是帶來痛苦，都不會耗損我一分一毫。像我這樣的存在，僅屬於空泛的天堂或地獄，只能接受膜拜或恐懼，不是可以愛的對象。」

這答案出人意料之外，但我好像能明白他的意思。我從奶奶那裡獲得的愛是如此；我與朋友、打工同事間相互的得罪與情誼是如此。但是，我遠離惡魔的關鍵理由並非如此啊……

「我啊，絕不會停止尋找匱乏的氣味。」

「明明知道最重要的原因，但你還是改不掉呢。」

「這就是我的本性。我想到一個折衷的解決方法，等這件事結束之後再告訴您。」

「你應該不會爲了保護我而去送死吧？」

「您說呢？」

惡魔像少年一樣笑開了。

「我想我應該是不會死的。」

「簡直就像電影裡面，男配角面臨最後戰役時會說的台詞一樣！」

「相信我吧。沒什麼的，事情進行得不順利，頂多我們到地獄相見，屆時我會好好接待您的。」

惡魔眨眼的同時，那些人也踢開了離我們最近的一扇門。

「啊，啊啊，好痛啊啊啊！」

其中一個傢伙往旁邊一倒，滿地打滾。那似乎是鎖上的最後一位房客的房間。另一個人上前敲了敲門。

「有人在嗎？喂？」

也許是震動搖晃到房間裡堆積如山的物品，我聽見裡面東西紛紛掉落的聲響。那傢伙立刻抓住門把，試圖將門鎖撬開。門鎖沒有支撐太久，那傢伙愉快地吹起口哨，然而那不過是短暫的得意。

「咦，啊？這棟房子怎麼沒有一件東西是正常的！」

他只能轉動門把，門卻沒那麼容易打開，那扇門的確頗爲堅固。由於好幾年不曾打開，一直放置不理的關係，整個門框都歪了。想要從外面打開，他們還得費點力氣。

兩個男人的雙手尷尬地交疊使勁推，不久之後門便打開了。房間裡飄散著酸臭味，那是久未通風的空間特有的味道。他們掩住鼻子，看著對方點了點頭。裡面的景象跟他們目前爲止闖入的空房不同。因爲在幾個小時之前，這間房還有人居住，要是有人躲藏起來的話，他們肯定會以爲就是躲在這間房。

那兩人每次挪動腳步，都會傳來沙沙聲響。我感覺聲音正往深處移動，於是快步通過走廊。儘管我已盡量小心，但精神緊繃的他們依舊聽到了我的腳步聲。

「喂，後面那是什麼聲音……」

然而，他們要面對的人並不是我。在走廊上，一個身穿工作服的俊美青年——也就是惡魔——朝他們露出笑容。

「兩位好！兩位來得還眞早啊？」

「什麼？」

只見手持兇器的兩名男人跨過門檻，但惡魔仍然從容不迫地笑著說：

「兩位是約好今天要來的特殊清潔業者吧？我們預約了清理房間垃圾。不過原本是約在晚上七點。」

「……現在幾點？」

「現在是五點。兩位要從現在開始作業嗎？雖然我這邊沒關係，但我們還沒把一些貴重物品整理好。」

這是惡魔爲了入侵者擬定的方案——提供他們兩條路，看他們選擇順勢佯裝特殊清潔業者，再伺機而動，或是立刻大鬧一場。兩名男人似乎有些猶豫，惡魔的態度卻相當堅定，這時兩人中的一個開口說話。

「那麼，我們什麼時候可以開始工作呢？」

「您看了也知道，這裡根本是一團糟，找出那些貴重物品，最快也要三十分鐘吧。我會盡快弄好的。」

「嗯，我知道了。對了，你是這裡的主人嗎？」

兩人默默觀察著這位突然出現的不速之客，留意著他的神情。他們可能心想「難道鄭孝燮說屋主換人是眞的嗎」，同時不斷絞盡腦汁，盤算該怎麼做才好。惡魔給出了他們想要的答案。

「不是的，我只是一名房客。」

「房東人呢？家裡都沒人嗎？」

「房東跟孫女一起外出吃飯，打掃作業結束後才會回來，兩位一定要跟她們見面嗎？難道要先付款嗎？今天一定要繳錢嗎？不能之後再轉帳嗎？」

「不！今天有其他事情必須要解決，沒有其他人了嗎？」

「哎呀，房東沒提到其他的事，只交代有人要來打掃，怎麼辦呢？」

「我知道了。我們以後會再聯絡……」

「等等，我來聯絡看看這個家的兒子。兩位能先看一下房間嗎？」

他們似乎又回到了房間，咳嗽及踩踏垃圾的聲音再次響起。惡魔做出正在撥電話的模樣，同時翻動著口袋，走出房間。

「喂，鄭孝燮先生？我是三樓的房客。」

惡魔假裝在講電話，來到走廊向我招手。我漫長的等待結束了。我立即跑下樓梯，穿過散發腥臭味的廚房，握住臥室的門把。正如那兩人所說，房間裡傳來宗教節目的聲音。奶奶雖然沒有特別信仰哪個神祇，卻對所有宗教的地獄都一清二楚。我轉動門把，手中感受到不想遇到的阻力。不行！

「好的，我明白了。請您快點過來！那邊的兩位大哥，房東的兒子說很快就會回來，大概需要三十分鐘左右。」

我趁著惡魔高聲說話的時候，邊敲房門邊朝裡面喁喁細語。

「奶奶，奶奶，開門，快點。」

可惡，不曉得奶奶是睡著還是醒著，裡面一點回應都沒有。樓上的男人們在狹窄的走廊上走動，嘎吱嘎吱的聲響持續刺激著我的神經。我跟隨著那道聲音，用指甲撓抓著房門。這是奶奶相當厭惡的聲音。每次聽到這個聲音，奶奶都會從房間裡衝出來遏止。

但是，爲什麼現在一句話都不說啊！

「一直待在這裡也挺不好意思，兩位要下去嗎？」

惡魔的聲音提醒了我，剛剛他說等五分鐘後要報警。那兩個男人含糊其詞地回答：

「下樓……有什麼事情可做嗎？」

「兩位在一樓等的話，房東的兒子一回來就可以馬上結清款項了。我眞的不清楚錢的事。這段時間，我會在二樓整理東西。」

惡魔的說法像是在暗示「你們留在這裡讓我很不舒服」。而那兩個男人對此的反應卻是「哦，好吧，如果讓你覺得不舒服，那就沒辦法了，乾脆下樓等房東兒子吧」。嘎吱嘎吱，木頭受到踩踏的聲響交代著他們的現在位置。

這時，我才想起來我們家這些房間的鑰匙放在哪裡。全都放在冰箱上面啊！奶奶不是會隨身攜帶鑰匙的人，所以我相信奶奶臥室鑰匙也在那裡。拜託，一定要在。

他們已經踩上通往一樓的階梯。我最後一次對臥室裡小聲私語（「奶奶，妳乖乖待著別動。」），然後朝冰箱拔腿狂奔。當我把手放在冰箱上的瞬間，還以爲自己來到刀刃地獄。我才伸手，無數金屬直接刺在手指上。我將小小的尖叫吞入喉嚨，把碰到的鑰匙統統從冰箱上方扯下來。鑰匙上的數字標籤全是用原子筆寫在褪色的筆記本上，再用透明膠帶纏在鑰匙上，因此完全無法看清號碼。沒關係，奶奶沒道理連自己的房間都編號，在臥室的鑰匙上貼標籤。我找出沒貼標籤的鑰匙，只有三把。有時間全試試看嗎？不，哪怕只能試一把也得試。我拿起三把鑰匙中最舊的那把。房門近在眼前，我向著奶奶的房間走去。但是，已經沒有多餘的時間了。

牆上印出三個人的影子。我連忙抓起鑰匙串，躲進廚房深處的儲藏室。在這個燈泡不亮的空間裡，空氣十分乾冷，鼻腔充滿乾燥食材的味道。

那些男人幾乎是同時走進廚房。儲藏室沒有裝門，掛在木製層架上要掉不掉的竹籃遮住了我的臉。我的背脊緊緊貼著儲藏室的牆壁，但我無法肯定對方不會發現。我看見他們不自在地觀察著陌生的廚房，同時也注意到惡魔一進廚房就精準找到我的雙眼。我舉起鑰匙給他看，然後用雙手比出一個 X。小孩也知道這是什麼意思。

我失敗了。

不久的將來，我可能會造成更大的失敗，甚至毫無藏身之處。這間廚房裡的儲藏室，就像一具沒有蓋子的棺材一樣方正平直。一定很快就會被發現。然而，惡魔卻對我做出一個小孩也能辨認的手勢，我輕輕眨了眨眼。

——別擔心。

惡魔將一隻手舉起，在空中揮舞。我知道，那個動作。從角落某處飛濺出來的地獄之火纏繞在指尖，很快就描繪出一片幻影。剛開始懸吊起來的是乾菜，然後掛在外側的是蜘蛛網。這是單純質樸的農家屋內裝潢。雖然不能完全遮住我，但足以讓我變得不起眼。

那些男人的視線從蜘蛛網上掠過，然後各自坐在惡魔指定的椅子上。

「兩位吃過午飯了嗎？」

「當然了，吃完才過來的。」

「等等開始工作的話，什麼時候才能吃到晚飯呢？先吃點麵包吧。」

「不用，我沒那麼餓，眞的沒關係。」

惡魔並沒有給他們選擇權，他以自然流暢的動作取出兩個盤子、兩個杯子以及兩支叉子，放到餐桌上。兩個男人發出「哇哇哇」的驚嘆聲之際，牛奶已經注滿了杯子。

「爲什麼兩位這麼驚訝呢？啊，難道兩位不能喝牛奶？咖啡可以嗎？有哪位想喝咖啡呢？我馬上幫您添上。」

「不，我就喝牛奶吧。但是，我們能這樣隨便吃嗎？你是這裡的房客？不清楚的人會以爲你是這個家裡的兒子呢。」

「是的，奶奶就像對待女婿一樣疼愛我！」

我露出憤怒的表情與惡魔對視。那兩個男人滿臉不情願地拿起杯子時，惡魔做出一個打電話的手勢。就是現在。惡魔用身體遮住儲藏室，我趁機給一一〇發出簡訊：「家裡闖進可疑的人」，並附上地址之後發送出去。報警竟然這麼容易。輕微的鬆懈感差點讓手機滑出去，我重新緊握手機，縮回儲藏室。

警察什麼時候才會看到我的報警簡訊？我跟奶奶會變成麼樣呢？早知道就早點打電話報警，也不至於讓最後一位房客那麼惶恐不安了。要不是我一意孤行，現在也不需要惡魔的幫助。我總是選擇第三條路——差強人意的答案，之後才感到後悔。

內心一陣茫然，我抬頭往上看。然後，我發現惡魔露出不同以往的表情。他正在笑著，但笑容與之前在我面前展現的微笑完全不同。廚房的腥臭味又開始蔓延，那兩個男人沒有察覺到這一點，只是掛著牛奶鬍子交頭接耳竊竊私語。

「要是孝變回來的話，我們得像以前一樣，坐下來好好談一談，嗯？一起吃些好吃的東西，講一些好聽的話，問問最近都在幹什麼。」

「這小子真是撿回了一條命啊。既然有房客的話，就會有別的辦法嘛。」

那個所謂的辦法，肯定也是威脅吧。比如說，如果不想看到房客搬出去，就乖乖解決事情。但是，機會會降臨在他們身上嗎？

惡魔依舊十分和藹可親。

「啊，等一下。請不要這麼快就把牛奶喝完了。我還有東西要給兩位嘗嘗。」

辛奇冷藏庫的門以及洗手槽下收納櫃的門依序打開。旋繞在天花板上的火花也在向下移動。

「我把蛋糕卷放在這裡。現在還沒完全解凍，想吃多少就切吧。」

碟子哐啷哐啷地響，一旁是放置金屬餐具的碰撞聲。基於禮貌，其中一名男人開口說道：

「看起來很好吃，蛋糕都快跟我的手臂一樣粗了。」

「你過去切幾片來，服侍一下大哥。」

兩個男人在盤子上頭碰著頭，而惡魔的火焰在他們頭上旋轉翻滾。惡魔指了指奶奶的臥房。我現在非得跑過去。我張開被汗水浸濕的五指，那把鑰匙並沒有貼上數字標籤，取而代之的是有人在鑰匙上方挖洞，試圖以此標記房間號碼的痕跡。一把是位於三樓的我房間，一把是小倉庫，還有最後一個：「主臥室」。

惡魔從座位上站了起來。他像是身穿一件披風，地獄的火花替他創造出一片簾幕般的保護屏障。

我朝著臥室狂奔，祈禱自己不要太過顯眼。奔跑的過程中，餐桌上放置的東西映入我的視線。男人手裡拿的不是蛋糕刀，而是擁有鮮紅色刀柄的水果刀。總是插在流理台的刀架上最前面一格的那一把，也是稍早奶奶手上揮舞的那一把。那兩個男人用力在盤子切下的，其實並不是蛋糕卷，從某種意義上來說，那是我做的……

我不再回頭看。我把鑰匙插入鑰匙孔，打開了主臥室的門。雖然我告訴自己要小心開門，但是在房門開啓的瞬間，無法掩蓋的宗教節目聲音流瀉而出：「因此，我們跟家人在一起的時候，比任何人都幸福……」

那兩個男人轉頭，一齊往我這邊看。

他們無法起身，只是滿頭問號地反覆發出「啊、啊」。其中一個傢伙說，「那人不是房東的孫女嗎？」我沒有多餘的閒情逸致回頭看那些傢伙。

「奶奶……？」

房間裡空無一人。奶奶總是蓋在身上的棉被落到地上。某一側的牆壁上，南向的窗戶正敞開著，那是不久前鄭孝燮翻進來的那扇破舊窗戶。但是連我都做不到啊。這房間雖然是在一樓，但由於屋子結構有半地下層的緣故，所以實際上的高度是一點五層樓高啊。

「奶奶！」

還不如倒在窗子下面。奶奶，妳不要再離我更遠了。

我的上半身越過窗框。想像著奶奶年邁的身體，在泥土上像幼蟲一樣蜷縮的樣子。然而，她不在那裡。地面上只有拖行過的足跡。奶奶曾經倒在那一塊土地上，但她顯然用盡全力站了起來，再度邁開腳步。

「她躲在這裡！」

我將一條腿搭上窗戶。就在我要跳到庭院之前，有一個傢伙緊緊抓著我的肩膀，他的手上散發出腥臭味。

「啊！」

「小朋友，妳怎麼躲起來啦，嗯？妳知道鄭孝燮那傢伙闖禍了吧？」

「知道的話……」

「幹麼瞪人啊？我們不是壞人，跟我們談談吧。」

「奶奶跟鄭孝燮那傢伙已經斷絕關係了。與我們無關！」

「是該斷絕關係。都說別去養那種忘恩負義的禽獸，就算養了也是活受罪啊。按照金社長說的話，聽說妳是這裡的女傭？」

比起掐進我肩膀的手指，這傢伙的鬼話更令人難受。即便我知道奶奶早已和鄭孝燮一刀兩斷，卻沒法立刻否認他說的話。不過，那是我和奶奶之間的事。

被抓住的肩膀痛得令人站不穩腳步，但我仍然挺直腰桿。面露嘲笑的傢伙身後，有兩個人站在那裡。驚慌失措的債主二人組之一，還有朝著這裡走來的惡魔。他就像電影裡的男配角一樣，爲了拯救我而狂奔……並沒有，他指了指我們家挑高的天花板，還有大門口的方向。彷彿身爲惡魔的他，正在預言著什麼一樣。

此時，在敞開的窗戶另一端，巷子裡傳來了咒罵聲。

「瘋了嗎！這裡可不是停車場吧？」

「好像是廢棄的車子……」

「車主以爲這條巷子是汽車報廢廠嗎？這樣連警車都進不來了！要是著火了該怎麼辦？」

是警察。那傢伙陷入驚慌失措，我甩開他的手，從窗戶跳了下去。腳踝又痠又痛。警察在敞開的大門口對面看著我，突然停止了行動。我奮力抓住警察的手，目不轉睛地盯著走進來的人——是奶奶。在院子裡翻滾的痕跡，依舊清晰地留在衣服上。

「奶奶……奶奶、奶奶！妳沒事吧？妳去哪裡了？啊、啊啊啊！」

我的腳踝很痛，想要往前走還差點摔跤。奶奶搖搖晃晃地走過來，她腳上是一雙骯髒的襪子以及男用拖鞋。是警察幫奶奶穿上的嗎？奶奶走到我面前，卻無法與我對視。

「這位老奶奶是認知症患者嗎？一見到我就沒頭沒腦抓住我，堅持要我們跟她回家一趟。」

「什麼？您不是因爲我報警才來的嗎？」

「報警？」

沒必要向警察解釋第二次了，因爲那個爲了追我而準備跳窗的傢伙，剛好與警察四目相接。

「你、你、你幹什麼！」

那人在窗框上滑了一下，警察把奶奶交給我，然後便跑進屋裡。靠著大門的警察似乎也察覺到情況有異，請求支援後跟著跑進家裡。那男人追趕我的陽台窗戶上，沾有十分清晰的血跡。我後來才發現，被他緊緊抓住的我的肩膀上也有同樣的痕跡。

巷子那頭傳來警笛聲。幾名警察一邊咒罵棄車的主人，一邊從巷子裡跑過來。看來是我叫的警察終於到了。我抱著奶奶的肩膀問道：

「奶奶，妳到哪裡去了？」

「咱得收拾善後。」

「什麼？」

「咱又搞砸啦。這次得像別人一樣收拾好啊。」

「……看到了，我已經收拾好了。」

「妳收拾什麼呀，應該又把水漬弄得到處都是吧。」

「奶奶，妳很懂我嘛。」

「到咱壽終正寢前，都讓咱來做。」

現在，我好像能夠理解惡魔的手勢了。只有這位老人家有權結束這個家庭裡無聊冗長的故事。奶奶的身體十分溫暖。不過，還是必須去醫院一趟。八十多歲的老人家從那裡跳下來，有可能沒事嗎？當然，要先戰勝「妳是計程車公司的女兒嗎？再給我亂花錢搭計程車」的罵聲，然後才能一起去……

我讓奶奶坐在院子裡，然後回到家裡。一個人被銬上手銬，制服在地。看樣子，另一個人還在樓上苦撐。警察請求了支援——我們與嫌犯對峙中，兩人闖入普通民宅，想要毀屍滅跡，並試圖逃跑。沾滿血跡的餐桌上有兩個盤子、兩個杯子與兩支叉子。還有紅色握柄的鮮紅水果刀與……腳腕。剩下的部分躺在廚房的角落裡。

我想起惡魔說過的話：「地獄不能影響現實」，就像火花製成的啤酒無法讓我產生醉意。那麼，在現實的地獄中摻雜了惡魔的地獄，還讓人類來動手的狀況，又該如何收場呢？我沒看見應該要回答這個問題的人，噢，我是指惡魔。

那男人被拖著下樓時，口中大聲喊道。

「不、不對！不是我幹的啊！我一睜眼就看到屍體了……什、什麼奇怪的傢伙……對，這麼一看，角、有角啊……！喂！你在吧？你給我記住！我以為你那是什麼腫瘤，所以才沒說……」

「這些傢伙是不是嗑藥了？哎呀，上面還有人嗎？」

「已經確認過了，上面沒有人。」

所有的房客都離開了。但是，在接下來的一段時間裡，我大概無法擺脫家裡的事，自由過日子了。正如奶奶所說，這個地方不僅沒有打掃乾淨，甚至留下了一片「水漬」。我出神地抱著奶奶，望著不再有尖叫聲的地獄外殼——我們的家。

14

然後是……人類的方式

有人這麼說過，人在沒有工作的時候最忙，時間也過得最快。當我處理掉腦海中所有的事情後，時間也默默流逝。到了最後，這棟別墅變得空空如也。

首先，關於在這棟房子裡死去的人。鄭孝燮，房東的次子。由於沒有固定收入，因此他在全國各地遊蕩，雖然在去年回到故鄉，但遲遲無法償還過去借的錢，一直被親朋好友催帳討債。他的債務金額非常龐大。我第一次聽到的時候，甚至萌生無謂的擔憂，想說這傢伙是不是被詐騙了。然而，當我得知那個窮光蛋到處宣稱「我媽遲早會把房子給我，那是位在首爾的獨棟別墅，可值不少錢啊」，所有的惻隱之心消失殆盡。就這樣，債主打算逼迫他賣掉房子，所以似乎讓他非常害怕。

雖然人已經死了，但我眞的很想問他：這棟房子對你而言，究竟意味著什麼？過去一起生活的時候，你不是總嫌棄這個家陰沉又骯髒嗎？你不是成天說要趁價格好的時候賣掉房子，到江南買地嗎？無論夏天還是冬天，你不也老是用那吊兒郎當的口吻說你有多厭倦家裡的霉味？即使如此，你依然認爲自己可以回到這個地方，從未有過懷疑嗎？你以爲這裡是可以讓你藏身到最後的巢穴？怎麼能厚顏無恥到這種地步……老實說，我很羨慕。在我自己買下房子之前，恐怕很難理解那是什麼感覺吧。看來再過一百年，我也不會懂呢。

但是，警察怎麼會相信鄭孝燮是爲了「躲藏」而回來呢？我也是好不容易才從罪人口中聽到那些證詞的耶。那些警察從過往的房客口中獲得證詞——鄭孝燮偶爾會回家，向母親強行索要財物，而「我」這個以管理別墅名義住進來的房客，經常與鄭孝燮發生衝突。因此，他們得出的結論是：鄭孝燮爲了償還債務，打算回來說服媽媽賣掉房子。

再者，關於在家中廚房發現的兩名男子。其中一人是鄭孝燮的國中同學。雖然學生時代沒有交集，但兩人在外地找工作時相遇，因此有了交情。只是他們之間的關係很難定義，該說是老朋友，還是多年的共犯呢？從最近幾年他跟鄭孝燮之間的債務關係來看，兩人關係融洽的機率很低。他們雖然抵死不認有做出將鄭孝燮逼上死路、毀損屍體等行爲，卻沒法解釋他們與鄭孝燮「溝通」失敗，打算將鄭孝燮強行拖走的事實。

他們還主張，鄭孝燮死亡推測時間與他們闖進家裡的時間相差甚遠，但是並沒有任何有利於他們的證據支持這一點。有人問到，巷子裡那麼多汽車，難道都沒有行車紀錄器拍到嗎？沒有，至少在這個社區裡沒有。有台出了車禍的報廢車原本有行車紀錄器，但早就被人拔走了。此外，他們也記錯了闖入我們家的時間，因爲那是惡魔告訴他們的時間。兩人還異口同聲表示：「有個男人招待他們吃蛋糕卷。現在回想起來，四周變得非常溫暖，還有花朵在一旁綻放盛開，那傢伙頭上還長出了角。」爲此兩人似乎還接受了藥物和毒物檢測。至於他們的下場，我也不清楚。

事情發生的第二天，我以家屬名義留在奶奶身邊。從臥室窗戶跳下來之後，奶奶表面上看起來正常無比，但當天晚上開始出現雙臂腫脹的狀況。早知道就帶她去看醫生了！當時家裡拉滿了黃線，進行科學鑑識的人進進出出。大家忙得不可開交的時候，我還心想「奶奶看起來很正常，應該沒事」，從而忽略了奶奶的健康狀況，這實在是我的失誤。結果，我們在凌晨搭上計程車，急忙前往醫院。奶奶跟往常不同，連一句「爲什麼要浪費錢搭計程車」之類的話也沒提，只是用腫得發青的雙手，在空中比畫。整形外科的醫生笑嘻嘻地說：「這次老太太終於肯來了。」

另一方面，奶奶的腦袋內部似乎開始漸漸朝著與我無關的地方離去。她的話越來越少，甚至對我的話毫無反應。最常說的就是她要上廁所。為了接受神經科的治療，我開始讓奶奶坐輪椅，以便於往返醫院不同病棟之間。醫生聽聞奶奶與兩個兒子的故事之後，紛紛咋舌感嘆：「經歷了那麼大的事情，還能這樣硬撐下來，實在了不起。」同時不忘肯定奶奶保護孫女的苦心，說了些「真感人、好敬佩」之類的話語。雖然我在醫生面前笑著帶過，但我還是想要修正一下他們那句話。奶奶並沒有硬撐。她整頓地獄角落時，同樣活在地獄裡。

後來，警察又來醫院找了我幾次，我提供了有關其他房客的證詞。案發當天，退房的最後一位房客從未踏出房間一步，因此沒有親眼見過鄭孝燮，但是以前曾因鄭孝燮在家鬧事而飽受驚嚇。之後我聽說，警察也聯繫了最後一位房客的家人，但他們拒絕出面作證，表明不願再跟那棟不安寧的別墅有所牽扯。

後續接受調查的房客，是跟奶奶吵架後搬離二樓的金社長。據說，向鄭孝燮的債權人提到我的這個女人，在警察找上門的時候畏罪潛逃，後來在大馬路上被當街逮捕，吃了不少苦頭。對於奶奶的家庭關係，她如實提供了相關證詞，然而明知債主的非法追討意圖，卻還是提供他們協助，究竟能否無罪釋放，我就不知道了。

關於另外還有個尚未接受調查的房客，警察問我：

「你們家有男性房客嗎？」

「一直都有。性別比例大致上是男女各半。」

「是我問錯問題了，重來重來。據說嫌疑人闖進家裡之後，遇到一名自稱與奶奶關係很好的房客。那人是一名年輕男子，他們認爲那人一定給他們吃了奇怪的東西。」

「確實有房客對奶奶很親切。」

「是。」

「那個，嗯……那、那個人跟我之間發生了一些不愉快的事。從那以後，他就不見人影了。」

「啊哈……那是什麼時候的事呢？」

「那天經理勸我暫時不要打工，所以我提早下班了，大概是十三號左右吧。」

「這……」警察壓低了聲音。「妳是自願辭職的吧？又或者，是那個人追到妳工作地點去威脅妳……」

「不，不是那樣的。」

「那就好。如果需要什麼協助，請聯繫我。」

本以爲對方心思細膩，但我們之間的對話卻不是結束在這樣溫馨的氣氛之下。

「根據金夕京女士的說法，徐珠小姐跟姜福珠女士沒有任何血緣關係，對嗎？」

「呃？什麼……」

「什麼？」
「啊，沒事。請您繼續說。」
金夕京是金社長的本名，而姜福珠是奶奶的名字。令人尷尬的稱呼以及只在醫院看過的稱呼，全都印在紙上。
「徐珠小姐，您是以做家事爲條件，住在這棟房子裡，對吧？沒有被領養，也沒有簽署合約。」
「是的。」
「畢竟妳已經成年，所以我也不能說什麼……但是，照顧奶奶應該是件艱難的事吧？她經濟狀況不是很好，也沒有其他收入來源。」
我能感覺到警察正在繞圈子。一毛錢的遺產都拿不到，妳眞的可以接受嗎？當然不可能接受啊。這世上還有誰能夠愉快地照顧那位奶奶啊？
「徐珠小姐，妳可能覺得自己在報恩……」
「我從來不認爲奶奶對我有恩情。奶奶每天都爲了不同的原因毆打我的背，總是對我說這樣不行、那樣不行，我是在這種環境下長大的。」
「辛苦了。」
「是的，非常辛苦。我是念在小時候奶奶曾帶我看小兒科，我才決定讓她住院的，要是在醫院裡還想折磨我，我一定會丟下她跑掉。」

「……什麼？」

「我不是她的家人，就法律角度來說，照顧奶奶的事怎麼也輪不到我頭上。這樣多好。就這一點來看，還不錯啦。」

警察當下無法繼續聲援我。之後，他請我提供最近半年內居住在別墅裡的房客資料。我告訴對方自己對此一無所知，文書作業是由奶奶全權負責。

但是，奶奶從那天以後，就放棄了對這個世界的所有義務，生活只剩下吃飯與睡覺，因此我答應警官，過一段時間會回家找出文件交給他。那個「過一段時間」似乎遙遙無期。

奶奶的健康逐漸惡化。不管我講了多少次，手受傷了就不要用手，奶奶卻始終不肯乖乖等我來照顧她。彷彿在嘲笑那天抱著奶奶時，因溫暖的體溫感到安心的我，奶奶的體溫一點一點往上攀升，感染數值也提高了。她只要一呼吸，喉間就會發出呼嚕呼嚕的聲音，只有呼喚我的時候口齒清晰。去醫院餐廳吃飯時，每三通廣播就有一通是要尋找「○○病床的家屬徐珠小姐」。服用的藥量逐漸增加之後，又忽然減少了。鼻孔中插入的橡皮管直通胃部，我不知道這種狀態能否算得上「吃」。

從病房的看護那裡，我得到「這種情況很常見」的安慰話語。無論是逢年過節玩紙牌遊戲賺進好幾萬韓元的人，抑或每到秋天就漫步在山間蒐集橡實的人，只要在冬天一屁股摔到結冰的地上，就會臥病不起，再也好不起來，而且這種人還不止一兩個。他們甚至告訴我，如果不想讓自己後悔，就趁現在盡量和奶奶對話。這個嘛，其實我們從以前就不怎麼對話了。

不知道是不是來探病的鄰居阿姨說了什麼不吉利的故事，醫院總務人員特意來找我，詢問是否要先結清目前的費用。當天，我想起了自己對警察說過的話。我說，如果情況不妙的話，我會拋下醫療費用，自己遠走高飛，畢竟沒有人可以要求我承擔這些費用。

那天，我沒提到自己另一個優勢：雖然沒有人可以用法律把我和奶奶綁在一起，但我們一起在老屋子裡，緊密相依很久很久，直到把地板都壓出痕跡的景象，應該也不賴吧？這個家縱然積累許多坎坷歲月的痕跡，卻也有屬於自己的平靜。

「是吧？」

我握住奶奶冰冷黏膩的手，只見奶奶嘴裡嘀嘀咕咕。

「妳又宣稱要打掃，結果留下水漬了吧？看妳的手都濕濕的。」

「妳怎麼知道？」

「又要咱去收妳的爛攤子了啊，眞是的。」

奶奶沒有鬆手。過了許久才鬆開的手上還留有我的手印，就像我隨時可以回去的印記一樣。

過了幾天，醫生跟我解釋好久什麼是「放棄治療同意書」之後，才發現我沒有簽名的資格。那天之後又過了好幾天，奶奶闔上了眼。那天，在鄰居阿姨的幫助下，我辦好了殯儀館預約手續。我將奶奶暫時安頓好以後，回到久違的家中。準備葬禮固然是件大事，但尋找警察要求的房客名單也很重要。

好一陣子沒有回來的家，陌生得不像我的家，甚至不像是任何人的家。檢察官、警察及科學鑑識搜查隊的來回進出，使家裡變得更加雜亂無章，而這熟悉又骯髒的景象，卻比平時更讓人感到空虛，我過了一下才發現這股違和感從何而來。原來，連地獄也離開了，所有的房間都空了，放在房間正中央的椅子也消失了。黃色塑膠地板黏在腳底板上，灰塵的氣味湧了上來。

本來想隨便找個人來作伴，但最終還是放棄了。我進入臥室，尋找奶奶的文件。角落的抽屜裡，塞滿了近三十年的文件。資料以五年爲單位綑成一份，要查詢近期的資料並不困難。將資料堆疊起來，從漸層變化的紙張顏色可以感受到歲月的變化。但是，當我打開存放最近資料的文件夾時，我被手上沾黏到的灰塵嚇到了。在指尖散開來的觸感，柔軟得接近灰燼。怎麼回事？是不是有蟲子跑進來？我抖掉灰塵，最先映在眼前的是五年前的合約資料，表面十分乾淨。

我再度展開整理合約的工作。幾乎都是熟面孔，但直到最後也不知道名字的人也很多。我一一回想細數曾住在那些房間裡的住戶。這個去年搬走了，這個早在前年離開，那個則是臨走前把房間弄髒的老闆……

看完每個人的文件後，我終於抓到了灰塵的元兇。僅兩頁的合約上，飄散出燒焦的味道。用不著花時間去研究，這肯定是地獄入住時惡魔簽下的合約。無保證金、租金月付、租約一年。特殊事項備註欄上還寫了：因承租人私人事由，得提前退租。退租三個月前告知出租人，無須支付違約金。地獄是因爲翻修才另尋住處，等到整個工程竣工，應該會立即回到地獄吧。承租人欄位裡，寫的是地獄部門的名稱。除此之外，沒有其他的資訊。如果把這份文件交給警察，他會相信嗎？我粗略瀏覽剩下的紙張，檢查是否還有其他資訊，赫然發現紙張的下面有一行被灰燼遮住的文字。

我將紙張舉在半空中搖動，抖落上面的細灰。就在那一瞬間，有一行文字像火花一樣不斷閃爍，散發出黃澄澄的光芒。

由於出租人死亡，租約無法如期履行，已通知代理人

與此同時，合約書開始熊熊燃燒。

「啊、啊、啊！」

我本想要一直握著紙張到最後一刻。但是從指尖到脊椎，都像是有人用細針戳刺一般，最終只能放手。我脫下外套想用來滅火，可是紙、不，現在變成一團火花的球體在空中飄蕩，遲遲沒有落到地面，反而持續往上飛。火花一點一點縮小，不斷蜷縮，先是變成花苞大小、再縮小成蝴蝶大小，最後，留下像是燈泡裡燈絲般的細線後消失不見。

不用他說我也知道。今天，最後一位房客通知已逝房東的家屬自己退房了。結束了……最後，只剩我獨自留在這個家裡。

醫院的殯儀館裡，即便是最小的房間也十分寬敞，同時相當昂貴。倘若只通知我認識的人，似乎很難將那個小房間填滿，所以我本來想打聽其他殯儀館。然而私人救護車的費用不容小覷，而且，一想到給予許多幫助的社區阿姨們，我就沒辦法選擇更遠的地方了。

於是，我將奶奶送到醫院的地下室。阿姨們叫來其他阿姨們，殯儀館的餐廳就像一場小型宴會，偶爾還能看到有人戳了戳身邊朋友的側腰，詢問死者究竟是何許人也。鄰居阿姨對我提出忠告，如果葬禮上沒有賓客，特地前來的賓客眼中會覺得喪家不受歡迎，所以哪怕只是點頭之交，最好都能叫來。雖然我的確不受歡迎，但是空曠的殯儀館又令人十分可惜，便配合地點了點頭。

原以為無論私下感情多好，倘若死者不是朋友的父母而是祖父母，應該不會有多少人來。然而出乎意料的是，我的高中同學來了好幾個，大學同學也有幾個到場。因為我早已休學，和系裡的人只維持最低限度的聯繫，所以從未期待過有多少人會來，眼前的狀況讓我驚訝無比。一位朋友告訴我：「我把這件事告訴了系代，希望沒有給妳造成麻煩。」當然不是麻煩。奠儀信封上寫著大學與科系，既不真實，又令人倍感沉重。

從沒想過會出現的人也來了。比如晚上十二點左右，以經理為首的打工同事們一齊現身。本來想對他們開玩笑：「你們上班已經很累了，怎麼才下班就被拉過來。」但是那些話被眼淚淹沒，最終沒能說出口。茉卡姊姊拍了拍我的後背。經理弔唁結束後，從冰箱裡拿出一罐甜米露回家，說是要分給其他工讀生。我把罐裝飲料一一分給其他人，然後看向還留在座位上的兩個人。茉卡姊姊，還有勝彬。我重新跟他們打招呼。

「你們好啊。」

「好久不見。」

「好久不見，徐珠姊。」

接著，我從冰箱裡拿出酒。茉卡姊姊沒有說什麼，只是待在那裡，偶爾與我視線相交時，便露出燦爛的微笑，不帶任何尷尬。反觀勝彬，他手忙腳亂地把半瓶燒酒灌進肚子裡，表情才變得稍微輕鬆一些。

「原來喪主只有妳一個人？應該很累吧！」

「鄰居幫了我很多忙。她是從小看著我長大的人，教了我每個程序該怎麼做，應該聯繫誰過來……」

「幸好有她在，我可以去打個招呼嗎？」

「阿姨回去休息了。晚上只有我一個人。」

「怎麼辦，妳應該很害怕吧。」

「沒事的，我已經很久沒回家了，現在連摺被子的方法都忘得一乾二淨。晚上在殯儀館裡面的房間睡覺就可以了。」

「妳照顧奶奶多長時間了？」

「半個月左右。後期我整個人都快要累倒，所以就跟看護人員輪班了。」

「沒有別的親戚了嗎？」勝彬問道。

一時之間，我腦海中浮現出鄭孝燮的臉，然後又立刻將它刪除。

「沒有啊，怎麼了？」

「嗯，有其他房客來過嗎？」

「……啊。」

我忽然明白這是爲了什麼問題鋪陳的伏筆。一旁的茉卡姊姊藏起淡淡的苦笑。

「沒什麼人來。說實話，奶奶不是那麼受人歡迎的房東。」

「是嗎？肯定很有意思吧！像是一個罵人精奶奶。」

勝彬似乎試圖說些好話，說出口的卻都不合時宜，但他已經很努力了。我提起他曾感到好奇的事情。

「最後的房客跟奶奶相處得很好，在奶奶病倒的那天幫了很多忙，那天以後就沒有聯繫了。」

「他也不回家嗎？」

「嗯，我也沒有他的聯絡方式，很感謝又覺得有點遺憾。」

「……說得也是。」

勝彬嘆了口氣，好像在傾訴沒有解決的苦惱一樣。對我來說，這也算是一種答覆。

一如說出「我之後有話要對妳說」的配角，總是沒有把話說出口就消失了……有時候，也會出現這種結局的故事吧。答覆任憑自己隨意想像。無論我的想像有多麼荒唐，你都無話可說。委屈的話，就出來理論啊……我叫你出來。

我們的酒會在凌晨兩點多結束。茉卡姊姊的父親走進來，尷尬地在靈前獻上菊花。他們三人都因疲倦而頻頻點頭。離開殯儀館時，我拿了罐裝咖啡給他們。

現在，殯儀館最小的房間裡，只剩下我獨自一人，走廊的燈也熄滅了。黑暗的走道上，遠處的照明燈光像池塘裡的踏腳石一樣錯落閃耀，燈光下身穿喪服的人們趿拉著拖鞋走在走廊上。安靜的走廊上，小小的聲音嗡嗡作響。

「姊姊，妳快回去睡覺吧。還有人要來嗎？」

「我睡不著……進去吧，我也一起進去。」

兩人互相摟著彼此的肩膀，消失在走廊的另一端，只有那兩句話還在我腦海裡縈繞不去。我睡不著啊。還有人要來嗎？就算不是人類，但我覺得應該有誰會來吧。

此時，耳邊正好傳來一聲自然的問候。

「您好。」

「……你好。」

一名穿著黑色西裝的男子脫鞋走了進來。我將菊花遞給他，而他也尷尬地接下了菊花問道：

「首先，把菊花放在遺像前，然後……行兩次禮就可以了吧？我不太清楚這種事。」

「是的。但是不知道爲什麼，總覺得這不太適合惡魔。」

「牽著黑山羊過來的話，會比較適合嗎？」

「您喜歡那種嗎？」

「一點都不喜歡。牠們在山壁上奔跑的時候是最帥的。」

惡魔將菊花放在遺像前，兩次鞠躬禮的姿勢稍微有些彆扭。我從座位上站起來，準備與他面對面行禮，但是惡魔只是盯著我看，眼神裡充滿了疑惑。

「有什麼事情是需要我們倆一起做的嗎？」

「……不，也不是一定要做。」

「那就以後再做吧。」

我坐在殯儀館的椅子上，他自然地坐在我身邊。幾個禮拜前，我還覺得這個距離十分熟悉。這空間與我們曾經共處的廚房不同之處只有一個，就是聽不到老舊家具幾欲倒塌的噪音。我們的聲音總算能完整傳達給彼此，現在我們需要做的，就是盡力彌補我們分離的時光。

「關於殺害奶奶兒子的犯人，大概會以那兩個男人來結案。因為他們有前科紀錄，所以大概很難全身而退。不過，最後會變成怎麼樣，誰也不知道。」

「家裡面呢？」

「你應該已經知道，所有房客都搬出去了。把最後一位房客的行李丟掉之前，我有聯繫他們來確認，他們看完也承認處理難度等同挖掘古代遺址，所以就放棄了。他們還放棄了押金，當作處理垃圾的費用。」

剩下的錢還不少。本想把錢歸還，但對方沒有收下。甚至還開玩笑說，自己使用的房間大小相當於其他人的兩倍，所以現在是在支付相應的價格。那筆莫名其妙入帳的款項，我打算拿來補貼喪葬的費用。加上奠儀，應該可以湊到所有的費用。

「之後才是問題……有一位自稱是奶奶親戚的人突然聯絡我。」

「嗯，這不是挺好的嗎？」

「是吧？我一接起電話，對方劈頭就質問我得到誰的允許這樣胡搞。」

「您要找律師嗎？」

「雖然鄰居阿姨說會幫忙，但我擔心事情會變得複雜，所以不想拜託她們法律上的事情。葬禮結束之後，我不會過問奶奶的遺產，他們想拿多少就自己看著辦吧。」

「房子也是嗎？」

「是的。」

「您不會太輕易放棄了嗎？」

惡魔勾起嘴角，表情似乎是在說：請給我有趣的答案。這人到底把我當成什麼了呀。我只是一個討厭衝突的普通人類。

「那棟房子撐不了太久。我一直住在那裡，所以不覺得奇怪，後來在醫院住了幾個星期，再回家一看，發現那裡真的是一座廢墟。假如重新裝修，肯定會在中途塌了。反正，新的主人會自己看著辦吧。」

我假裝瀟灑地答道。然而，在短暫的沉默中，我再次想起那個家的樣子。

沙沙聲、嘎吱聲、蟲子掉落的聲音包圍著那座像是巨大鳥巢一樣的房子。而最靠近天空的，是我的房間。雖然不可能不懷念，但我也跟惡魔一樣，在奶奶去世之後，一段沒有合約書的合約就結束了。我的名字，在任何文件裡都找不到。

「事情全辦完後，我就得找一份新的打工，然後盡快從學校畢業，找個正職的工作了。報告完畢。」

我轉頭看向惡魔。現在輪到你了。

「嗯，我啊。」

「等一下！角、角跑去哪裡了？太沉浸在你穿西裝的樣子，剛剛完全沒有發現，角去哪裡了？難道只要離開地獄，角就會不見嗎？」

「請冷靜！雖然這是其中一個原因……」

惡魔躲開了我伸向他頭髮的手，硬是將我按在椅子上。

「其實，我最近停職了。」

「什麼？」

「我把屬於人間的屍體混入地獄裡，所以受到一些懲戒。目前還是待命中，所以不能安心休息。至於我的角，做爲那個事件的懲罰，在我到人間遊蕩的時候就消失了。」

……雖然不知道地獄是怎麼運作，但對我來說，比起待命，到人間游盪的問題似乎更加嚴重。

我不知所措，惡魔把頭伸到我面前。好像是在對我說：我讓妳摸一摸，妳就安心吧。我小心翼翼地把手放在他的頭上。很柔軟，就像在摸幼小的馬爾濟斯一樣。

「我現在好像被當成小狗了。」

「哦，對不起。」

「不，我很喜歡。疲勞好像都不見了……」

「要不要在裡面休息一下？有喪主專用的房間。」

「您不是要待在這裡嗎？那我也要待在這裡。」

惡魔一邊說，一邊慢吞吞地調整坐椅子的姿勢，自然而然地枕在我的膝蓋上，抬頭注視著我。看著他像小狗一樣閃爍的眼睛，我也情不自禁地露出笑容。

「你是爲了做這種事，才過來的嗎？」

「如果您想要的話。」

惡魔伸出雙手，輕拂過我的臉頰，經過我的耳朵，撫摸起我的頭髮。束起的頭髮往下垂落了幾根。

「您當時的問題，我還沒有回答。」

他迴避過的問題只有一個。我的痛苦品嘗起來也是甜的嗎？我不禁全身緊繃。他直截了當地回答：

「在殯儀館裡，或許也會聽到兄弟之間互相抓住衣領、大呼小叫的聲音。因爲我是惡魔，自然會覺得那種聲音很甜美。」

他舉起我的手，放在他的脖子上。彷彿只要他說出令人不開心的話，我隨時可以出力打斷他。我沒有任何動作，而他也沒有停下來。

「這裡有一個問題。我可以喜歡您哭泣嗎？」

「……以前在廚房不是有過嘛！你喜歡嗎？」

「我沒辦法分辨。我分不出來自己喜歡的是您哭泣，還是您依靠我，抑或是喜歡我能安慰您這件事。所以，我做了一個讓人不太愉快的假設。」

他把自己的手疊在我的手上。

「我是想見您才來的。但是在過來的路上，我不斷思考一個問題。我想，也許我是想看到『哭泣』的您。」

果然是惡魔才會擁有的想法。由於自己想不透，所以要求我的幫忙。這個人真的是太離譜了。但是也許我跟他一樣，都是個荒唐無比的傢伙。

然而當我看見他的瞬間，胸口壓抑已久的某種東西開始沸騰。熱氣熔化一切情緒，使過去十天裡無處傾吐、積壓在心中的各種情感得以解放。悲傷、煩躁、自卑、憤怒、羞愧、厭惡、憐憫……在人類面前，被誤解成只有一種樣貌的情感，在非人類面前全數湧上心頭。宛如堤防潰堤前的徵兆，幾滴眼淚落在他手上。他像接到一團火焰般瑟縮了一下，咬緊牙關說道：

「我之前說過吧？雖然我不會停止尋找匱乏的氣味，但我想到一個折衷方案。」

「……是。你說著說著就跑掉了。」

「這次我會把話說完。我，想陪在您身邊，直到您能盡情哭泣。還有……請允許我填補那個空位。」

終於，等待已久的答案出現了。這時，我才舉起洩了力氣的手捂住臉。一開始沒忍住的那幾滴眼淚只是起頭嗎？我的喉嚨裡傳出堤防倒塌崩潰的聲音。這段期間因爲太忙、害怕別人操心、唯恐自己的心情遭人無視而忍下的所有情感遲鈍地開始消融，接著傾瀉而出。

惡魔伸出雙手，粗糙的外套袖子蓋住我的雙眼。

「我很高興自己能借給您雙手。」

「……你只借給我雙手嗎？」

蒙住我眼睛的雙手瞬間濕透了。眼淚順著手腕流進手肘內側。惡魔將外套脫下，放在我的頭頂上。我溫暖得快要被融化了。我拉起外套袖子擦拭眼睛，然而眼淚抹乾的地方很快就又濕透，代替衣袖的是溫暖的呼吸聲，以及觸手可及的心跳聲。

從第二天開始，前來祭拜的人明顯少了許多。雖然沒有特別需要幫忙的事情，但是鄰居阿姨還是跟我說「阿姨需要出門的藉口」，自然地跟朋友們一起坐在餐廳迎接弔唁的人。

惡魔沒有睡著，也沒有離去。無論黑夜凌晨，他都用著同樣的表情迎接賓客，並做了許多繁瑣的雜事。餐廳裡，阿姨的朋友問到孫女婿那邊有沒有要來弔唁的人，阿姨則戳了戳對方的肋骨。

「她這個年紀，還有本錢跟奇怪的人交往呀！就算能幫上忙也很不錯了。」

不知惡魔是否聽到了這句話，正在整理鞋子的他皺起眉頭。

「參加人類婚喪喜慶的惡魔是不是有點怪啊？」

「現在說這個……」

「我是開玩笑的，我不認爲有誰會特別來看我。」

「有人看的話，會帶給你困擾嗎？」

「這個嘛，不太確定有沒有前例。」

惡魔好奇地看著裝飾在葬禮祭壇上的花朵。花朵簇擁著奶奶的遺照。這是明天帶去火化場之後，要再次拿回家的東西。代替曾經很瘦小的奶奶，以及即將變得更小的奶奶。

一想到要將奶奶抱在懷中，雙手就開始發抖。我明白這份感情，它並不是悲傷。那天的一切混亂又急促，所以我還以爲自己忘掉了。而且從那天以後的生活變得好忙碌，所以我還以爲自己全忘了。不過，我其實根本忘不了：多次按下辛奇冷藏庫蓋子的瞬間、那人腳踝折斷皮肉撕裂的瞬間、緊緊抓著腳踝以致無法避開那人眼神的瞬間。

我閉上眼睛又再次睜開。然後，我望著奶奶的遺像深呼吸，瘋狂跳動的心臟稍微平靜了一些。我很清楚，即便我逃離了那個狀況，也無法從記憶與罪惡感中逃脫。就算我不知道自己死後會不會下地獄，但活著的時候絕對不會身處天堂。

對我來說，很多問題比地獄之火迫在眉睫。找兼職的問題、下學期課表得和打工時間錯開的問題、我的吃住問題。此外，還有似乎無法滿足於電話溝通，抑或是為了先發制人而來，在葬禮走廊上高喊奶奶名字的那個聲音。

「問一下，姜福珠女士的靈堂在哪？辦在這種角落，到底是想不想讓人來啊？」

是之前說要接收房子的那位遠房親戚嗎？我心想，他該不會連奠儀都想拿走，然而人世間的「該不會」跟「發生了」具有差不多的涵義。但是，對上這種想要先發制人的傢伙，我絕對更厲害。我非常肯定，畢竟我已經歷過最壞的情況了。

聲音的主人似乎被殯儀館的保全人員抓住了。多虧於此，我才能以稍微放鬆的心情握住惡魔的手。

「喂。」

「怎麼了？喂。」

在「我們家」的這個空間裡，這是我們之間專屬的稱呼。惡魔立刻回應了我，等著我的下一句話。

「我不知道我死後會不會下地獄，但如果去了的話。」

「是的，如果您來了的話。」

「死後我會實現你的願望，所以把現在的你交給我吧。」

「什麼？」

「我應該有那種價值吧？來，打勾勾。」

我提出了不同以往的惡魔合約，並伸出了小拇指。粗糙的手指頭和充滿孩子氣的手勢不太搭調。

惡魔露出頑皮的笑容，跟著伸出自己的小指頭。但是，勾住我小指的動作十分謹慎，有如在確認適合自己的位置一樣。

我們的手指緊緊纏繞在一起，在彼此身上留下自己的印記。同一時間，我說出我的名字，他也說出他的名字。沒有合約書。就像我的名字不曾在我唯一的家留下任何紙本紀錄一樣，他與我也不必共有一紙契約。再次視線交疊的我們，將彼此的名字掛在嘴邊。無論是這輩子或是之後，無論在人間或是地獄，我們都是在彼此身邊的唯一。看著從地獄那裡得到的男人，我露出了笑容。

Eurasian Publishing Group
圓神出版事業機構
用心與你對話・視野無限寬廣
寂寞出版社
Solo Press
www.booklife.com.tw
reader@mail.eurasian.com.tw
Cool 049

惡魔的租約沒有期限

作　　者／李樂夏 리러하
譯　　者／郭宸瑋
審　　訂／Loui
發 行 人／簡志忠
出 版 者／寂寞出版股份有限公司
地　　址／臺北市南京東路四段 50 號 6 樓之 1
電　　話／（02）2579-6600・2579-8800・2570-3939
傳　　真／（02）2579-0338・2577-3220・2570-3636
副 社 長／陳秋月
資深主編／李宛蓁
責任編輯／朱玉立
校　　對／李宛蓁・朱玉立
美術編輯／林雅錚
行銷企畫／陳禹伶・鄭曉薇
印務統籌／劉鳳剛・高榮祥
監　　印／高榮祥
排　　版／莊寶鈴
經 銷 商／叩應股份有限公司
郵撥帳號／ 18707239
法律顧問／圓神出版事業機構法律顧問　蕭雄淋律師
印　　刷／祥峯印刷廠
2023 年 8 月　初版

定價 430 元　ISBN 978-626-97541-1-3

比較就像一種癌症，會讓你生病，所以別去跟人比較，
照自己的方式過活就好。

——《不便利的便利店2》

國家圖書館出版品預行編目資料

惡魔的租約沒有期限/李樂夏著；郭宸瑋譯. -- 初版. -- 臺北市：寂寞出版股份有限公司, 2023.08
面；14.8×20.8公分（Cool；49）
譯自：악마의 계약서는 만기 되지 않는다
ISBN 978-626-97541-1-3（平裝）

862.57 112010056